Christine Gräfin von Brühl

Out of Adel

Christine Gräfin von Brühl

Out of Adel

Roman

kiepenheuer

ISBN 978-3-378-00693-5

Gustav Kiepenheuer ist eine Marke
der Aufbau Verlag GmbH & Co. KG

1. Auflage 2009

Einbandgestaltung
glanegger.com. Büro für Buch und Grafik, München
Druck und Binden Pustet, Regensburg
Printed in Germany

www.aufbau-verlag.de

Für Jetti

Heirat ausgeschlossen

Eigentlich wollte ich überhaupt nicht heiraten. Nicht, dass ich mich dagegen von Geburt an gesträubt hätte, keineswegs, aber wer aus einer adligen, katholischen Familie stammt wie ich, sollte tunlichst einen katholischen Adligen heiraten, sonst gibt es, so wird prophezeit, nur Probleme. Ich fand aber keinen. Dabei hatte ich durchaus viel Auswahl: In großer Stückzahl wurden mir die vermeintlich passenden Herren der Gesellschaft zugeführt. Ich lernte sie ordnungsgemäß bei den adelsinternen Tanzkursen kennen, ging mit ihnen aus, wir besuchten dieselben Bälle, und ich begab mich auch auf die bei Adligen beliebten Gruppen-Bildungsreisen, natürlich nur gemeinsam mit anderen Standesgenossen, studierte mit einigen von ihnen in Heidelberg und Göttingen am selben traditionsbeladenen Ort und aß mit ihnen mittags in derselben Mensa – alles Maßnahmen, die der Adel trifft, damit seine Nachkommen sich möglichst früh kennenlernen und später dauerhafte Verbindungen eingehen, heiraten und glücklich werden. Wie sonst könnte er in einer demokratischen Gesellschaft, in der Adel und Monarchie qua Gesetz seit 1918 abgeschafft sind, dafür sorgen, dass Stände, Namen und Traditionen trotzdem insgeheim erhalten bleiben? Mir aber halfen diese Maßnahmen nicht. Kein Funke sprang über, keine bleibende Verbindung stellte sich ein, keine artgerechte Verlobung, keine Hochzeit, nirgends.

Nun könnte man meinen, dass es sich bei mir um ein

besonders störrisches Exemplar einer Aristokratin handelt, das partout nichts mit seiner Vergangenheit oder entsprechenden Standesgenossen zu tun haben möchte. Weit gefehlt! Es gibt durchaus weibliche Mitglieder adliger Familien, die wochenends lieber gummistiefelbewehrt durch den dunklen Tann stapfen, als frohlockend auf Bälle zu eilen, die lieber reiten als tanzen und die selbst beim Hausfest der eigenen Eltern unterm Ballkleid Breeches tragen, damit sie nach dem Essen und dem Pflichttanz mit dem Tischherren umgehend wieder in den Stall verschwinden können. Schließlich gilt es dort, das Lieblingspony zu füttern und anhaltend zu striegeln, gar nicht zu reden von den zahlreichen anderen Haustieren, die versorgt werden müssen. Das ist wesentlich aufregender, als artig Konversation zu machen und im Dreivierteltakt über das Parkett zu schweben.

All das traf jedoch auf mich nicht zu. Ich wollte schon als Kind unbedingt richtig gut tanzen können. Ich erinnere mich genau, wie ich meine Erzieherin, das geliebte »Fräulein«, schon mit dreizehn oder vierzehn Jahren, lange bevor ich auf den ersten Ball eingeladen wurde, inständig bat, mir Walzer beizubringen. Es war kurz vor dem Schlafengehen, ich hatte schon mein Nachthemd an, war barfuß. Der Raum, in dem wir übten, lag in abendlichem Dämmerlicht. Schnell waren meine Füße eiskalt, und sowieso klappte es ohne Ledersohlen nicht mit den Drehungen, aber ich glühte vor Begeisterung und schlief mit dem brennenden Wunsch im Herzen ein, dass ich später auf den Festen häufiger als alle anderen aufgefordert werde, weil man mit mir am besten von allen Anwesenden tanzen könne.

Ich ging also oft auf Bälle und trug, obwohl auch ich leidenschaftlich gern reite, unter meinem Kleid niemals eine Hose. Ich besuchte Ballettstunden, lernte Klavier spielen, ja, ich ging sogar mit Onkel, Vetter, Freunden oder meinem

Vater auf die Jagd, hielt mich wacker stundenlang auf dem Hochstand und sah trotz großer Liebe zum Tier tapfer zu, wie das erlegte Wild blutig ausgeweidet wurde. Im Abitur wählte ich als Leistungskurs Geschichte statt Erdkunde, interessierte mich also durchaus für Tradition und Vergangenheit und stand unbeirrt zu meinem außergewöhnlichen Namen. Ich benahm mich, gemäß der konsequenten und strengen Erziehung meiner Eltern, folgsam und anständig.

Auch hierarchisch verhielt ich mich immer korrekt und zollte den Älteren und insbesondere den männlichen Vertretern meiner Familie Respekt, was im Adel von großer Bedeutung ist, denn hier stehen die Alten prinzipiell über den Jungen und die Männer grundsätzlich höher als die Frauen. So war ich jahrelang der festen Überzeugung, Männer seien klüger als Frauen. Entsprechend vertrauensvoll blickte ich zu ihnen auf und lauschte andächtig ihren Reden. Unter meinen Standesgenossen hatte und habe ich also viele Freunde, aber ich wollte partout keinen von ihnen heiraten, denn ich hatte die romantische Vorstellung, dass man sich zuvor verlieben sollte. Ja, ich war sogar der Meinung, Liebe sollte eigentlich der einzige Grund sein, sich mit einem Mann zusammenzutun.

Das ist einfältig, ich weiß. Schon als Kind lernt eine Adlige, dass Ehe nichts mit Liebe zu tun hat. Liebe ist ein kurzzeitiger Zustand der Verklärung, sie dient keinesfalls der Entscheidungsfindung, schon gar nicht, wenn sie in eine möglichst dauerhafte Unternehmung wie die Ehe münden soll, und führt geradewegs in den Abgrund. In »Kabale und Liebe« endet sie, wie uns Friedrich von Schiller glaubhaft vor Augen führt und ich bei meiner Pflichtlektüre im Deutschunterricht entsetzt zur Kenntnis nehmen musste, gar mit dem Tod, denn die beiden Liebenden können die Standesschranken nicht überwinden und greifen zum Schierlingsbecher.

Bei Adligen werden solche Verbindungen deshalb meist am grünen Tisch geschlossen. Man sucht den passenden Partner aus dem Gotha, dem Verzeichnis aller Adligen, aus und führt ihn nach gegenseitigem Einvernehmen mit den Eltern oder den Großeltern seiner Zukünftigen zu. Nur wahre Königskinder sollen zueinander finden. Das hat durchaus seine Vorteile. So kann es zum Beispiel nicht passieren, dass man sich womöglich in einen Verwandten verliebt, was bei den engen familiären Verbindungen zwischen Adligen leicht geschehen könnte.

So kann es auch nicht passieren, dass man sich einen Mann mit dem falschen Gebetbuch ausguckt, dessen Familie also anderer Konfession ist als die eigene. Auch dies wird nicht gern gesehen. Jede adlige Familie ist unverbrüchlich und traditionell mit einer der beiden großen christlichen Glaubensrichtungen verbunden. Die Verbindung zwischen einer bestimmten Sippe und ihrer Konfession soll nach Möglichkeit nie gelöst werden. Kommt es zu einer »Mischehe« mit dem Nachkommen einer katholischen Familie, ist er oder sie verpflichtet, die Kinder katholisch zu erziehen. Das kann zu ausweglosen Konflikten führen.

Schließlich lässt sich mit Hilfe des Gotha auch vermeiden, dass die Braut schlecht verkauft wird und »nach unten« heiratet, sprich: eine Gräfin einen Baron oder eine Prinzessin »nur« einen Grafen ehelicht. All diese Dinge geschehen zwar hin und wieder, sind aber keineswegs erwünscht, und man tut alles, sie zu verhindern. Es geht eben nichts über eine »gesteckte« Ehe, wie meine Großmutter es nannte. Auf Liebe muss dabei nicht zwingend verzichtet werden. Sie stelle sich, so nimmt man allgemein an, bei optimalen Voraussetzungen als nützliches Beiwerk früher oder später ganz von selbst ein.

Aber ich glaubte nun einmal fest an die Liebe auf den ersten Blick, und als sie sich nicht einstellte, beschloss ich, das mit dem Heiraten lieber ganz zu lassen. Schließlich gibt es im Adel eine Fülle sinnvoller Aufgaben für unverheiratete Tanten. In einer Gesellschaftsgruppe, in der ununterbrochen rechts und links Kinder auf die Welt purzeln, sind familieninterne Wochenpflegerinnen, Babysitter und Patentanten immer und überall herzlich willkommen. Man kann sich gar nicht vorstellen, wie viele Jahre eine Adlige in den diversen Haushalten ihrer zahlreichen Verwandten damit verbringen kann, Kinder zu »hutschen«, wie man so schön sagt. Und man kann sich auch nicht im Traum vorstellen, wie beliebt sie sich damit macht. Denn das Prinzip Großfamilie funktioniert nur, wenn man die Bewältigung des Alltags auf mehrere Schultern verteilt.

Später, wenn die Knochen vom Tragen der vielen Windeleimer alt und die Augen vom Prüfen der Schularbeiten schwach geworden sind, übernehmen diese beliebten Tanten die Pflichten derjenigen, die aufopferungsvoll die Großeltern, den Vater oder die Mutter »zu Tode pflegen«. Auch damit nehmen sie ihren Geschwistern und der Cousinage sehr viel Arbeit ab. Nicht zuletzt bleibt immer noch die Hoffnung (und dankbare Aufgabe), dass es im Alter den einen oder anderen Witwer zu trösten gilt. Adlige strafen das Phänomen Scheidung zwar mit Verachtung: Man begibt sich gefälligst nur einmal vor den Traualtar und hält sich dann ein Leben lang an das dort Vereinbarte! Doch es ist durchaus opportun, ein zweites Mal zu heiraten, wenn die Ehefrau frühzeitig verschieden ist. Besonders dann, wenn es gilt, noch ein paar unmündige Kinder aus der ersten Ehe großzuziehen. Außerdem – auch das ist unter Adligen Tradition und ein würdevoller Dienst – kann eine alleinstehende Dame immer gern ins Kloster gehen.

Nicht zuletzt gibt es auch noch so etwas wie Berufstätigkeit. Ich gebe zu, dass es in adligen Kreisen recht ungewöhnlich ist, dass Frauen einen echten Brotberuf ausüben. Das riecht nach etwas so bedrohlich Modernem wie Emanzipation, und das überlässt man den Bürgerlichen. Selbst der Erwerb eines Abschlusses, um später irgendeine berufliche Tätigkeit auszuüben, steht bei der Lebensplanung nicht unbedingt im Vordergrund. Man könnte fast sagen, dass Berufstätigkeit für Frauen aus diesen Kreisen beinahe eine Strafe ist. Sie empfinden eine feste Stelle mit regelmäßigem Gehalt, Steuererklärung oder gar einer so entsetzlich spießigen Einrichtung wie Urlaub als tiefe Demütigung und retten sich in die Hoffnung, das sei nur eine Übergangssituation. Sollten sie vorübergehend tatsächlich so tief gesunken sein, dass sie einen festen Vertrag abschließen müssen, benehmen sie sich möglichst unauffällig, tun alles, was ihr Arbeitgeber verlangt, kämpfen weder um Karriere noch um wachsende Verdienstmöglichkeiten und warten insgeheim nur darauf, dass eine Heirat und das unmittelbar anschließend einsetzende intensive Familienleben sie aus der Fron des Angestelltendaseins erlöst.

Ich hingegen sah in der Berufstätigkeit für mich durchaus eine sinnvolle Perspektive. Ich machte Abitur, studierte diverse Fremdsprachen, ja, ich entschloss mich gar, eine Doktorarbeit zu verfassen, und entwickelte doch tatsächlich die Absicht, dank meiner Qualifikationen irgendwann, horribile dictu, selbst Geld zu verdienen.

Je älter und unverheirateter ich wurde, desto stärker wurde in mir die Überzeugung, dass ich zwar zufällig adlig bin, aber einfach nicht in dieses System passe. Ich war in einen Anzug gesteckt worden, der mir vorn und hinten nicht passte. Immer kam ich mir in diesen Kreisen vor wie eine Fremde. Überall eckte ich an. Mit den sogenannten Bürgerlichen ging es mir indes nicht anders. Sobald ich meinen vollen Nachnamen nannte, musste ich mich gegen Vorurteile und Frotzeleien zur Wehr setzen. Zunehmend mied ich den Kontakt zu anderen Adligen, wurde misstrauisch und unsicher. Und in meinem Kopf verdichtete sich folgende Theorie: Für mich gab es nicht den richtigen Mann – ob mit oder ohne Liebe. Es konnte ihn nicht geben – allein strukturell gesehen. Das war ganz einfach zu erklären. Wenn ich einen Adligen heirate, so dachte ich, dann sterbe ich womöglich nach kürzester Zeit vor Langeweile. Wenn ich einen Bürgerlichen eheliche, dann heiratet der mich womöglich nur wegen meines Namens. Selbst wenn ich einen Adligen heirate, der eine gewisse Distanz zur »Kiste« oder »Kaste« hat, wie Adlige den Adel umgangssprachlich gern nennen, und sich nichts aus Siegelring, Lodenmantel und Gothastudium macht, wäre das, was uns verbindet, wiederum unsere gemeinsame Herkunft: Der vermaledeite Adel! Was man auch tut, wie man auch lebt, eine Adlige kann ihren Ursprüngen nicht entkommen. Sitz, kusch, Hundeplatz!

Im Grunde ist das ein großes Glück und bei Bürgerlichen gar nicht anders. Der Mensch ist seine Biographie, und seine Biographie macht jeden Menschen unverwechselbar. Jeder hat seine eigene Geschichte, seine eigene Vergangenheit. Und die ist nicht nur auf einzelne Vorhaben, Ziele oder gar selbst gefällte Entscheidungen zurückzuführen, sondern hat durchaus auch schicksalhafte, unveränderliche Begleitfaktoren. Aber was macht man, wenn man partout nicht das sein kann, was man sein soll?

Adel und Afrika

Geboren bin ich zwischen Bananen und Kokosnüssen. Mein Vater war Diplomat und wurde Anfang der sechziger Jahre nach Westafrika versetzt, genauer gesagt nach Accra, der Hauptstadt von Ghana. Dort kam ich auf die Welt, nachdem meine Mutter, bereits hochschwanger, meinem Vater nachgereist war. Das war durchaus eine kleine Sensation. Man zog nicht selbstverständlich in die Tropen, wenn man ein Kind erwartete. Die Fremde galt als gefährlich, die klimatischen Bedingungen in diesen Breitengraden wirkten bedrohlich. Die Frage, die jedem Diplomaten typischerweise an so einem Posten gestellt wird, ist: »Kommt Ihre Frau etwa mit?«

Mein Vater stammt aus Ostpreußen, und seine Familie hatte im Krieg alles verloren. Umzüge gehörten für ihn, ob fremdbestimmt oder nicht, ganz selbstverständlich zum Leben dazu, und er hielt es für keine große Sache, dass seine Familie mit nach Ghana kam. Doch meine Mutter wuchs in einer Familie auf, die seit Urzeiten und bis heute im Allgäu ansässig ist. Das Städtchen, in dem das Schloss ihrer Eltern steht, ist nicht groß. Selbst die nächste Kreisstadt würde jeder Hamburger oder Münchner noch als tiefste Provinz bezeichnen. Meine Großmutter war entsetzt, als sie von dem bevorstehenden Umzug nach Afrika erfuhr.

»Du willst das Kind doch nicht im Busch bekommen!«

Aber meine Mutter ließ sich nicht verunsichern: »Kinder kommen überall zur Welt«, sagte sie. »Das wird in Ghana nicht anders sein.«

Sie fand es wahnsinnig aufregend, einen Mann geheiratet zu haben, an dessen Seite sie von einem Land ins nächste ziehen konnte. Sie hing an der Kleinstadt, in der sie aufgewachsen war, an den Schulfreundinnen, ihrer Familie, doch dank ihrer weltoffenen Erziehung war sie durchaus in der Lage, hier wie dort ihr Glück zu machen. Die Aussicht, Kinder in der Fremde zur Welt zu bringen, schreckte sie mitnichten. Das hatte sie schon bei meinen älteren Geschwistern bewiesen, auch wenn diese mit Bonn beziehungsweise Marseille vergleichsweise unspektakuläre Geburtsorte hatten. Sie wartete also, bis Haushalt und Möbel eingepackt und verladen worden waren, nahm meine beiden großen Geschwister bei der Hand und reiste meinem Vater hinterher.

Aber weder das Rheinland noch Frankreich hatten sie auf die Bedingungen in Afrika vorbereiten können. Als meine Mutter in Ghana ankam, hatte mein Vater noch nicht einmal eine Bleibe gefunden. Er wohnte bei einem Kollegen und brachte seine Familie kurzerhand in einem anderen Haushalt unter. Dabei stand Weihnachten vor der Tür, und es herrschte natürlich eine Affenhitze. Aber meine hochschwangere Mutter nahm es gelassen. Sie nutzte die Zeit, um sich an das Klima zu gewöhnen, und fuhr mit den beiden großen Kindern ans Meer. Es dauerte auch gar nicht lang, da wurde das Haus, das von der Botschaft für meine Eltern vorgesehen war, frei, und sie konnten einziehen.

Am Heiligabend wurde ein Baum aufgestellt, der eher nach einer Palme aussah als nach einer Tanne. Auch die Kerzen schmolzen bei den Temperaturen schneller, als man sie abbrennen konnte. Wie anmutige Tänzerinnen bogen sie sich langsam zur Seite, bis sie – ganz und gar nicht mehr anmutig – mit einem »Flopp« aus dem Halter fielen. Meine Geschwister müssen sich königlich amüsiert haben. Keine

Spur von Besinnlichkeit. Aber sie sangen fleißig: »Ihr Kinderlein kommet«, und gehorsam, wie ich im Grunde genommen bin, folgte ich dieser Anweisung und kam wenige Tage später auf die Welt.

Meine ersten Lebensjahre waren geprägt von Unbeschwertheit und Glück. Bereits kurz nach dem Abstillen soll ich Bananen verlangt haben, was ja in Afrika nun gar kein Problem ist. Ich bekam so viele Bananen, wie ich nur wollte. So stellt man sich gemeinhin das Paradies vor.

Auch sonst erübrigten sich viele Reibereien um Alltägliches. Anordnungen wie: Zieh dich warm an! Wo sind deine Hausschuhe! Mach den Reißverschluss zu! existierten einfach nicht. Gar nicht zu reden von: Hast du deine Mütze? Komm, ich helfe dir in den Schneeanzug. Lass die nassen Schuhe draußen. Wo ist dein Pullover? Alles Fremdworte. In einem warmen Land entbehren zahlreiche Erziehungsmaßnahmen jeglicher Grundlage: Mach voran, trink deinen Tee, iss den Teller leer! Warum eigentlich? Wozu? Das Essen kann doch gar nicht kalt werden. Bei Temperaturen von dreißig, vierzig Grad im Schatten liegen die Probleme der Erziehungsberechtigten eher darin, glaubhafte Gründe zu nennen, warum man morgens überhaupt den Schlafanzug gegen Kleid oder Shorts tauschen soll.

Da mein Dasein nicht nur von »A« wie Afrika, sondern auch von »A« wie Adel geprägt war, nach dessen Prinzipien wir erzogen wurden, kam kurz nach meiner Geburt aus dem tiefen Oberschwaben die wunderbare »Frieda« angeflogen. Sie war gelernte Säuglings- und Kinderschwester, gut gebaut und schlank, klug und sehr liebenswürdig – meine Mutter schwärmt heute noch von ihr. Sie half meiner Mutter bei der Arbeit und unterstützte sie, wo immer sie konnte. Unter Aristokraten gilt nicht nur die Devise: Seid fruchtbar und mehret euch!, sondern auch das Prinzip, Kinder grundsätzlich nicht allein aufzuziehen. Das fängt schon bei der Hebamme an. In adligen Haushalten entspricht sie einer Wochenpflegerin. Sie kommt wenige Tage, bevor das Kind geboren wird, ins Haus und verlässt es erst dann wieder, wenn der Säugling durchschläft, dicht gefolgt von dem Kinderfräulein und später dem fremdsprachigen Au-pair-Mädchen beziehungsweise der ausgebildeten Erzieherin. Ohne Maximen wie »Menschen brauchen Geschwister« würde der Adel heute gar nicht mehr existieren. Auch Regeln wie »Ein Kind sollte mehrere erwachsene Bezugspersonen haben« sind durchaus sinnvoll, sonst würden die Mütter reihenweise zusammenbrechen. Fünf bis acht Kinder sind in diesen Familien keine Seltenheit.

Auch vor Ort fanden sich zahlreiche Angestellte: Ein Koch, ein Gärtner, mehrere Reinigungskräfte – in Afrika gehört das dazu. Meine Mutter musste sich lediglich daran gewöhnen, dass darunter zahlreiche männliche Hilfskräfte waren. Ein Mann am häuslichen Herd war ihr bislang fremd gewesen.

Die Super-8-Filme, die meine Eltern in Afrika gedreht haben, spiegeln diese fröhliche Idylle. Die Szenen erinnern an die Filme von Tierarzt Daktari und seiner Tochter Paula auf der Tierstation Wameru. Es fehlen lediglich Clarence, der schielende Löwe, oder Judy, die freundliche Schimpansendame. Mein Vater trägt helle Sommerhosen und – absolut untypisch für ihn – kurze Ärmel. Wir kannten ihn sonst nur im eleganten Anzug mit Krawatte. Meine Mutter trägt bunte Blumenkleider, Kindermädchen Frieda tritt braungebrannt in kurzen Shorts auf und zeigt unbekümmert ihre schönen langen Beine. Wir Kinder laufen ständig barfuß. Das kommt meiner Entwicklung vom Baby zum Kleinkind durchaus entgegen. In Windeseile erwerbe ich die Fähigkeit zum aufrechten Gang. Schuhwerk wäre dabei nur hinderlich gewesen.

In einem der Filme sieht man, wie Hamidu, der Gärtner, auf eine Palme klettert und meinem Bruder eine Kokosnuss pflückt. Behände hangelt sich der junge Mann in farbenprächtigem Hemd und kurzen Hosen barfuß an dem glatten Stamm hinauf. Wieder am Boden, schlägt er erst ein kleines Loch in die Nuss und gibt meinem Bruder von der Kokosmilch zu trinken. Der verzieht wegen des fremdartigen Geschmacks das Gesicht, und Hamidu lacht sich scheckig, sein ganzer Oberkörper biegt sich vor Vergnügen. Dann hockt er sich auf die Fersen, greift zur Machete und zerteilt die Frucht mit einem Schlag in zwei Hälften. Gekonnt löst er das Fruchtfleisch heraus und reicht meinem Bruder ein Stück – jede einzelne Geste begleitet von einem strahlenden Lächeln. Mein Bruder gräbt die Zähne begeistert in die frische Nuss, und meine ältere Schwester, die mit blondem Lockenkopf und in weißem Kleidchen danebensteht, bekommt selbstverständlich auch etwas ab. Das Leben, ein einziger Traum!

Kurze Zeit später ist wieder ein Geschwisterkind unterwegs. Wieder ein Mädchen! Mein Leben lang wird mich der gemeinsame Geburtsort mit meiner jüngeren Schwester verbinden. Genau wie ich erhält sie bei der Taufe einen afrikanischen Namen, genau wie bei mir löst ihre Geburt bei den Geschwistern tiefe Enttäuschung aus: Kinder, die in Afrika geboren werden, müssten doch eigentlich schwarz sein!

Meine Eltern wollten selbst im fernen Afrika nicht von der Tradition Abstand nehmen, ihrem Nachwuchs mehr als einen Vornamen zu geben. Auch das ist im Adel üblich. Kinder werden zusätzlich nach ihren Paten genannt, erhalten Mariennamen, einen Erzengel zum Schutz oder Namen, die schon eine gewisse Tradition in der Familie haben – da kommt schnell einiges zusammen. Als die Afrikaner das mitbekamen, wollten sie nicht zurückstehen und fügten unseren ohnehin schon zahlreichen Vornamen noch einen hinzu. Meine Schwester nannten sie Aqua und mich Aidjua, beides ghanaische Übersetzungen für den jeweiligen Wochentag, an dem wir geboren wurden: Meine Schwester heißt Mittwoch, ich Montag. Meine Mutter war begeistert und hängte jede Bezeichnung einfach hinten an die Reihe unserer jeweiligen Namen an. Aus acht mach neun. Wer selbst nach gewissen kulturellen Vorstellungen lebt, ist auch offen für anderer Leute Traditionen. An die Verzweiflung, die dies bei etlichen Beamten in diversen Einwohnermeldestellen hervorrufen würde, hatte sie nicht gedacht.

Kaum war meine jüngere Schwester geboren, hieß es nach drei Jahren Ghana wieder umziehen. Mein Vater wurde nach London versetzt. Die Umzugsleute zimmerten aus groben Holzplanken eine Kiste, die so groß war, dass man glatt das ganze Haus hätte hineinstecken können. Wie die Kokosnussernte und meine ersten Gehversuche wurde auch das eifrig auf Film festgehalten. Mein Vater reiste wie immer voraus, wir Kinder bestiegen mit meiner Mutter ein großes Schiff, und dann ging es auf die lange Heimreise zurück nach Europa.

Meine Mutter war stolz und glücklich über dieses neue Abenteuer. Fotos von der Schiffsreise zeigen, wie sie sich auf Deck lachend die Haare vom Wind zerzausen lässt. Alles war gut gegangen, ihr Mut reich belohnt worden: Mit zweien war sie ausgezogen, mit vier gesunden Kindern kehrte sie aus dem Busch zurück. Zum Glück hatte sie sich gegen die Bedenken meiner Großmutter durchgesetzt.

Im Hintergrund sieht man auf den Bildern zwei Zwerge, die in überdimensionalen Mützen und dicken Mänteln versinken. Es sind meine ältere Schwester und mein Bruder. Sie klettern immer wieder auf eine Bank, um dann sogleich mit fröhlichem Gekreische herunterzuspringen. Damit beschäftigen sie sich stundenlang. Sie lachen, der Wind zerrt an ihren Kleidern, weht sie ein Stück in die Höhe. Ein Bild von ungestümem Glück und Wonne. Kindern ist es eben vollkommen wurst, ob sie auf einem Hochseedampfer den Atlantik durchpflügen oder auf der Bonner Rheinfähre von einem Ufer zum anderen tuckern. Hauptsache, es gibt eine Kletterbank.

In London bezogen wir eine Wohnung am Eaton Place, ein vornehmes Viertel im Zentrum der Stadt, dessen Ursprünge bis ins 19. Jahrhundert zurückreichen. Von den Reihenhäusern, die den Platz umgaben, sah eins aus wie das andere, alle in demselben historisch korrekten Cremegelb getüncht. Jede Fassade war mit zwei dicken Säulen versehen, die schweren Eingangstüren erreichte man über breite Stufen, und auch das Treppenhaus vermittelte einen durchaus herrschaftlichen Eindruck. Für meine Eltern hingegen war nur eines entscheidend: Mein Vater konnte von dort zu Fuß ins Büro gehen.

Unsere Wohnung befand sich im ersten Stock. Sie war weitläufig, erstreckte sich über zwei Stockwerke und hatte stuckverzierte hohe Decken, aber es gab keinen Garten, nicht mal einen Balkon, und die Temperaturen in England waren unvergleichlich niedriger als in Afrika. Was für eine Umstellung! Hinausgehen hieß auf einmal Jacken und Mützen anziehen, Treppen steigen, Pflaster treten. Barfuß laufen streng verboten. Keine Spur von Palmen und Kokosnüssen.

Doch wir ließen es uns nicht verdrießen. Fast jeden Tag brachte uns meine Mutter in den nahen Hyde Park, damit wir Auslauf hatten, und am Wochenende packte sie ein reichhaltiges Picknick ein, und wir machten Ausflüge in die prächtigen Gartenanlagen der näheren Umgebung.

Über uns im Haus wohnten die Rolling Stones. Das fanden alle, denen wir es erzählten, ungeheuer aufregend. Wir hingegen hatten nicht die geringste Ahnung, dass wir jederzeit im Treppenhaus auf eine der größten Rocklegenden des 20. Jahrhunderts treffen konnten. Einmal musste meine Schwester einen Brief hinaufbringen, der versehentlich bei uns gelandet war. Mick Jagger persönlich öffnete ihr die Tür. Sie sagte kein Wort, reichte ihm den Umschlag und rannte wieder die Treppe hinunter. Der Mann mit dem hageren Gesicht und den tiefen Falten hatte ihr einen furchtbaren Schreck eingejagt.

In adligen Häusern hört man gemeinhin keinen Rock 'n' Roll. Wenn meine Mutter Keith oder Mick oder ein anderes Bandmitglied im Flur traf, fragte sie lediglich freundlich: »How is it going with the music?«

Meine Eltern hörten höchstens Opern oder Symphonien. Mein Vater legte bisweilen Aufnahmen von Maurice Andrés »goldener Barocktrompete« auf. Es gab eine einzige Schallplatte mit »moderner« Musik bei uns, das war »Puppet on a String« von Sandie Shaw. Als die britische Sängerin mit diesem Lied 1967 den ersten Platz bei der Eurovision gewann, saßen meine Eltern zufällig gemeinsam vor dem Fernseher, und meine Mutter sang amüsiert mit. Sie war ausgesprochen musikalisch und hatte schon als Kind Gesangsstunden bekommen. Aus Spaß schenkte ihr mein Vater später die Aufnahme.

Für uns Kinder war diese Platte eine echte Rarität, wir hörten das Lied rauf und runter, tausendmal hintereinander und stundenlang. Dazu tanzten wir wie die Wilden, tobten, hopsten und schrien den Refrain laut mit. Dadurch lernten wir schnell den Mann kennen, der unter uns wohnte, denn in England sind die Mauern so dünn, dass das ganze Haus wackelt, wenn vier Kinder durch ein Zimmer tanzen. Der

Nachbar klingelte an unserer Tür und fragte sehr höflich, ob wir unser Gehopse wieder einstellen könnten. Er habe gerade noch im letzten Moment einen Arm seines Kronleuchters auffangen können, der sich gelöst hatte und von der Decke zu stürzen drohte. Meine Mutter stellte den Plattenspieler leiser, entschuldigte sich formvollendet, und ab sofort gab es bei uns zu Hause wieder nur Arien und Opern.

Im Souterrain wohnte Mr. Broom, der mehrere Möpse besaß, um die wir ihn glühend beneideten. Zum Ausgleich schenkten uns die Eltern einen Kanarienvogel, der natürlich nur ein müder Ersatz war. Wenn wir Mr. Broom auf der Straße trafen, begrüßten wir ihn freundlich und fragten, ob wir die lustigen, perlmuttgrauen Vierbeiner mit den plattgedrückten, schwarzen Nasen anfassen dürften. Der Herr ließ es gutmütig geschehen, wir hockten uns in das schnaufende, schniefende Gewühl, das die Möpse um uns herum veranstalteten, und streichelten überglücklich ihre dicken samtigen Rücken.

Als ich genug Englisch konnte, lud ich Mr. Broom ein, in den Weihnachtstagen bei uns vorbeizukommen. Wir könnten doch zusammen »Christmas Carols« singen. Meine Eltern staunten nicht schlecht, als er am 25. Dezember tatsächlich vor der Tür stand. Wie sich herausstellte, war er nicht nur glücklicher Hundebesitzer, sondern besaß auch ein Akkordeon, das er gleich mitgebracht hatte. Einen ganzen Abend lang musizierten wir prächtig miteinander: »Jingle bells«, »Little donkey«, »Ol' McDonald had a farm«. Er kannte alle unsere Lieblingslieder auswendig.

Wir lebten in unserer behüteten Familienwelt, ob draußen London war oder Afrika, machte für uns kaum einen Unterschied. Meine Mutter wurde wieder schwanger, mein jüngster Bruder wurde geboren, und wir bekamen eine Erzieherin, die mehrheitlich für meine jüngere Schwester und mich zuständig war. Trotz ihrer Strenge liebten wir das »Fräulein«, wie wir sie nannten, unendlich und hingen an ihr, selbst als sie den Haushalt meiner Eltern längst verlassen hatte. Bis heute schreiben wir uns regelmäßig Briefe. Sie stammt aus Danzig, ist gläubige Protestantin, und mein Vater nannte sie »Schwester«, weil er das aus seiner Kindheit in Ostpreußen gewohnt war. Bekleidet war sie nahezu immer mit einer langen, blütenweißen Schürze, deren Enden auf dem Rücken gekreuzt und dann vorn unter dem Latz zusammengebunden wurden. Sie hielt sich kerzengerade, besonders bei Tisch nötigte sie uns allein durch ihre Haltung zu absoluter Disziplin. Überdies war sie handwerklich sehr geschickt und konnte fabelhaft nähen, kleben, falten, zeichnen, schnitzen und schneiden. Stundenlang werkelte sie mit meiner Schwester und mir, zeigte uns Origami oder wie man Strohsterne bastelt, fertigte Puppenwiegen aus Walnussschalen, Kastanientiere und aus Rinde ein echtes Segelboot, das wir später im Ententeich des Hyde Parks zu Wasser lassen konnten.

Da ich in England in die Schule kam und zur Verzweiflung meiner Eltern zunehmend meine Muttersprache vernachlässigte – sogar mit meinen Puppen sprach ich schon Englisch –, wurde das »Fräulein« dazu angehalten, mir Nachhilfe zu erteilen. Sie brachte mir deutsch schreiben und lesen bei. Doch ich lernte auch vieles andere bei ihr, ich konnte sie fragen, was ich wollte – und sie erklärte mir geduldig die ganze Welt. Selbst später, als sie nicht mehr bei uns lebte, beantwortete sie gern meine Fragen. Sie ist es auch gewesen, die mir bei einem ihrer Besuche die ersten Walzerschritte beibrachte.

An einem Tag in der Woche hatte sie frei, dann tauschte sie die Schürze gegen einen warmen Mantel und ging in den

Gottesdienst. Doch sie ging in eine andere Kirche als wir, was mich brennend interessierte. Adlige sind gewöhnlich sehr gläubig und erziehen ihre Kinder streng religiös. Auch wir feierten die hohen Feste wie Ostern und Weihnachten in der Kirche, hielten uns an die vorösterliche Fastenzeit, beteten vor und nach dem Essen und knieten auch jeden Abend gemeinsam zum Abendgebet nieder. Es dauerte allerdings nicht lange, und ich wusste alles über Luther, seine Thesen an der Tür zur Schlosskirche zu Wittenberg und die Protestanten. Mein Wissensdurst war nicht zu bremsen.

Ob wir es schon in England spürten? Nun gut, meine Schwester und ich besuchten den Ballettunterricht, wir gingen in geschlechterspezifisch getrennte Schulen und mussten immer Röcke tragen, aber das ist durchaus britisch. Die Überschneidung mit der typischen adligen Erziehung war hier rein zufällig. Mädchen lernen tanzen, Jungen gehen zum Fußball, die Kinder tragen Schuluniformen. Und alle Welt ist wohlvertraut mit dem Phänomen »Nanny«. Pamela Travers hatte dieser Kategorie Familienmitglied mit ihrer berühmten Mary Poppins schließlich ein unvergessliches Denkmal errichtet.

Ich erinnere mich allerdings, dass schon in England und spätestens in Brüssel, wohin mein Vater Ende der siebziger Jahre versetzt wurde, die Frage aufkam, wie man Graf oder Gräfin ins Englische oder Französische übersetzt. Die Leute wollten wissen, wie man unsere Eltern korrekt anspricht. Begriffe wie Count und Countess oder Comte und Comtesse waren uns also durchaus vertraut.

Ich erinnere mich auch noch sehr genau an die unendliche Pein, die ich verspürte, wenn ich in eine neue Schulklasse kam und mein Name in voller Länge genannt wurde. Und ich stand oft vor einer neuen Klasse, allein fünfmal während meiner Schulzeit. Dann ging es immer wieder von vorn los:

»Wie heißt du?«

»Sag das noch mal!«

»Was ist das? Kannst du das mal buchstabieren?«

Es vergingen jedes Mal Wochen, bis sich alle, Lehrer wie Schüler, daran gewöhnt hatten und jeden von uns wie einen normalen Menschen behandelten. Gewöhnlich sind Adlige sesshaft, ihre Familien leben seit Jahrhunderten auf ihrem Besitz irgendwo auf dem Land, und das ganze Dorf weiß, wer »die vom Schloss« sind. Die wenigsten ihrer Kinder müssen ihre Herkunft und ihre Nachnamen mühsam erklären. Zuerst geht es in die örtliche Grundschule, dann vielleicht noch ins nächste Gymnasium, aber doch ziemlich bald auf ein Schweizer Internat. Dort sind zu Beginn alle Schüler neu, und nach den obligaten sechs oder acht Jahren wissen sowieso alle alles über jeden.

Wir aber mussten ständig umziehen. Kaum hatten die Lehrer endlich begriffen, wie wir heißen und wer alles zu unserer umfassenden Geschwisterschar zählte, ging es schon wieder fort an einen neuen Ort, wo alles von vorn anfing. Ich erinnere mich an einen Geschichtslehrer, der mehrfach und mitten im Unterricht nachfragte, ob meine Familie oder die meiner Mutter zum deutschen Hochadel zähle. Ich wusste nichts zu erwidern, wurde jedes Mal knallrot und stammelte ungereimtes Zeug zusammen. Es war eine wahre Freude.

Wir wussten, dass wir einen adligen Namen trugen, aber mehr auch nicht. Hinterfragt haben wir die Kultur und Weltanschauung, die damit verbunden ist, nie. Es war schlicht und ergreifend kein Thema. Wir wuchsen selbstverständlich damit auf. Keiner von uns fahndete nach den Hintergründen. Niemand baute sich vor den Eltern auf und fragte, was sich hinter dem langen Namen verbirgt, wozu er nutzt oder was er soll? Es war eben so und hatte nichts zu bedeuten. Meinen

Eltern ging Bescheidenheit und Zurückhaltung über alles. Sie vermittelten uns einen gewissen Lebensstil, die entsprechende Haltung und strenge moralische Vorstellungen, aber sie verknüpften all dies nicht mit dem Begriff Adel. Wir sollten diese ihre Kultur indirekt und selbstverständlich kennenlernen und uns schon gar nichts darauf einbilden.

Einen unbefangenen Umgang mit unserer Herkunft lernten wir bei unseren Großeltern mütterlicherseits. Sie wohnten zwar im tiefen Allgäu, doch in einem wunderschönen Schloss, ihr Garten war ein Park und mein Großvater Herr über zahlreiche Anwesen, endlose Wälder und Ländereien. Meine Mutter ist ebenfalls eine gebürtige Gräfin. Die Reihe ihrer Vorfahren lässt sich bis ins Mittelalter zurückverfolgen. In diesem schönen Schloss, das von einem malerischen Wassergraben umgeben war und einem weitläufigen Gelände mit Wegen und Wiesen voller Kletterbäume und Versteckspiel-Hecken, das bis an das mit Schilf gesäumte Ufer eines verträumten Sees grenzte, verbrachten wir jahrelang unsere Sommerferien. Das war für uns »Nomadenkinder« Deutschland und Familie.

Hier lernten wir das Leben mit Kammerdiener, Köchin und Zimmerfrau kennen, das Leben mit breiten Treppen, meterlangen Gängen, hohen Wänden und weiten Flügeltüren, das allen Adligen, die in einem Schloss aufgewachsen sind, zutiefst vertraut ist. Selbst wenn ich mich auf die äußersten Zehenspitzen gestellt und die Klinke der Flügeltür zum Esszimmer erreicht hatte, war sie immer noch viel zu groß und schwer, als dass ich sie allein hätte öffnen können. Unendlich viele Räume gab es hier, Kammern und Stuben, mehrere Treppenhäuser, sogar eine Wendeltreppe, die sämtliche Stockwerke miteinander verband. Hier stand mehr Platz zur Verfügung, als sich ein Kind in seinen kühnsten Träumen auszumalen vermag. Allein der Dachboden hatte drei Etagen. Und es gab Zeit, Muße, Gelassenheit. Wir konnten stundenlang verschwunden sein, ohne dass es jemandem auffiel. Es war nur wichtig, pünktlich um halb eins zum Mittagessen zu erscheinen, denn hätte man uns suchen müssen, sobald man sich zu Tisch versammeln wollte, wäre nicht nur die Suppe, sondern wohl auch noch der Hauptgang kalt geworden.

Jeden Morgen, während meine Großeltern frühstückten, kam die Köchin in schneeweißer Schürze in den Salon und fragte, was sie zu Mittag kochen solle. Meine Großmutter sprach sie dabei mit »Ihre Durchlaucht« an. Sollte es frische Forellen geben oder Rehrücken, Schnitzel oder einfach nur Kässpätzle? Auch wir Kinder wurden gefragt, was uns besonders gut schmeckt, und durften Wünsche äußern. Die endgültige Entscheidung allerdings traf meine Großmutter. Wir mussten uns auch damit abfinden, dass es vor jedem Essen Suppe gab, was wir gar nicht mochten, denn was auf den Tisch kam, musste gegessen werden. Aber ich wusste mich zu trösten: Es gab schließlich auch immer ein Dessert!

Wenn die Köchin wieder hinunter in die Schlossküche verschwunden war, die sich in einem eigenen Gebäudetrakt befand und aus weitläufigen, ebenerdigen Räumen bestand, schmiedete meine Großmutter mit uns den Tagesplan. Er rankte sich um kleine Pflichten, die wir erfüllen mussten. So schickte sie uns manchmal in die kleine Stadt mit ihren engen Gassen und gepflasterten Plätzen, die wir in- und auswendig kannten, um Einkäufe zu erledigen. Oder es galt, dringend irgendein Obst oder Gemüse zu ernten, das in dem großzügig angelegten Nutzgarten ständig frisch heranwuchs und neu gedieh: Salat und Bohnen, Erbsen oder Möhren. Daneben eine unendlich reiche Auswahl an Früchten, Birnen, Pflaumen, Reinekloden, Him-, Erd-, Brom- oder Stachelbeeren. Der Garten war riesig, und von jeder

Obstsorte gab es viele, viele Bäume und Stauden. Dabei blieben uns die Johannisbeeren noch erspart, deren Anordnung in langen Reihen aus dichten Büschen voller herrlicher Früchte allein ein unendlich weites Areal umfasste. Um ihre Ernte kümmerten sich drei eigens dazu bestellte ältere Damen, die sogenannten Beerenfrauen. Es waren die Ehefrauen oder Witwen von männlichen Angestellten meiner Großeltern, wie Frau Wal, die Frau des Dieners, der bei Tisch servierte, oder Frau Sonntag, deren Mann bis zu seinem Ableben regelmäßig auf höchst unorthodoxe Weise die Böden im Salon und im Großen Saal wienerte: Er schnallte sich Bürsten an die Schuhe und sauste auf ihnen zum Ergötzen der Kinder mit eleganten Bewegungen über das Parkett.

Die Beerenfrauen waren beleibt, sie trugen bunte Kittelschürzen und immer Kopftücher. Die Ernte konnte nur bei gutem Wetter stattfinden. Dann brannte ihnen stundenlang die Sonne auf den Scheitel. Zum Glück hatten sie immer vieles zu bereden, ihr Schwätzen ohne Punkt und Komma in reinstem Schwäbisch, von dem ich kein Wort verstand, klang aus der Ferne wie rastloses Vogelgezwitscher. Oft dachten wir, eine Schar von Spatzen hätte sich über die Büsche hergemacht, und wollten hinlaufen und sie verjagen, doch dann entdeckten wir die bunten Tücher zwischen den Zweigen und wussten: Es waren nur die zwitschernden Beerenfrauen.

War es draußen heiß genug, stand auch Schwimmen auf der Tagesordnung. Der See war moorig, er roch nach nassen Pflanzen und Rohr, nirgends konnte man den Grund sehen. Wenn wir nicht vom hölzernen Steg ins Wasser glitten – meine Großmutter hatte ihn eigens anlegen lassen, obwohl sie selbst nicht schwimmen konnte –, sondern direkt vom Ufer starteten, geriet ich mit den Beinen zwischen die langen, glitschigen Stiele der Seerosen und drohte, mich darin zu verheddern. Aber mir machte das keine Angst, im Gegenteil, ich kam mir vor wie eine wilde Moorhexe. Oder wie eine Nixe, die die Pflanzen unter Wasser nicht spürt, weil ihr Unterleib sowieso ein Fischschwanz ist.

Mitunter waren uns die kleinen Pflichten lästig, aber ich verehrte meine Großmutter viel zu sehr, als dass ich widersprochen hätte. Außerdem sorgte sie dafür, dass auch die Beschäftigungen, die wir liebten, nicht zu kurz kamen, wie das Spiel mit den Hunden, den Puppen, der Eisenbahn, das Verkleiden. Gerade an Regentagen waren wir stundenlang uns selbst überlassen. Dann stromerten wir durch die verschiedenen Salons, verkrochen uns in die riesigen Fauteuils, die überall herumstanden und lasen, oder wir stellten die Rumpelkammer auf den Kopf.

Dort hielten wir uns besonders gern auf. Die Rumpelkammer war ein Raum von der Größe eines Tanzsaals, der komplett mit Möbeln zugestellt war. Da standen Sessel und Sofas, geschnitzte Holzbetten und wertvolle Truhen, messinggoldene Lampen und Paravents, für die man im Haus keine Verwendung gefunden hatte. Wie in einem Trödelladen sah es aus. Ein Paradies für Kinder.

Wir stellten die Betten und Stühle so zusammen, dass Höhlen und Hütten entstanden, wir bauten unterirdische Gänge und Fluchtwege. Wir waren die Rumpelkammerbande, und keiner durfte uns zu nahe kommen. Unsere »ärgsten Feinde« waren die Stubenfrau und der Kammerdiener. Wir gaben ihnen geheime Decknamen, damit sie nicht merkten, wenn wir in ihrer Anwesenheit über sie sprachen. Die Stubenfrau wurde von den Erwachsenen mit Vornamen angesprochen. Sie hieß Hermine, wir aber nannten sie hinter vorgehaltener Hand Minher. Der »gute Wal«, wie meine Großmutter von ihrem Kammerdiener sprach – tatsächlich schien er mit seiner unerschütterlichen Ruhe und nicht zu unterschätzender Körpergröße wie ein mächtiger, freundlicher Wal durch das riesige Schloss zu schwimmen –, erhielt den Decknamen »Law«. Einen Namen rückwärts zu lesen, um ihn zu verschlüsseln, ist bei weitem kein Zeichen von sonderlich reichhaltiger Phantasie, aber wir empfanden schon die Umbenennung einer erwachsenen Respektsperson als ungeheuer frech und rasend konspirativ.

Oft kramten wir in den Schränken, fanden Schulhefte meiner Mutter und ihrer Geschwister, alte Zeitschriften und Bücher. Selbst die schweren Fuchsfelle wurden hier aufbewahrt, mit denen der Kammerdiener im Winter den unteren Teil der Fenster zuhängte, damit weniger Kälte in die Zimmer drang. Es war ein einziges Abenteuer.

Meine Großmutter ließ uns gewähren, ja, am liebsten hätte sie selbst mitgespielt. Sie war eine wunderbare Frau, vollkommen unbekümmert und unprätentiös bis zur Selbstverleugnung. Wenn sie frühmorgens in ihren ausgetretenen Schuhen aus der Kirche kam – sie ging jeden Tag zum Gottesdienst und fand es absolut unverständlich, dass ihre Enkelinnen es ihr nicht gleichtaten –, hielt sie sich lange an den Rosenbeeten auf, die ihren Weg zurück ins Schloss säumten, und knipste mit gekonnter Drehung die bereits vertrockneten Blütenköpfe von den Stielen. Hatte sie eine Handvoll Blüten beisammen, legte sie sie an den Rand des Beetes auf den kleinen Berg, der sich dort schon angesammelt hatte, und fing gleich wieder von vorn an. Kam sie endlich nach Hause, hängte sie ihren Mantel nicht in die Garderobe, sondern warf ihn mit theatralischer Geste auf den nächstbesten Stuhl, wenn sie ihn überhaupt ablegte.

Ihre mädchenhaft langen, grauen Haare trug sie immer vornehm hochgesteckt. Damit der Wind ihre Frisur nicht zerzauste, schützte sie sie mit einem nahezu unsichtbaren

Netz. Einmal fand ich dieses Haarnetz an einem der tiefer hängenden Äste eines Baumes, der an der Schlossauffahrt stand. Es hatte sich dort verhakt. Sie brach in Entzücken aus, als ich es ihr brachte. Es war gewiss kein teures Utensil, aber sie war von Natur aus sehr sparsam und hätte es als Verschwendung empfunden, sich ein neues Haarnetz zuzulegen, solang es das alte noch tat.

Zu ihrer Ausstattung gehörte auch eine verbeulte schwarze Handtasche, die gerade so groß war, dass der Schlüssel, eine kleine Geldbörse und ihr dickes Gebetbuch hineinpassten. Diese Handtasche hatte eine Vorgängerin, die meiner Großmutter in Italien von einem Mopedfahrer von der Schulter gerissen und gestohlen worden war. Mit leuchtenden Augen erzählte meine Großmutter, dass sie gerade auf dem Weg in die Kirche war und sich in der Tasche nicht einmal Geldbeutel oder Schlüssel, sondern nur das Gebetbuch befand. »Das muss dem Dieb eine Lehre gewesen sein«, sagte sie fröhlich lachend. »Hoffentlich hat ihn das Buch gleich danach in die Kirche gescheucht, und er hat seine Sünde gebeichtet.«

Eine besonders typische Eigenschaft meiner Großmutter war etwas, das wir Verpassungsangst zu nennen pflegten. Sobald mehr als drei Menschen in ihrem Haushalt zugegen waren und die Gefahr bestand, sie würden nicht lange bleiben, fürchtete sie beständig, nicht genug Zeit zu haben, mit jedem von ihnen ausführlich zu reden. Sie wollte alles erfahren, alles wissen und auch alles Wichtige erzählen, was sie selbst auf dem Herzen hatte. Erst wenn sie sich ausführlich mit jedem Einzelnen ausgetauscht hatte, konnte sie sich beruhigt wieder für einige Monate trennen. Das führte dazu, dass sie auf größeren Festen wahnsinnig nervös war, beständig von einem zum anderen rannte und wiederholt erschöpft auf einem der zahlreichen Sofas zusammensank, aus dem sie sich jedoch schnell wieder erhob, weil sie feststellen musste, dass sie noch nicht mit allen gesprochen hatte.

Bei meinen Großeltern lernten wir auch die rauschenden Feste kennen, die unter Adligen üblich sind, sei es der Winterball, den sie für meine älteren Geschwister, Cousinen und Vetter gaben, wenn sie zwanzig Jahre alt wurden, oder die »kleinen« Geburtstage und Familientreffen, bei denen allerdings auch nie weniger als dreihundert Gäste erschienen. Hier begegneten wir unseren zahlreichen gleichaltrigen Verwandten, der sogenannten Cousinage, verbrachten mit ihnen köstliche Zeiten und lernten sie schätzen und lieben. Hier erlebten wir auch die standesgemäße Jagd, Scharadespiel und Verkleidungsspaß, hier lernten wir Wörter wie »contenance« (Haltung) und »gensen« (Personal), der Bürgersteig hieß »trottoir«, und das Geschirr war ein »Service«. Vor dem Essen gab es Aperitif und anschließend einen schwarzen Kaffee. Wir sahen den Tanten beim Stricken zu, halfen dem Großvater beim Kreuzworträtsel, legten Puzzle und lernten Kartenspiele wie Bridge und Canasta – alles Zeitvertreib und Freizeitbeschäftigungen, die im Adel traditionell weit verbreitet sind.

Und nicht zuletzt lernte ich den Gotha kennen, das mehrbändige Buch, in dem alle Adligen ihrer Abstammung nach verzeichnet sind. Besonders mein Großvater interessierte sich für Genealogie, er besaß nahezu alle Bände, sämtliche roten, in denen die fürstlichen Häuser verzeichnet sind, die grünen für die Grafen und die grauen für die Freiherren. Wenn die Erwachsenen abends nach dem Essen beisammensaßen und über die Verwandten sprachen, dauerte es meist nicht lange und einer der Anwesenden sprang auf, ging zum Regal und zog einen der kleinen dicken Bände heraus, die dort in großer Zahl standen. Dann wurde geblättert und gesucht, laut vorgelesen und zitiert, denn jeder wollte genau wissen, wie der eben genannte Friedrich mit anderen schon Erwähnten oder vielleicht sogar der eigenen Familie verwandt war, aus welchem Haus die Frau stammte, mit der er verheiratet war, und wie viele Kinder er wohl hatte. Oder war er am Ende unverheiratet? War es gar jener Friedrich, der in São Paulo lebte und den alle eigentlich Fritz nannten?

Das ist ein Spiel, das Adlige mit unendlicher Geduld und Hingabe pflegen. Im Gotha verbirgt sich ein Wissen, das jeder Adlige möglichst auswendig kennen sollte, zumindest die historischen Fakten, die seine eigene Familie betreffen. Auch die Kinder sollten das auf die Dauer lernen. Sie erfahren dadurch, dass die Mitglieder ihrer Familie zahlreich sind und die Reihe ihrer Vorfahren lang ist, dass ihre Existenz nicht nur eine horizontale Breitenwirksamkeit hat, sondern auch gewissermaßen vertikal in der Geschichte verwurzelt ist. Sie spüren die Sicherheit, die eine Großfamilie vermitteln kann, aber auch die Verantwortung, die mit historischer Bedeutung verbunden ist, und fühlen sich unwillkürlich aufgerufen, später selbst diese Verantwortung zu übernehmen.

Ein Begleiteffekt des Gothastudiums kann es sein, eine standesgemäße Verbindung zu knüpfen, die im besten Fall von erfolgreicher Verheiratung gekrönt wird. Das wusste ich allerdings als Kind nicht und hörte es bei meinen Großeltern auch nicht aus den Gesprächen heraus. Ich spürte die Akribie, den Eifer, mit dem die Erwachsenen sich dem Gotha widmeten, ich bewunderte, wie gut sie sich darin auskannten, sah dahinter allerdings keinerlei geheime Machenschaften oder gar den Versuch, andere zu manipulieren.

Mein Großvater liebte neben dem Studium des Gotha auch das des Kursbuches. Als ich älter war und gelegentlich mit dem Zug ins Allgäu fahren wollte, um die Großeltern zu besuchen, brauchte ich zuvor nur anzurufen, und mein

Großvater suchte mir mit Freude die beste und schnellste Verbindung heraus. Er besaß immer das aktuelle Kursbuch und fand sich darin erstaunlich mühelos zurecht, ähnlich wie ein betagter Admiral, der es bis ins hohe Alter nicht verlernt hat, komplizierte Seekarten zu entziffern und die ideale Route zu berechnen. Diese Art von Freude und Wissbegier beobachtete ich bei meinem Großvater auch, wenn er den Gotha studierte. Eine Verwandtschaft festzustellen und ihren Grad zu benennen weckte in ihm ähnlich starken Ehrgeiz wie die Aufgabe, für mich eine möglichst komfortable und schnelle Zugverbindung herauszufinden.

Bei aller Herrlichkeit ihres hohen Hauses ging es bei meinen Großeltern immer bescheiden und zurückhaltend zu. Es klingt abwegig, angesichts eines pompösen Schlosses mit Angestellten und einem Kammerdiener, der mittags in weißen Handschuhen das Essen serviert, von Bescheidenheit zu sprechen, aber in der persönlichen Haltung zu derlei Umständen gibt es meilenweite Unterschiede zwischen den Menschen. Meine Großeltern spielten sich nicht auf, sie nahmen sich nicht wichtig, sie hatten reservierte Sonderplätze in der barocken Pfarrkirche, aber wenn sich zufällig jemand dorthin verirrt hatte, suchten sie sich stillschweigend einen anderen Sitzplatz. Wenn die Fastnacht nahte, der gesamte Ort sich dem traditionellen närrischen Treiben hingab und alle wild verkleidet durch die Straßen zogen, dann liefen auch meine Großeltern durch das Städtchen und riefen jedem einen fröhlichen Narrengruß zu. Abends zog meine Großmutter dann ihren ältesten Pelz an, schlich sich durch einen Hintereingang aus dem Schloss und trat in der Stadthalle als Zara Leander auf. Mit tiefer Stimme sang sie von Wundern und vom Waldemar und erntete stürmischen Applaus.

Wenn ich nach diesen langen goldenen Sommerwochen in

die Schule zurückkehrte, erzählte ich nichts von meinen Erlebnissen. Das hätte sowieso kein Mensch verstanden. Ich hatte auch keineswegs das Bedürfnis, eine meiner Freundinnen mit in die Ferien zu nehmen. Sonst hätte womöglich nachher die ganze Schule gewusst, dass meine Großeltern auf einem Schloss leben, und wie sollte ich das erklären? Ich berichtete also wortkarg, ich sei in Süddeutschland gewesen, bei meiner Großmutter, was bei meinen Freundinnen auf tiefes Mitleid stieß: »Warste wieder nur bei der Oma?«, fragten sie mich mit einfühlsamer Miene.

Je älter ich wurde, desto mehr begann ich mich darüber zu ärgern. Besonders wenn Ulrike Gruber das zu mir sagte. Ulrike hatte kurze Beine und war keineswegs besser in der Schule als ich, nicht einmal im Sport. Aber sie hatte blonde Haare, lackierte sich schon die Nägel und machte Eindruck bei den Jungs. Und – das war der Gipfel – ihre Eltern hatten einen Campingwagen. Damit fuhren sie im Sommer gen Süden, hielten an, wo sie wollten, und verbrachten die Ferien prinzipiell nur dort, wo ununterbrochen die Sonne schien. Das führte dazu, dass Ulrike immer knallbraun in die Schule zurückkehrte. Damals wusste man noch nichts vom Ozonloch, sportliche Bräune stand noch für Schönheit und Lebensgenuss, und Ulrike konnte sich in dem stolzen Bewusstsein aalen, die Braunste der ganzen Klasse zu sein, wenn nicht gar der ganzen Schule.

Ich hingegen war schneeweiß und ärgerte mich schwarz darüber. Warum hatten meine Eltern keinen Campingwagen? Gegen so einen echten Strandurlaub mit Badevergnügen bei herrlichstem Wetter wirkte der romantische See meiner Großeltern wie ein algenverseuchtes Sumpfloch, das alte Schloss wie ein schattiges Gemäuer ohne Luft und Licht. Ich wollte auch in den Süden, mich auch in der Sonne aalen. Ich wollte auch braun sein. Aber da führte kein Weg hinein. Camping fanden meine Eltern indiskutabel. Wir hatten die Ferien im Schloss zu verbringen, basta.

Doch je älter ich wurde, desto mehr wollte ich die Welt sehen. Kaum war ich achtzehn, schnappte ich mir eine Freundin und trampte mit ihr nach Griechenland. Wir wurden ausnahmslos von Männern mitgenommen, vor deren Zudringlichkeiten wir ständig fliehen mussten, und es war absolut lebensgefährlich, aber zum Glück stieß uns nichts Schlimmes zu. Wir gingen jeden Tag im Meer baden, lagen in der Sonne, kochten uns Suppe auf dem Bunsenbrenner, lebten von Wassermelonen und frischen Feigen und schliefen im Freien. Wenn ich abends in meinem Schlafsack lag, lauschte ich glücklich den Zikaden, sah hinauf zum Nachthimmel und zählte die Sterne. Keiner wusste, wo ich war, niemand wusste, wer ich war. Und ich konnte endlich so braun werden, wie ich es immer schon sein wollte.

Mein Wunsch nach Sturm und Drang ließ nicht nach, das Gefühl, anders zu sein, wo ich mich auch befand, blieb konstant. Die einzige Lösung für die unterschiedlichen und miteinander vollkommen unvereinbaren Lebensverhältnisse, mit denen ich konfrontiert war, bestand darin, mir zwei streng voneinander getrennte Parallelwelten aufzubauen. An den Wochenenden zog ich ein Ballkleid an, ging auf Feste und folgte treu den Vorgaben meiner adligen Herkunft und Erziehung. Unter der Woche sympathisierte ich eifrig mit den Linken, saß mit meinen Hippie-Freundinnen zusammen bei Tee und Räucherstäbchen und formte mit ihnen aus Draht, Nylonfaden und bunten Perlen Ohrringe. Wenn ich samstags »frei« hatte, wenn also nicht wieder ein Ball, eine Jagd oder etwas Ähnliches anstand, verkaufte ich den Schmuck auf dem Flohmarkt.

Das führte zu kuriosen Situationen. Als Anfang der achtziger Jahre in Bonn die ersten großen Friedensdemos stattfanden, gesellte ich mich begeistert zu den Demonstranten und zog, lauthals ihre Parolen skandierend, durch den Bonner Hofgarten. Zufällig war ich an einem dieser Tage abends auf einem großen Ball in Idar-Oberstein eingeladen. Mein älterer Bruder, der ebenfalls dorthin gebeten worden war, nahm mich im Auto mit, und während der gesamten Fahrt musste ich mir seine Schimpftiraden über die »Chaoten«, die »langhaarigen Besserwisser«, die »Drückeberger« und »Pazifisten« anhören, mit denen ich im besten Einvernehmen den Vormittag verbracht hatte. Ich hielt tunlichst meinen Mund und sagte dazu gar nichts. Meine Tanzpartner waren an diesem Abend allesamt junge adlige Männer in Uniform, die gerade ihren Wehrdienst absolvierten, und jeder von ihnen versuchte mich davon zu überzeugen, dass ich mit meinen Sympathiekundgebungen auf dem falschen Weg sei. Aber ich lachte nur und gab mich leichtfüßig der nächsten Walzerdrehung hin. »Ich habe heute für den Frieden demonstriert. Bist du etwa für Krieg?« Wer auch immer mich zum Tanz aufforderte, ob in Smoking oder Uniform – ich genoss es und gab keinem einen Korb. Die Demo war zwar aufregend gewesen, aber von Ballkleidern und Walzer wollte ich nun auch nicht lassen.

Wanderjahre

Nach dem Abitur gehen männliche Aristokraten gewöhnlich zur Bundeswehr, viele verpflichten sich für zwei Jahre und erlangen den Rang eines Offiziers. Die jungen Frauen verbringen meist ein Jahr als Au-pair-Mädchen in Paris oder London. Hilfreich bei der Suche nach einer passenden Stelle ist das weltumspannende Netzwerk, denn selbstredend sollen die Mädchen gerade im Ausland in einer Familie leben, in der ähnliche Wertvorstellungen, Erziehungsmaßnahmen und Umgangsformen herrschen, wie sie im eigenen Elternhaus gepflegt werden.

Auch ich geriet kurz nach Abschluss meiner Abiturprüfungen in dieses Netzwerk. Zwar wollte ich keineswegs nach Paris oder London – Französisch und Englisch hatte ich schließlich schon als Kind gelernt – und auch die Vorstellung, ein Jahr lang einen fremden Haushalt zu führen und Kinder zu hüten, fand ich nicht unbedingt verlockend, aber ich hörte von einer entfernten Verwandten, die an der Seite ihres Ehemannes für ein Jahr nach Singapur zog und dringend eine Hilfe für ihre zwei kleinen Söhne suchte. Das weckte mein Interesse: Singapur! Das klang nach fernöstlichen Kulturen und mir noch fremden Sprachen, nach tropischer Wärme, exotischen Blüten und ewigem Grün. Es klang nach einer ungewöhnlichen Herausforderung voller Abenteuer und Spannung. Kinder hüten, putzen und Geschirr spülen würde dagegen, so hoffte ich, reine Nebensache sein.

Ich sprach also vor, bekam den Zuschlag und begab mich mit knapp achtzehn Jahren auf eine kleine Weltreise. Zwanzig Stunden dauerte der Flug nach Singapur, Zwischenaufenthalt machte der Pilot in fremdartig klingenden Städten wie Abu Dhabi und Bangkok, in denen ich vor Angst das Flugzeug nicht verließ. Schließlich wollte ich nicht im Harem eines Scheichs enden oder unter die Räder einer Rikscha geraten. Als ich in Singapur aus dem Flugzeug kletterte, hatte ich auf der Treppe ein Gefühl, als würde mir ein heißer Waschlappen ins Gesicht geworfen. Hier war die Luft überall heiß und feucht, drinnen wie draußen.

Aber ich gewöhnte mich rasch an das Klima, und meine Abenteuerlust kam in den folgenden Monaten ganz auf ihre Kosten. Sooft ich nur konnte, entfloh ich meinem Arbeitsalltag, besichtigte die Stadt und ihre Umgebung, besuchte die religiösen Feste, las darüber, was ich nur finden konnte, und wollte unbedingt mehr über die dortige Kultur erfahren. Ich lernte Chinesisch, aß mit Stäbchen, lernte die ungewöhnlichsten Gerichte kennen, erfuhr Geschmäcker und Gerüche, von denen ich zuvor nicht einmal hätte träumen können. Zweimal bekam ich länger frei und reiste als Rucksacktouristin nach Malaysia und Indonesien. Die Exotik und Fremdartigkeit dieses Erdteils verzauberte mich. Ich war so begeistert, dass ich mir vornahm, Sinologie zu studieren.

Als ich aber nach einem Jahr wieder nach Deutschland zurückkehrte, war mein Vater inzwischen nach Warschau versetzt worden. Ich besuchte meine Eltern in Polen und beschloss spontan, zu bleiben. Asien war zwar interessant, aber Europa lag mir kulturell doch wesentlich näher. Und bei meinem Besuch in Polen merkte ich, wie wenig ich letztlich davon kannte. Bis dato hatte Europa für mich am Eisernen Vorhang geendet. Ich hatte keine Ahnung, dass eigentlich Krakau der geographische Mittelpunkt Europas ist. Als mein

Vater uns von seiner Versetzung nach Warschau erzählte, hatte ich mir erst ausführlich erklären lassen müssen, wo diese Stadt überhaupt liegt.

Dabei war und ist Polen eng mit der Geschichte meiner Familie verbunden. Mein Vater ist nicht nur in Königsberg geboren und in Ostpreußen aufgewachsen, sondern auch die Geschicke unseres bekanntesten Vorfahren, des Grafen Heinrich von Brühl, sind mit diesem Land verwoben. Er gelangte im 18. Jahrhundert als Page an den Hof Augusts II. in Dresden, machte schnell Karriere und wurde als Premierminister Augusts III. zum einflussreichsten Mann am sächsischen Hof. Von seiner Bedeutung zeugt nicht zuletzt die nach ihm benannte Brühlsche Terrasse in Dresden. Er hat die ehemaligen Befestigungsanlagen unmittelbar hinter seinem Palais aufschütten und zu einem privaten innerstädtischen Garten ausgestalten lassen. Das umfangreiche Areal mit seinem anmutigen Schwung prägt bis heute das Stadtbild der sächsischen Metropole.

Sowohl August II. als auch sein Sohn August III. waren nicht nur mächtige Herrscher in Sachsen, sondern zeitgleich Könige von Polen. Heinrich Graf von Brühl unterstützte sie bei der Wahl und begleitete den einen wie den anderen mehrfach auf Reisen in das Nachbarland. Um zwischen Dresden und Warschau standesgemäß Quartier beziehen zu können, erwarb er auf halber Strecke ein prächtiges Schloss mit weitläufigem Park und Wäldereien: Pförten, heute Brody genannt. Es befindet sich kurz hinter der polnischen Grenze auf der Höhe von Forst. Obwohl der Minister zahlreiche luxuriöse Anwesen sein eigen nannte – auch in Warschau stand bis zum Krieg noch ein Brühlsches Schloss –, wurde Schloss Pförten zum eigentlichen Stammsitz der Brühls. Es erhebt sich mächtig aus einer Landschaft aus endlosen Wäldern und weiten Feldern, die Niederungen der Neiße sind nicht weit entfernt. Sein schönes altes Walmdach ragt hoch über die Häuser in dem kleinen Dorf hinaus. Heute ist die einstige Pracht nur noch zu erahnen. Die Straße, die zum Schloss führt, ist nicht gepflastert, die Wege ausgetreten und sandig, die Wiese davor struppig, der weitläufige Park dahinter ungepflegt. Das Haupthaus ist unbewohnbar. Nur weil das Dach noch existiert, ist es bislang keine Ruine. Die Fenster sind zugemauert, lediglich an den zwei seitlichen Flügelbauten wird renoviert und gebaut. Ein polnischer Investor widmet sich dankenswerterweise der Wiederherstellung. Ob das eigentliche Schloss je wieder im alten Glanz erstrahlen wird, steht in den Sternen. Doch die Größe des Anwesens verweist auf seine ursprüngliche Bedeutung. Bis heute repräsentiert es für viele Familienmitglieder den einst prägenden Mittelpunkt ihres Lebens.

Mein Großvater war nicht der älteste Sohn der Familie. Deshalb ging er, wie bei den Nachgeborenen in adligen Familien üblich, in den Staatsdienst und wurde nach Ostpreußen versetzt. Dort wuchs mein Vater mit seinen Geschwistern auf, besuchte in Piła (Schneidemühl) und Olsztyn (Allenstein) die Schule, doch in den Ferien und zu größeren Familienfesten ging es immer nach Pförten. Dort verbrachte er zahlreiche Sommer mit der geliebten Cousinage.

Das Warschauer Schloss der Brühls, so liest man bisweilen in polnischen Zeitungen, soll ebenfalls wieder aufgebaut werden. Dennoch hat nie ein Mitglied der Familie ernsthaft in Erwägung gezogen, auf Dauer wieder nach Polen zu ziehen.

Als ich 1983 dorthin kam, waren die aktuellen politischen Ereignisse so spannend, dass ich keinerlei Muße fand, mich der Geschichte meiner Familie zu widmen. Es herrschte Kriegszustand, in den Läden gab es nichts zu kaufen, und die unabhängige Gewerkschaft »Solidarność« konnte mit ihrem Anführer Lech Wałęsa nur im Untergrund agieren.

Auch die westlichen Diplomaten waren in ihrer Bewegungsfreiheit extrem eingeschränkt. Wir wurden rund um die Uhr vom polnischen Geheimdienst überwacht und konnten das Haus praktisch nicht unbemerkt verlassen. Wen immer ich in Polen kennenlernte oder traf – zu Hause durfte ich nicht darüber sprechen. Über die Abhöranlagen hätte es umgehend den Geheimdienst erreicht und meinen Freunden womöglich geschadet.

So dominierten die aktuelle Politik und der Kalte Krieg unser Leben. Dennoch ist es merkwürdig: Während der vier langen Jahre, die mein Vater in Warschau auf Posten war, besuchte ich Pförten kein einziges Mal. Vielleicht lag es daran, dass ich Dresden damals noch nicht kannte. Als typische Westdeutsche war ich nie in der DDR gewesen, gerade mal einen halben Tag verbrachte ich einst in Ost-Berlin. Die Brühlsche Terrasse hatte ich noch nie gesehen, nicht einmal auf Bildern. Ich konnte die Geschichte und Bedeutung meiner Familie nicht erfassen. Grund dafür war – wieder – die Zurückhaltung meiner Eltern, insbesondere die meines Vaters. Ihm saß das Flüchtlingsschicksal in den Knochen, er hatte uns nie genau erzählt, woher er eigentlich stammte. Auch jetzt, in Warschau, sprach er mit mir wenig über die Geschichte seiner Familie. Nach dem Zweiten Weltkrieg gab es seine Heimat nicht mehr. Nichts hätte ihm ferner gelegen, als sich für etwas zu brüsten, was in seinen Augen nicht mehr existierte. Möglicherweise war er sogar deshalb Diplomat geworden und hatte das Dasein eines ewigen Nomaden gewählt. Er wollte seinen Kindern das Schicksal des Verlustes von Heimat und geographischer Zugehörigkeit ersparen. Eines steht fest: Wenn er nicht nach Warschau versetzt worden wäre, wäre er womöglich nie wieder in das Land seiner Vorfahren zurückgekehrt.

Ich konnte mich nicht mit dem Heimweh-Tourismus befassen, den zahlreiche Besucher meiner Eltern in ihrer rückwärtsgewandten Art pflegten. Ich wollte nach vorn blicken, wach und bewusst im Polen der Gegenwart leben. Mir schien es wichtiger, das Land kennenzulernen, es so anzunehmen, wie es damals war, und, wenn möglich, auch irgendwann Polnisch zu sprechen! Ich wusste, dass die Sprache extrem schwer zu erlernen ist, aber ich wollte es wenigstens versuchen. Um der unmittelbaren Beobachtung des Geheimdienstes zu entkommen, zog ich nach Lublin im Südosten des Landes. Dort schrieb ich mich an der freien Katholischen Universität ein und belegte einen Jahreskurs zur Sprache und Kultur des Landes. Nebenbei half ich beim Aufbau der Germanistischen Fakultät und gab Kurse in deutscher Konversation. Auch privat gab ich Deutschunterricht. Meine Eltern sorgten sich angesichts der angespannten politischen Situation um mich, aber sie unterstützten mein Vorhaben aus vollem Herzen.

Diese Studienjahre in Polen gehören bis heute zu den wichtigsten meines Lebens. Allein die Tatsache, dass ich mich in Lublin befand, tief im realsozialistischen Polen mit allen komplizierten Begleiterscheinungen, versetzte mich in geradezu euphorische Stimmung. Was immer mir gelang, jeder Einkauf, jede gewöhnliche Zugfahrt, ja, jeder direkte Kontakt zur Bevölkerung machte mich glücklich. Kaum ein Westler hatte solch intensiven Zugang zu diesem Land, das wusste ich.

Dabei waren die meisten Erlebnisse ganz banaler Natur. Etwa wenn ich am Busbahnhof stand, um ein mir noch fremdes Ziel zu erreichen. Zunächst galt es, die richtige Buslinie ausfindig zu machen, die mich dorthin brachte. Wenn der Bus dann endlich kam, rannte ich mit den anderen Reisenden um die Wette, um rechtzeitig die Stelle zu erreichen, an der er hielt – denn so etwas wie Hinweisschilder gab es nicht –, und musste schnell hineinklettern, ohne knietief in einer der Schneepfützen zu versinken, die sich an jeder Haltestelle befanden. In Lublin waren die meisten öffentlichen Transportmittel O-Busse. Sie hatten teleskopartige Metallarme auf dem Dach, über die ihr Energiebedarf gespeist wurde und die an fast jeder Kreuzung aus der Leitung glitten. Dann zischte und knallte es, und ein Funkenregen sprühte herab. Der Busfahrer musste anhalten, aussteigen und so lange mit einer an den Metallarmen befestigten Leine hantieren, bis die Verbindung zur Stromleitung wieder hergestellt war. Das konnte die Fahrt um einiges verlängern.

Oder es galt, die Räume zu finden, in denen der studentische Sportunterricht stattfand, nicht etwa, weil ich Lust darauf hatte, in den zugigen, nach kaltem Schweiß stinkenden Hallen Sport zu treiben, sondern weil das zu unserem Pflichtprogramm gehörte. Wer im sozialistischen Polen studierte, egal ob Medizin, Theologie oder Arabistik, musste Kurse in Körperertüchtigung belegen. Die Art des Sportes war dabei egal: Gymnastik oder Jazzdance, Geräteturnen oder Basketball. Aber mir machte das nichts aus. Wenn ich, im besten Fall unerkannt, wie eine richtige polnische Studentin im Takt mit anderen durch die Uni-Turnhalle hüpfte, war ich glücklich.

Oder ich schaffte es, den fürchterlich armseligen Bauernmarkt zu finden und dort ein paar schrumpelige Äpfel oder eine Tüte Sonnenblumenkerne zu ergattern. Es waren simple Aufgaben und Begebenheiten, aber ich fühlte mich, als hätte ich wer weiß was für ein Abenteuer bestanden, und kehrte jedes Mal stolz wie Bolle in meine kleine WG zurück.

Alle Studenten bekamen Essenmarken, die die Zuteilung der Rationen von Zucker oder Mehl regelten. In Polen herrschte Krise, in den Läden gab es nichts zu kaufen. Selbst der Erhalt dieser kleinen Kärtchen erfüllte mich mit grenzenloser Euphorie. Dabei brauchte ich sie gar nicht. Alles, was ich benötigte, konnte ich bei meinen Eltern in Warschau bekommen. Aber ich wollte eine echte Studentin in Solidarność-Zeiten sein, und da gehörten diese Kärtchen nun einmal dazu. Selbstverständlich verschenkte ich sie. Eine Germanistikdozentin, Elżbieta, die mit ihrem dreijährigen Sohn Marcin in Lublin lebte und aus einer Bauernfamilie stammte, konnte die Papierschnipsel gut für ihre Eltern gebrauchen. Private Landwirte erhielten keine Zuteilungen.

Außerdem lernte ich Polnisch, diese entsetzlich schwierige slawische Sprache, bei der es dreihundert Mal länger dauert, sich die Vokabeln zu merken, geschweige denn, dass man sie richtig aussprechen kann. Als ich endlich in der Lage war, erste zusammenhängende Sätze zu formulieren, starrten mir meine polnischen Freunde auf den Mund, als kämen Goldklumpen heraus. Sie konnten es einfach nicht fassen, dass eine Deutsche tatsächlich den Ehrgeiz hatte, ihre verrückte Sprache zu lernen. Der erste vollständige polnische Satz, den ich beherrschte, war: »Na co Pani stoj w kolejdze?« (Wonach stehen Sie hier in der Schlange?)

Das Leben in Polen war aufregend und schön, aber nachdem ich mich ein Jahr lang dort herumgetrieben hatte, beschloss ich, mein weiteres Studium in Deutschland zu absolvieren, denn ein Universitätsabschluss von München oder Hamburg genoss im Ausland damals ein gewisses Ansehen. Aber mich trieben auch irrational-emotionale Gründe. Ich hatte in Polen das Gefühl, etwas zu verpassen. Auf den Bällen, die ich, wenn auch sporadisch, selbst von Lublin aus in Deutschland besuchte, erzählten mir einige meiner gleichaltrigen Verwandten begeistert von ihrem lustigen Studentenleben. In ihren Schilderungen war eine Vertrautheit und Nähe zu spüren, die ich unter meinen Kommilitonen vermisste. So aufregend es einerseits war, in der Fremde zu sein, so sehr fehlte mir bisweilen die familiäre Vertrautheit.

Adlige, die nach Schule und Bundeswehr oder ihrem sozialen Jahr einen Studienabschluss anstreben, ziehen normalerweise in eine der traditionellen Universitätsstädte wie Göttingen, Freiburg, Passau oder Regensburg, schreiben sich für Betriebswirtschaft oder Jura ein, die Frauen in Kunstgeschichte oder Germanistik, und ziehen gemeinsam in eine Wohngemeinschaft. Lustig an dieser Lebensphase ist weniger das Studium als die Bekanntschaft mit anderen Standesgenossen, die gemeinsamen Mensabesuche und abendlichen Spaghettikochereien, die Spaziergänge und Kurzwanderungen an den Wochenenden, die meist nach sonntäglichem Kirchgang, Essen und Mittagschlaf stattfinden – und nicht zuletzt die Selbstverständlichkeit, mit der selbst mitten in der Woche kurzerhand abends Tisch und Stühle beiseitegeschoben werden, der Teppich zusammengerollt, allseits bekannte und beliebte Musik aufgelegt wird und wild bis spät in die Nacht drauflos getanzt wird. Der Einzige, der sich darüber wundert, sollte er im selben Haus wohnen, ist der Vermieter.

Ich zog nach Heidelberg, eine Studentenstadt, die zwar mehrheitlich protestantisch geprägt ist, wohin sich aber auch der eine oder andere katholische Adlige verirrt. Polen verlor ich dabei allerdings nicht aus den Augen. Zwar dominierte am Institut für Slawistik, in dem ich mich einschrieb, damals wie überall in Westdeutschland die russische Philologie, und da in Heidelberg ein ausgezeichneter Professor für vergleichende Literaturwissenschaften lehrte, wählte ich ihn zu meinem Doktorvater, aber ich studierte zusätzlich Polonistik und machte auch in diesem Fach einen Abschluss. In meiner Dissertation beschäftigte ich mich mit den Theaterstücken von Anton Tschechow. Hin und wieder fragte mich mein Onkel mit süffisantem Lächeln, ob ich denn auch den Wimpernschlag der Mascha in Tschechows »Drei Schwestern« mit in Betracht gezogen hätte. Solange es sich bei Promotionen und ähnlichen Publikationen nicht um das Studium der Familiengeschichte oder sonstiger größerer oder kleinerer historischer Zusammenhänge handelt, ist der adligen Verwandtschaft allzu großer Ehrgeiz nur verdächtig. Auch der Begriff »Intellektueller« gilt unter Standesgenossen keineswegs als Auszeichnung. Das könnte ja etwas mit Kommunismus zu tun haben, und der löst im Adel, wo man naturgemäß konservativ ist, größtes Unbehagen aus.

An den Wochenenden folgte ich wieder verstärkt Einladungen zu Festen, und selbstredend lebte ich auch in meiner Wohngemeinschaft mit Standesgenossen zusammen. Hier kam ich, was Spaghetti-Essen und ungestüme Tanzsessions anging, voll auf meine Kosten. Einige Jahre wohnte ich auch mit meiner jüngeren Schwester zusammen, was unsere ohnedies sehr enge Bindung noch verstärkte. Während ich jeden Tag morgens in die Universität radelte und meinem Slawistikstudium folgte, stand sie wesentlich früher auf, fuhr über die Felder entlang der Bergstraße und machte zwei Orte weiter eine Ausbildung zur Gemüsegärtnerin.

Noch hatte sich meine Überzeugung, dass ich zum Heiraten wohl nicht tauge, keineswegs verfestigt. Doch ich hatte schon die Perspektive Berufstätigkeit ins Auge gefasst. Jedenfalls wollte ich nach dem Studium möglichst umgehend finanziell auf eigenen Beinen stehen.

Kaum hatte ich meinen Magister in der Tasche – ich lag mit meiner Doktorarbeit gerade in den letzten Zügen –, da fiel die Mauer. Das kam mir wie gerufen. Die DDR war zwar nicht Polen, aber aus meiner westlichen Sicht durchaus Osten genug, und das schien mir inzwischen die einzig sinnvolle Himmels- und Bewegungsrichtung für mich zu sein. Ich war aus vollem Herzen Slawistin geworden.

Nach einem Intermezzo in Hamburg bei der Wochenzeitung *Die Zeit* heuerte ich bei der regionalen *Sächsischen Zeitung* an und zog nach Dresden. Ich wollte herausfinden, wie es Menschen, deren journalistische Praxis jahrelang weitgehend darauf reduziert gewesen war, ein Hohelied auf Regenten ihres Landes zu singen, gelingt, plötzlich umzudenken und kritische Texte zu verfassen. Zu diesem Zweck begab ich mich ganz bewusst in die Höhle des Löwen, denn die *Sächsische Zeitung* war das ehemalige SED-Kampfblatt der Region.

Meine Neugier wurde belohnt. Auf den Reportagetouren, die mich über Land führten und bei denen ich meist mehrere Stunden lang im Auto gemeinsam mit einem Fotografen unterwegs war, erfuhr ich, wie der journalistische Alltag in der DDR ausgesehen hatte. Manche empfanden die Möglichkeit zu Kritik und Analyse, die seit der Wende bestand, befreiend, andere fanden sie beunruhigend. Auch den täglichen Texten im Blatt, insbesondere den Kommentaren, war anzumerken, dass viele nicht genau wussten, wie sie mit der neuen Situation umgehen sollten. Es mangelte an Orientierung und klaren Positionen. Man hatte keine Widersacher mehr im eigenen Lager, es gab keine Hindernisse und Einschränkungen, aber es wurde auch spürbar, dass viele Neuerungen, die ihnen der Westen anbot, keineswegs sinnvoll waren.

Ich lernte viel bei dieser Zeitung. Mir kam der alte Propaganda-Spruch »Der Jugend Vertrauen und Verantwortung« zugute, den einer der Kollegen gern witzelnd zitierte. Es muss den Leuten eine besondere Freude bereitet haben, ausgerechnet mir, die ich doch eigentlich zu den sogenannten »Besserwessis« gehörte, etwas beibringen zu können.

Ich spürte, dass die Hierarchien im Osten deutlich weniger ans Lebensalter gebunden waren. Gerade die jungen Nachwuchsredakteure ließ man schnell an die großen Geschichten heran. Gebt ihnen eine Chance!, Sollen sie sich erproben! waren allgemeine Leitsätze, die tatsächlich beherzigt wurden. Wer sich bewährte, durfte bald verantwortungsvollere Funktionen übernehmen.

So fuhr ich kreuz und quer durch die Region und sammelte Geschichten. Fast jede Idee, die ich mitbrachte, wurde aufgegriffen, alle meine Beiträge gedruckt. Die Kollegen hielten mir zugute, dass ich die Region und ihre Besonderheiten noch nicht kannte und sie daher ganz anders beschrieb, als sie es gewohnt waren. Das lasen die Leute gern. Gleichzeitig stand mir immer jemand zur Seite, der meine Texte las, bevor sie erschienen, sie redigierte, mir zeigte, was ich besser machen könnte, Überschriften mit mir entwickelte. Es verging kein Tag, ohne dass ich irgendetwas dazulernte. Das passte ideal zu meinem Naturell. Keine Spur von dem Leistungsdruck, der mich im Westen gequält hatte, einzig Ermunterung und ehrliche Unterstützung.

Natürlich fragte mich jeder Zweite in Dresden nach meiner Verwandtschaft zu Heinrich Graf von Brühl, dem Premierminister Augusts III., der die Brühlsche Terrasse hatte anlegen lassen. Allerdings wusste ich, als ich nach Dresden zog, kaum etwas darüber. Immerhin hatte mir ein schmächtiger Bibliothekar mit schlohweißem Haar, der in Heidelberg die Studentenbücherei leitete, einen Bildband gezeigt, in dem die Brühlsche Terrasse abgebildet war. Der Mann stammte selbst aus Dresden, und nachdem er meinen Namen für die Benutzerkartei erfasst und nachgefragt hatte, war er außer sich, als er erfuhr, dass ich die berühmte stadtarchitektonische Anlage, deren Name unmittelbar auf meine Familie zurückging, noch nie gesehen hatte. Obwohl zu dem Zeitpunkt noch Kalter Krieg herrschte und der Eiserne Vorhang Deutschland teilte, obwohl es mir vollkommen abwegig erschien, jemals nach Dresden zu gelangen, prägten sich mir die Schwarzweißbilder tief ein.

Dank dieses eifrigen Bibliothekars hatte ich wenigstens eine visuelle Vorstellung von der Stadt und ihrer Kulisse. Doch mir fehlte jegliche Vorstellung von der Bedeutung der Brühlschen Terrasse. Umso kurioser kam mir der herzliche Empfang vor, den mir viele Dresdner nach der Wende bereiteten: »Schön, dass Sie zurückgekommen sind«, sagte die Bibliothekarin der städtischen Leihbücherei in der Neustadt, als sie mir meinen frisch ausgefüllten Ausweis reichte. Ich verstand, was sie damit ausdrücken wollte, und weiß ihre Liebenswürdigkeit zu schätzen, aber im Grunde war diese Reaktion absurd: Ich war in Accra geboren und hatte meine Kindheit in London, Brüssel und Bonn verbracht, auch mein Vater und Großvater hatten nie in Dresden gelebt. Wenn wir unsere Verwandtschaft in Deutschland aufsuchen wollten, fuhren wir nach Westfalen oder ins Allgäu. Von »Zurückkommen« konnte nicht im Geringsten die Rede sein.

Für mich war Dresden ein Neubeginn. Hier startete ich mutterseelenallein mein eigenes, losgelöstes und unabhängiges Leben, hier fand ich meine erste Arbeitsstelle. Ich wohnte zur Untermiete in der Dresdner Neustadt, heizte meine zwei schmalen Zimmer mit einem Kohleofen, und wenn ich auf die Toilette wollte, musste ich sommers wie winters, tagsüber oder nachts, nach einem schweren eisernen Schlüssel greifen, die Wohnung verlassen, in den Hausflur gehen und dort das winzige Außen-Klo, das so genannte A-WC benutzen. Der Westen, meine Familie, die adlige Verwandtschaft waren weit weg. Briefe kamen selten an, Telefon gab es nicht. Der Osten war damals weiter vom Westen entfernt als manch ein fremder Kontinent, und von meinem Entschluss, dorthin endgültig zu übersiedeln, wussten viele meiner Verwandten gar nichts. Schon meine Antwort auf die Frage, wo um Himmels willen ich denn wohnen würde, wurde nur mit ratlosem Kopfschütteln kommentiert.

Ich hingegen fand dieses Leben ähnlich aufregend wie zuvor in Lublin. Mit Begeisterung schleppte ich die Kohleneimer aus dem Keller bis in den dritten Stock, lernte erfolgreich anfeuern und hielt tapfer die Wärme im Ofen, selbst wenn ich tagsüber viele Stunden nicht in der Wohnung verbrachte. Die meisten Westler machten den Fehler, ihren Ofen nicht regelmäßig zu feuern, und froren sich im Winter nachts fast zu Tode. Sie kamen regelmäßig nach Dresden, aber immer nur für wenige Tage, saßen abends lange in ihren Büros, gingen anschließend noch ein Bier trinken und mussten morgens früh wieder raus. Sie wurden DiMiDo-Typen genannt, weil sie meist am Dienstagmorgen anreisten und die Stadt am Donnerstagabend fluchtartig wieder verließen. Zu dieser hektischen Lebensweise passte einfach kein Kohleofen.

Ich lebte natürlich auch am Wochenende in Dresden. Ich wollte die Museen besuchen, ins Theater gehen, Leute kennenlernen. Wie sollte ich als Journalistin aus einer Stadt berichten, in der ich nur drei Tage die Woche lebte? Um auch die nähere Umgebung mit ihren Schlössern, Burgen und der malerischen Landschaft mit der Zeit kennenzulernen, legte ich mir einen knallorangen Wartburg zu, der allerdings nicht viel taugte. Er stand öfter in der Werkstatt als zu meiner Verwendung draußen auf der Straße.

Zur Arbeit fuhr ich wie gewohnt jeden Morgen mit dem Fahrrad. Für Recherchetouren wurde mir von der Zeitung ein Dienstwagen, wenn nötig gar mit Chauffeur, zur Verfügung gestellt. Ich fand das ungeheuer praktisch und ökonomisch, doch es hatte eher historische Gründe. Im Osten war weder der Erwerb einer Fahrerlaubnis noch der Besitz eines eigenen Autos selbstverständlich gewesen. Leider wurde der Fuhrpark bald abgeschafft.

Ich gewann bald Freunde. Gerade in meiner Nachbarschaft fand ich schnell Anschluss. Das Viertel, in dem ich wohnte, war berühmt-berüchtigt für seine unkonventionellen Bewohner: wilde Künstler und Studenten. Für mich ein Glück. Die meisten waren noch jung und hatten mir als Westdeutscher gegenüber keine Berührungsängste. Die Häuser in der Dresdner Neustadt stammen aus der Gründerzeit, sie waren pittoresk, aber in denkbar schlechtem Zustand, weil es keine Mittel gab, sie zu renovieren. Die SED-Führung hatte lieber Neubauten mit Fernheizung, Toiletten und Bädern an den Stadtrand gestellt, als in die alte Bausubstanz zu investieren. Hier zogen nur Mieter ein, die bereit waren, die Wohnungen selbst zu sanieren, Hauptsache, sie hatten endlich ihre eigene Bleibe. Frei nach der Devise: Tür eintreten, Schloss einbauen, brachen sie in leerstehende Wohnungen ein, renovierten sie nach allen Regeln der Kunst und holten sich dann bei der zentralen Wohnraumvergabestelle einen legalen Mietvertrag. Der Bezirk war sogar ganz froh über diese Vorgehensweise. Wieder ein Dresdner mehr mit eigenem Dach überm Kopf, wieder ein Wohnungsantrag weniger auf dem hohen Stapel zu beantwortender Anfragen. Und dennoch keine zusätzlichen Ausgaben.

Auch die ersten privaten Kneipen wurden hier in der Neustadt eröffnet. Dazu dienten zu Beginn gewöhnliche Wohnungen, meist die im Erdgeschoss, manche befanden sich auch im ersten Stock. Anfangs waren es genau fünf mit so abenteuerlichen Namen wie »Planwirtschaft« oder »Raskolnikoff«. Ich frequentierte alle gern, am liebsten diejenigen, die sich in meiner Nähe befanden, wie das »Hieronimus« und die »Hundert«, manchmal auch das »Planeta«. Heute ist von dem provisorischen Charme dieser Kellerkneipen nicht mehr viel übrig. Die Dresdner Neustadt ist das Vergnügungsviertel schlechthin geworden und hat die größte Kneipendichte in der Stadt. Nachts ist es dort fast heller als tagsüber, so viel Leuchtreklame macht auf die unterschiedlichen Etablissements aufmerksam. Das war Anfang der neunziger Jahre ganz anders. Die Straßen waren duster, und es roch nach verbrannter Kohle.

Einige meiner Bekannten, wenn auch nur wenige, stammten wie ich aus dem Westen. Ost und West mischte sich kaum. Es war ähnlich wie in einer Kolonie. Die Westler verkehrten nur in bestimmten Restaurants und vor allem Bars, viele von ihnen arbeiteten für die Treuhand. Die meisten waren Männer, einige von ihnen hatten schon Familie, aber kaum einer hatte sie mitgebracht. Alleinstehende Frauen aus dem Westen wie mich gab es praktisch nicht.

Die Bar, in der sich diese Männer abends trafen, befand sich im Souterrain eines Hotels in der Prager Straße, eine andere im Hotel »Bellevue«, gleich gegenüber der Brühlschen Terrasse. Dort lümmelten sie in den Clubsesseln oder hingen auf den hohen Hockern am Tresen: Heerscharen von Männern in Anzügen, die Krawatte meist schon gelockert, ihre weißen Hemden leuchteten im Halbdunkel, das hier unten herrschte. Die Herren tranken Bier, erzählten mit lauter Stimme von ihrer Arbeit bei der Treuhand und zogen über die Ostdeutschen her. Sie beschwerten sich über schlechte Straßen, langsame Trabis und den Geruch von Chemie und altem Elbwasser. Sie imitierten stümperhaft den sächsischen Dialekt, den die ihnen zumeist untergeordneten Mitarbeiterinnen sprachen, die sehr viel mehr arbeiteten als ihre Vorgesetzten aus dem Westen, dabei aber wesentlich weniger Geld verdienten, und beklagten sich gleichzeitig über deren angebliche Unfähigkeit. Oder sie schimpften über Banalitäten wie mangelhaften Hemdenservice. Die einzige Reinigung in Dresden befand sich in der Weberstraße und hatte – so die hier vorherrschende Meinung – absurde Öffnungszeiten. Meist musste man Schlange stehen. Nach dem zweiten Bier kam mit schöner Regelmäßigkeit die Idee auf, man könne in den neuen Bundesländern eine Wäschereikette aufziehen, doch nach dem dritten Bier wurde die Idee wieder verworfen, weil das Dresdner Wasser, wie die Westler behaupteten, dafür zu dreckig sei.

Es wird nicht verwundern, dass ich mich für diese Männer nicht die Bohne interessierte. Bei den häufigen Umzügen in meiner Kindheit als Diplomatentochter hatte ich eines gelernt: Will man in einer neuen Umgebung zurechtkommen, muss man sich seine Freunde unter den Einheimischen suchen. Das hatte uns meine Mutter eingeschärft und eindrücklich vorgelebt. In welches neue Land wir auch immer zogen, sie suchte umgehend Kontakte zu jenen Menschen zu knüpfen, die dort dauerhaft lebten. Bekanntschaften zu Mitgliedern des diplomatischen Corps oder anderen Ausländern, die zufällig zeitgleich in dieser Stadt residierten, konnten nur flüchtig und oberflächlich sein, erklärte sie uns. Sie brachten einem den fremden Ort nicht näher und gingen möglicherweise genauso plötzlich zu Ende, wie sie entstanden waren. Denn keiner von diesen Ausländern war gekommen, um länger zu bleiben, als es seine Pflichten erforderten.

Die Freundesbande, die man vor Ort knüpfte, gaben Gelegenheit, insbesondere die Sprache des Landes zu lernen und zu praktizieren. Das war meiner Mutter besonders wichtig. Es gab ja Leute, die jahrelang in Brüssel lebten und kaum Französisch oder Flämisch sprachen. Das fand sie unmöglich. Meine Mutter hatte dank ihrer Musikalität ein ausgezeichnetes Gehör und eine besondere Begabung für Sprachen. Schon als Kind lernte sie im tiefsten Allgäu von ihren Erzieherinnen so perfekt Französisch, dass sie heute noch von vielen für eine Französin gehalten wird. Später kam Englisch dazu, dann Spanisch, Portugiesisch – sogar Polnisch. Das meiste brachte sie sich selbst bei. Sie versuchte alle Sprachen der Länder zu lernen, in denen sie mit meinem Vater auf Posten war, und einige mehr. Portugiesisch lernte sie beispielsweise nur, weil sie eine Putzfrau aus Portugal hatte. Sie verstand es als ein Zeichen des Respekts vor fremden Sitten und Kulturen und war darin absolut überdurchschnittlich. Kaum eine andere Diplomatengattin versuchte beispielsweise in Warschau Polnisch zu lernen.

Ihrer musikalischen Begabung hatte es meine Mutter auch zu verdanken, dass sie als Kind von den Sennern in den Obersdorfer Bergen, wo mein Großvater ein Jagdhaus besaß, das Jodeln lernte. Sie half ihnen in den Ferien im Stall aus und versuchte sie einfach so lange zu imitieren, bis sie bei jedem der für die Region typischen Jodelwettbewerbe einen Preis hätte gewinnen können. Gleichzeitig erlangte meine Mutter auch absolute Perfektion im Erwerb der unterschiedlichsten Dialekte. Dass sie Schwäbisch sprechen konnte, war bei ihrem Geburtsort nahezu selbstverständlich, aber sie lernte ebenso rasch Rheinisch, nachdem sie mit meinem Vater nach Bonn gezogen war, Wienerisch, als er später Botschafter in Österreich geworden war, ja, sogar Tirolerisch, weil er einen Bauernhof bei Kufstein erbte und wir dort wiederholt unsere Ferien verbrachten. Selbst Sächsisch ist für sie keine Fremdsprache. Das liegt nicht zuletzt daran, dass meine Großmutter aus Wechselburg bei Glauchau stammte.

Leider hat diese Begabung nicht auf mich abgefärbt. Ich beherrsche zwar zahlreiche Fremdsprachen, doch was Dialekte angeht, bin ich absolut schwach auf der Brust. Wenn ich in Dresden angefangen hätte, Sächsisch zu sprechen, hätte das meiner Mutter sicher gefallen. Allerdings entsprach es gewiss nicht ihrem Ideal, dass ich dank der pflichtbewussten Anwendung des von ihr Erlernten im Osten ausgerechnet den Mann meines Lebens kennenlernte. Lieber wäre es meinen Eltern gewesen, wenn ich auch dort mit meinesgleichen fraternisiert hätte. Katholische Adlige gab es einige im fernen Dresden, wenn auch nicht viele, denn der gemeine Adlige hängt noch mehr an der Scholle als die meisten Bürgerlichen. Schloss- und Burgbesitzer können schlecht ihre ererbten Latifundien verlassen, nur weil irgendwo eine Mauer gefallen ist. Aber es gab einige seltene Exemplare, genau genommen etwa sechs, sie kamen samt und sonders aus dem Westen, und selbstverständlich kannten wir uns alle.

Es gab darunter sogar potentielle Heiratskandidaten für mich. Sie hätten ideal zu mir gepasst – rein formal gesehen. Adlig, katholisch, berufstätig, männlich, Ende zwanzig – kurzum in jeder Hinsicht standesgemäß. Wir trafen uns und halfen uns gegenseitig, doch dabei blieb es. Kein Funke sprang über.

Die übrigen Adligen in Dresden waren schon verheiratet und hatten Kinder oder waren auf dem besten Wege dorthin. Sobald sie ein Haus gefunden hatten, in dem sie zur Miete wohnen konnten, was ähnlich wie die Wohnungssuche ausgesprochen schwierig war, zog die Familie nach, und die Hausfrau richtete sich umgehend vom Keller bis ins oberste Stockwerk standesgemäß ein. Eine dieser Frauen war Paula, eine entfernte Cousine von mir. Sie hatte zwei kleine Töchter aus dem Westen mitgebracht, Carina und Bettina. Ihr Mann Johannes arbeitete bei einer Bank im Zentrum von Dresden. Die Mädchen waren kurz hintereinander geboren, die Jüngere noch in Windeln, und Paula hatte alle Hände voll mit ihnen zu tun. Aber sie ließ sich nicht die gute Laune verderben, stellte sich auf die neue Umgebung ein und arrangierte sich mit den fremden Gegebenheiten.

Traditionsbewusst und gesellschaftsfreudig wie andere Aristokraten auch, verstand sie sich nicht lediglich als Hausfrau oder Betreuerin ihrer Kinder, sondern lud – sobald das Haus so weit gerichtet war, dass man Gäste empfangen konnte – mich und andere im Osten umherschwirrende, ledige Trabanten umgehend zum Abendessen ein.

Das Haus, in dem sie mit ihrer Familie lebte, war eine ehemalige Mühle. Sie lag – nebst den dazugehörigen Wirtschaftsgebäuden, einem Bäckerhaus und einer alten Scheune – an einem Flüsschen in einem idyllischen Tal ein wenig außerhalb der Stadt, aber als ich sie zum ersten Mal besuchte, war die Straße dorthin in einem Zustand, dass man gut und gern annehmen konnte, sie führe eher ans Ende der Welt als in ein trautes Heim. Es mangelte an Straßenlaternen, und der Weg endete mehr oder weniger in einem sumpfigen Grund. Hatte man die Widrigkeiten der Umgebung aber überwunden, war durch die tiefen Pfützen und über die buckelrunde, alte Brücke aus grob gehauenen Steinquadern zum Eingang gelangt und hatte kräftig gegen das schwere Holztor geklopft, um sich bemerkbar zu machen, öffnete sich die Haustür, und hinein ging es in helle und freundliche Räume. Eingerichtet mit alten Möbeln und Teppichen, spiegelten sie den herrschaftlich konventionellen Stil, der mir aus den Häusern und Wohnungen meiner Familie und Verwandtschaft wohl vertraut ist. Ich fühlte mich auf Anhieb zu Hause. Die Wände zierten Appliquen, goldgerahmte Stiche und Zierteller, Paula hatte den Esstisch mit einem Damasttuch überzogen und ihn mit silbernen Messern und Gabeln gedeckt, in deren Griff das Familienwappen eingraviert war. Bei ihr wurde das Essen auf Porzellan mit den altbekannten Motiven von Villeroy und Boch serviert und der Wein aus gläsernen Flakons in die geschliffenen Gläser geschenkt. Bevor es zum Essen ging, bot der Hausherr den Gästen einen Aperitif an: »Trockenen Sherry oder einen Port?«, und sobald die Dame des Hauses, geschmückt mit Perlenkette und »Knopf im Ohr«, wie der Ohrring aus einer einzelnen Perle, den Adlige gern tragen, despektierlich genannt wird, die bunte Wachstuchschürze abgelegt und zu Tisch gebeten hatte, setzten sich alle, nicht ohne vom Hausherrn zuvor nach einer von ihm bestimmten Rangfolge platziert worden zu sein. Jeder legte sich seine schwere Stoffserviette auf den Schoß und begann, ordnungsgemäß Konversation zu führen. Ob draußen nun Osten, Westen oder Afrika war, schien völlig gleichgültig. Alles widmete sich unbekümmert dem Tischgespräch. Themen waren wie immer die neusten Verlobungen, die nächsten runden Geburtstage oder die Ballgeschichten der Saison – worüber sich Aristokraten eben gemeinhin unterhalten, wenn sie beisammensitzen. Nach dem Dessert – die Gäste hatten sich erhoben und wieder im Salon Platz genommen – wurde Whisky angeboten oder, ganz nach Belieben, ein Grand Marnier. Auch diese Gläser waren selbstredend mit feinem Schliff versehen.

Ich folgte Paulas Einladungen gern, allerdings kam mein Besuch in ihrem Haus einem Kulturschock gleich. Jedes Mal, wenn es nach dem Abschied wieder hinaus ging in die tiefe Dunkelheit, in die im Winter eiskalte Luft, fragte ich mich ernsthaft, ob das alles, was ich gerade erlebt hatte, wirklich wahr gewesen war. Fast drängte es mich danach, mich rasch noch ein letztes Mal umzudrehen und einen Blick in diese Wirklichkeit zu werfen, die so vollkommen anders war als das, womit ich täglich zu tun hatte. War es nicht ein Traum gewesen? Ein Besuch im Kino vielleicht? Die vornehme Einrichtung, das elegante Geschirr, das Paula mitgebracht hatte, die feinen Gläser, die sorgsam gerahmten Stiche und wertvollen Möbel, die tausenderlei köstliche Zierart aus goldverziertem Holz, aus Porzellan und Glas, die sie in ihren Salonschränken sammelte?

Es erinnerte mich lebhaft an die vielen hübschen Gegenstände aus dem Film »Jenseits von Afrika«, die mühsam in zahlreiche Kisten und Kästen verpackt und per Schiff und Bahn, zuletzt auf einem Ochsenkarren, ihren langen Weg nach Afrika bis in den tiefsten Dschungel antreten mussten, weil auch Tanja Blixen, die Protagonistin der Geschichte, dort, scheinbar am Ende der Welt, jedenfalls fernab jeglicher westlich geprägten Zivilisation, genauso leben wollte, wie sie es von ihrem Anwesen in Dänemark gewohnt war. Und ihre Gäste, die unverwüstlichen Großwildjäger und Trapper, die verwegenen Robert Redfords und Berkeley Coles, dankten es ihr, besuchten sie und fühlten sich bei ihr zu Hause.

Ähnlich muss es auch meiner Mutter ergangen sein, als sie sich damals kurz vor meiner Geburt mit zwei Kindern nach Ghana aufgemacht hat. Auch sie wird auf gewisse Lieblingsgegenstände, Bücher und Bilder, Porzellan und Gläser nicht verzichtet haben wollen. Die Holzkiste, die für den Umzug gezimmert wurde, war schließlich nicht klein. Meine Mutter, danach befragt, betonte allerdings wiederholt, sie sei ausdrücklich davor gewarnt worden, allzu viele europäische Einrichtungsgegenstände mit nach Afrika zu nehmen. Das schwül-heiße Klima sei nichts für alte deutsche Möbel. Derartige Probleme hatte Paula in Dresden glücklicherweise nicht.

Dabei muss man festhalten, dass die adligen Frauen, die sich an der Seite ihrer Männer in die Fremde aufmachen, ihre kostbaren Einrichtungsgegenstände nicht mitnehmen, weil sie ohne das viele Porzellan und Glas nicht leben könnten. Wer von Natur aus prätentiös und anspruchsvoll ist, bleibt eher zu Hause und macht bei dem Zirkus nicht mit. Aristokraten, die im Ausland leben, sind vielmehr nicht anders als ihre Standesgenossen im Inland von dem Gedanken getrieben, eine Kultur zu erhalten und einen Lebensstil zu schützen. Sie wollen, dass ihre Kinder frühzeitig den Unterschied zwischen dem Gewicht eines Silberlöffels und dem eines einfachen Tischbestecks kennenlernen. Sie möchten ihnen die Sorgfalt und die Achtung vor kostbaren Gegenständen beibringen, einen Sinn für hübsche Sachen vermitteln. Lieber ist es ihnen, dass gelegentlich ein Porzellanteller zu Bruch geht, als dass ihre Kinder – und sei es auch noch so praktisch – von Keramiktellern essen. Sie möchten ihnen indirekt, aber nachhaltig und bewusst die Kultur ihrer Familie und Verwandtschaft, die Verbindung zu der Reihe ihrer Ahnen vermitteln.

Für mich war es tröstlich, zu wissen, dass mein eigenes Zuhause, meine kulturelle Heimat hier in Dresden nicht weit war. Zurück in meinen beiden schmalen Kammern in der Neustadt mit dem Kohleofen und den zwei kleinen Dachfenstern, aus denen mein Blick weit über die wild zerklüftete Schornsteinlandschaft der vielen Gründerzeithäuser ging, dachte ich daran, wie wohl mir auf Anhieb bei Paula, den Kindern und ihrem Mann zumute war, wie offen und unbekümmert unsere Gespräche.

Ich glaube überdies, dass gerade Adlige besonders gute Voraussetzungen mitbrachten, um im Osten heimisch zu werden. Die unwegsamen Straßen, kalten Flure, zugigen Fenster, das mühsame Heizen und garstige Frieren – wer einmal länger zu Besuch bei Verwandten oder Bekannten war, die in einer Burg oder einem Schloss wohnen, dem sind derart erschwerte Lebensbedingungen und Wohnverhältnisse wohl vertraut. Wenn ihnen im Winter kalt ist, beklagen sich Adlige nicht, sondern ziehen einen dickeren Pullover über. Bei meinen Großeltern im Allgäuer Schloss mussten wir immer über einen langen, kalten Gang schleichen, wenn wir auf die Toilette wollten, auch nachts. Ich weiß genau, wie es sich anfühlt, wenn man mit nackten Fußsohlen über Steinboden läuft. Dagegen war mein Weg zum Neustädter Außen-WC ein Klacks.

Auch sind es Adlige gewohnt, Mühsal und Entbehrung auf sich zu nehmen, um das zu tun, wozu sie sich berufen fühlen, insbesondere wenn es dem Erhalt der Familie dient. Von außen sind Schlösser und herrschaftliche Landsitze immer eindrucksvoll und imposant, jeder wird beneidet, der in solch prächtiger Umgebung aufwächst. Dass eine moderne Etagenwohnung meist wesentlich einfacher zu bewohnen ist, kommt Außenstehenden in diesem Moment nicht in den Sinn. Schlösser sind meist unpraktisch, das Leben darin enervierend und aufwändig. Man bedenke allein die Heizkosten! Niemals käme der Spross einer alten Familie, dessen Lebensaufgabe es ist, den Stammsitz zu übernehmen und zu erhalten, indes auf den Gedanken, sein uraltes Domizil zurückzulassen und in die Stadt zu ziehen, weil das Leben dort so viel einfacher ist. Das wäre eine glatte Niederlage. Es ist eine Frage der Ehre.

Dennoch vermochte ich nicht allein den Vorgaben meiner Familie zu folgen. Ich war nicht in den Osten aufgebrochen, um dort das adlige Leben zu führen, in dem ich mich schon im Westen nur begrenzt wohl gefühlt hatte. Lieber ging ich in meiner Freizeit auf Ausstellungen und in Konzerte oder zog mit meinen neuen Freunden durch die Nachbarschaft, hing in ihren Kneipen herum und besuchte illegale Clubs. Gierig sog ich alles in mich auf. Der Zauber des fremden Augenblicks übte größere Anziehung auf mich aus, die Momentaufnahme hinterließ stärkere Eindrücke als der Besuch bei den Dresdner Standesgenossen.

Viele Freunde wunderten sich über meine Begeisterung für den Osten und empfanden mich als unkritisch. Ich erinnere mich an ein Telefongespräch mit meinem alten Bekannten Sebastian, der zu diesem Zeitpunkt in New York lebte. Auf einem Stück Brachland inmitten der beiden Ausfallstraßen, die von Dresden nach Norden und Nordwesten führten, hatte ich eine defekte Telefonzelle entdeckt, von der aus man kostenlos telefonieren konnte. An einem Samstag, an dem ich nicht arbeiten musste, fuhr ich dorthin. Es war herrliches Wetter, die Sonne schien, die Bäume prangten in herbstlichem Gold. Kaum ein Auto war unterwegs, ich stand auf diesem Stück Niemandsland und telefonierte kostenlos mit New York.

Sebastian war zum Glück zu Hause, er freute sich über meinen Anruf und fragte aufgeregt, wie es mir ginge. Offensichtlich machte er sich Sorgen. Ich schwärmte von Dresden, berichtete überschwänglich von meiner Arbeit bei der Zeitung, von skurrilen Begebenheiten, die mir widerfahren waren, von meiner großartigen Wohnsituation und den vielen netten Menschen, die ich schon kennengelernt hatte. Sebastian konnte mir nicht recht glauben. Was denn mit diesen Rechtsradikalen sei, fragte er mich, und wie man unter ehemaligen Kommunisten überhaupt leben könne. Denen sei alles Westliche doch zutiefst verhasst. Ich ließ mich nicht beirren. Das könne ich keineswegs bestätigen, widersprach ich.

Irgendwann klopfte eine angetrunkene Frau in leicht verwahrlostem Zustand an die Zellentür und befahl mir in herrischem Ton, sofort aufzulegen. Ich war so verblüfft, dass ich gar nichts zu erwidern wusste. Ich nickte ihr freundlich zu und quasselte unbeirrt weiter. Damals konnte die Tatsache, umsonst telefonieren zu dürfen, Gespräche noch beflügeln. Die Dame rannte eine Zeitlang ungehalten auf der ungepflegten Verkehrsinsel herum, schließlich riss sie wütend meine Tür auf und schrie in breitestem Sächsisch in die Zelle, ich hätte wohl nicht alle Tassen im Schrank, was mir eigentlich einfiele, sie müsse jetzt sofort telefonieren. Zu meinem Leidwesen vertrat sie ihre Ansicht in einer Lautstärke, die auch im fernen New York nicht zu überhören war. Ich versuchte noch ein paar verbindliche Worte mit Sebastian zu wechseln, aber der lachte nur ungläubig. Dann musste ich schleunigst auflegen, sonst hätte mich meine Kontrahentin mit Sicherheit erschlagen.

Ich gebe zu, das Dasein im Osten war bisweilen nicht einfach. Ich habe eine Freundin, die heute noch behauptet, nie in ihrem ganzen Leben habe sie so gefroren wie in meiner mit Kohlen geheizten Wohnung, in der sie mich eines Winters besuchte. Eine andere erzählte mir, sie habe hohes Fieber bekommen, so sehr habe sich alles in ihr gegen diese graue, alte Stadt gesträubt, die da am Ufer der Elbe hockte und darauf wartete, aus ihrem Dornröschenschlaf geweckt zu werden.

Ich selbst machte ähnliche Erfahrungen. Nach meinem ersten Dresdenbesuch mit meinem jüngeren Bruder und Freunden im Januar 1990 waren wir so erschöpft gewesen, dass ich mit den anderen, kaum hatten wir die Wilsdruffer Höhe jenseits der Stadt erreicht, in die Autobahnraststätte einfiel und die Regale plünderte: Schokolade, Kekse, Süßigkeiten – alles, was wir fanden und uns einigermaßen genießbar schien, packten wir in große Plastiktüten, bezahlten und stopften es auf der Weiterreise sinnlos in uns hinein, weil wir das irrationale Gefühl nicht loswurden, das sei womöglich die letzte Nahrung, die wir hier auf absehbare Zeit erhalten würden.

Auch nachdem ich mich dazu entschlossen hatte, in Dresden zu bleiben, hatte ich hin und wieder Zweifel. Jede noch so klare Entscheidung birgt das Risiko der Krise. Aus drei Gründen war ich nach Dresden gekommen: Ich wollte den Osten kennenlernen, die Anmut der schönen Elbestadt genießen und hier sesshaft werden. Alle drei Motive erwiesen sich schon nach kürzester Zeit als nahezu unrealisierbar: Schon bevor ich in Dresden ankam, waren alle Straßen aufgerissen, sämtliche Fassaden mit Gerüsten zugestellt und Bauzäune errichtet worden. Dresden und Umgebung, ja der gesamte Osten war jahrelang eine einzige Baustelle. Diese Zeit liegt aus heutiger Sicht weit zurück, präsent sind inzwischen die Neubauten, die entstanden, die breiten Straßen und Brücken, die sanierten Häuser, Schlösser, schmucken Parks und Gartenanlagen. Doch davon konnte man damals nur träumen. Anfang der Neunziger ging es nur darum, möglichst alles so schnell wie möglich zu verändern. Und die Pläne wurden derart geschwind in die Tat umgesetzt, dass vom Alten bald nichts mehr zu spüren war. Schließlich erhielten die Regionen und Städte entsprechende Subventionen. Das Geld musste investiert werden. Doch das Neue war noch lange nicht in Sicht. Es war ein Land im Aufbruch, das Unterste wurde nach oben gekehrt und riss das Selbstverständliche, Alltägliche mit sich fort. Von Anmut und Genuss konnte nicht die Rede sein. Normalität gab es nicht. Was heute galt, war morgen vielleicht schon obsolet, ein Haus, das in dem einen Jahr noch als Ruine dastand, war im nächsten abgerissen oder zum sündhaft teuren Hotel umgebaut. Und kaum war der eine Umbau abgeschlossen, wurde zehn Meter weiter die nächste Straße aufgerissen, das nächste Haus eingerüstet.

Sesshaft zu werden fiel in Dresden erst recht schwer. Wer kein Sächsisch sprach oder wenigstens schon vor der Wende im Osten gelebt hatte, hatte arge Schwierigkeiten, anzukommen. Krampfhaft versuchte ich, die Landessprache zu erlernen und Worte wie Fahrerlaubnis, Plaste oder Kollektiv zu benutzen. Nicht dass ich mich verstellen oder mein Gegenüber hinters Licht führen wollte, doch mit Begriffen wie Führerschein, Plastik oder Team wäre ich nur sofort als Westlerin entlarvt worden. »Sie sind wohl nicht von hier?«, war obligatorisch gleich die nächste Frage, dann hatte ich schuldbewusst mit dem Kopf zu nicken, und prompt begann eine unendlich zeitraubende und vor allem demütigende Suada: »Na, dann muss ich jetzt ein wenig ausholen. Sonst können Sie das nicht verstehen. Bei uns war nämlich alles anders.« Gott, war das anstrengend! Wie ein Schulkind musste ich mich jedes Mal belehren lassen. Immer wieder ging es von vorn los. Als hätte ich in den Jahren, die ich inzwischen im Osten verbracht hatte, nichts dazugelernt.

Ich erinnere mich gut, wie ich bei einem Interview mit einem Mitarbeiter der protestantischen Kirche plötzlich in Tränen ausbrach, weil auch dieser Mann zu einer derartigen Belehrung ansetzen wollte. Ich war am Ende meiner Kräfte. Er stutzte, ich winkte ab, doch er fragte nach, und schließlich gestand ich ihm mein Leid. Ununterbrochen müssten wir Westler erklären und beteuern, dass nicht alle gekommen seien, um den »Neufünftländler« zu betrügen, auszunehmen und seine Schätze zu plündern. Es gebe viele, die hierhergezogen seien, weil sie fasziniert sind, weil ihnen der Osten gefällt, weil sie helfen wollen, soweit sie können, weil sie hier gern leben und bleiben möchten.

Der Mann, mit dem ich darüber sprach, war betroffen und führte eilfertig einen Begegnungskreis an, der regelmäßig in der benachbarten Gemeinde stattfände. Dort träfen sich Ost- und Westdeutsche miteinander, um sich auszutauschen, zu helfen und Mut zu machen. Ob er mir nicht die Adresse geben solle. Ich winkte nur müde ab.

Die Westdeutschen blieben im Osten lange Jahre Fremde. Es war wie auf dem Dorf: Zugereiste sind selbst nach Jahrzehnten immer noch irgendwie »anders«. Schüchtern versuchte ich, bei einer der täglich stattfindenden Blattkritiken in der Gesamtkonferenz der Redaktion einmal anzumerken, es gäbe in der aktuellen Ausgabe mindestens zwanzig Stellen, mit denen man einen westdeutschen Leser vor den Kopf stoßen, ihn kritisieren, angreifen und bloßstellen würde. Ich wurde knallrot dabei – wer argumentiert schon gern pro domo? – und wartete gleich im nächsten Moment auf die Flut von Beschimpfungen, nach dem Motto: »Ja, müssen wir für diese dämlichen Wessis jetzt auch noch Zeitung machen?« Zu meiner Erleichterung blieb die Beschimpfung aus. Im Gegenteil: Einer der erfahreneren Redakteure bemerkte, die Zahl der westlichen Leser und Abonnenten der *Sächsischen Zeitung* sei inzwischen deutlich gewachsen. Alle Autoren und Redakteure müssten sich dauerhaft bemühen, sie nicht mit unreflektierten Schimpftiraden zu vergraulen.

Solche Momente des Zweifelns an meiner Entscheidung gab es jedoch selten. Es waren lediglich Phasen, keine anhaltenden und ernstzunehmenden Krisen. Sie waren die Kehrseite einer Zeit, die, ähnlich wie mein Jahr in Polen, ungeheuer aufregend war und die ich nicht missen wollte. Ich befand mich im Zentrum des aktuellen politischen Geschehens, machte erneut wertvolle Erfahrungen, von denen viele Westler nur träumen konnten. Selbst die schweren Zeiten gaben mir keinen Grund, Dresden zu verlassen. Ich wollte ankommen und bleiben. Zum ersten Mal in meinem Leben hatte ich das Bedürfnis, nie wieder umzuziehen. Und diese Empfindung änderte sich nicht. Noch heute habe ich heimatliche Gefühle, wenn ich an Dresden denke.

Paarung

Aristokraten leben naturgemäß nicht alle auf einem Haufen. Sie verwenden einen Großteil ihrer Freizeit darauf, viele Kilometer zurückzulegen, um sich zu versammeln. Das beginnt schon in jungen Jahren. Wenn jugendliche Adlige mit erheblichem organisatorischem Aufwand frühzeitig zusammengebracht werden, dient das allerdings nicht allein der Familienzusammenführung. Sie sollen sich kennenlernen, miteinander befreunden, sich später gegenseitig mit Tipps und praktischer Lebenshilfe zur Seite stehen, günstige Übernachtungsquartiere stellen und vielleicht sogar irgendwann wechselseitig bei der Stellensuche helfen. Partnerfindung und standesgemäße Eheschließung jedoch bleiben oberstes Ziel all dieser Unternehmungen. Wozu schließlich das ganze Theater um Erziehung, Wertekanon und Verantwortungsbewusstsein, wenn das mühsam vermittelte Wissen nicht weitergetragen wird? Wozu das intensive Gothastudium, die teure Reitstunde und das traditionelle Internat? Heirat ist der Lebenszweck, Hochzeiten sollen gestiftet, neue standesgemäße Familien gegründet werden! Auf dass der Adel nicht aussterbe, auf dass seine Traditionen kein Ende nehmen!

Der Möglichkeiten zur Eheanbahnung sind viele: Radtouren, Séjours, Tennisturniere, Tanzkurse, Bälle – kein Versuch wird unterlassen, einer jungen Adligen möglichst frühzeitig zu signalisieren, dass es noch viele andere Adlige in ihrem Alter gibt, die höflich, liebenswert und ausgesprochen nett, ja durchaus potentielle Heiratskandidaten für sie wären. Das entspricht den gewöhnlichen Gesetzen der Arterhaltung. Schließlich ist es lebensnotwendig, dass Sitten und Traditionen auch in den nachfolgenden Generationen praktiziert werden. Was immer eine Adlige in jungen Jahren unternimmt, am Ende sollte es in eine Ehe mit einem jungen Herrn aus gutem Hause münden, einem Mann, der ähnliche Wertvorstellungen und Weltanschauungen vertritt, kurz gesagt, mit einem Aristokraten. Die standesgemäße Eheschließung ist in diesen Kreisen der Höhepunkt des Daseins. Jahrelang lebt man darauf hin. Rückt der glückliche Moment endlich in greifbare Nähe, beginnt ein rastloses Treiben. Die Familien der beiden Heiratskandidaten stürzen sich mit Feuereifer in Hochzeitsvorbereitungen. Auch wenn es verstärkt die Aufgabe der Brautfamilie ist, das gesellschaftliche Großereignis auszurichten, bleiben die Angehörigen des Bräutigams in spe nicht ganz verschont. Es grenzt an ein Wunder, wie viel Mühe und Sorgfalt darauf verwendet wird, eine standesgemäße Eheschließung stilvoll und würdig zu vollziehen.

Mir waren die unterschiedlichen Arten sanfter Zusammenführung junger Aristokraten samt und sonders bekannt. Obwohl ich mehrheitlich im Ausland aufgewachsen war, ließen meine Eltern keine Gelegenheit aus, uns mit den entsprechenden Gepflogenheiten unserer näheren und ferneren Verwandtschaft vertraut zu machen. Nicht, dass ich die Machenschaften im entscheidenden Moment alle durchschaut hätte, ich wusste sie vielmehr zu schätzen und zu genießen, doch die Rechnung wollte bei mir nicht aufgehen. Ich flog weiter fleißig wie ein bunter Schmetterling zwischen meinen beiden Parallelwelten hin und her und ließ mich nirgends lange nieder. Nicht, dass es dazu keine Gelegenheiten gab – doch zu einer Heirat konnte und wollte ich mich nicht entschließen.

Während meiner Studienzeit im polnischen Lublin hatte ich einen verzweifelten Verehrer. Er hieß Mateusz, war Student der Slawistik und verfolgte mich mit rührender Hartnäckigkeit, die mich einigermaßen hilflos machte. Dabei empfand ich rein gar nichts für ihn. Trat ich frühmorgens aus dem Haus, um durch die mehlig diesige Luft, die selbst an heißen Sommertagen über Lublin lag, zur Universität zu laufen und pünktlich, wie es sich für eine Deutsche gehört, vor allen anderen den Unterrichtsraum zu erreichen, stand, wie aus dem Boden geschossen, Mateusz da und fragte unterwürfig, ob er meine Bücher tragen dürfe. Allein dieses Ansinnen raubte mir jegliche Widerstandskraft. Wo auf dem gesamten Erdenrund fragt bitteschön heute noch ein junger Mann höflich an, ob er der Dame seines Herzens die Bücher zur Universität tragen dürfe?

Mateusz hatte wirres, blondes Haar. Unter einem dichten Schopf, den er zudem mit Vorliebe tief in die sorgenvoll zerfurchte Stirn kämmte, leuchteten Augen hervor, so blau wie ein Stück Himmel. Seine Schultern waren breit, obwohl er selbst nicht groß war, und steckten fast immer in einem weißen Hemd mit schwarzer Weste. Die schmal geschnittenen Hosen verschwanden ab Kniehöhe in derben hohen Lederstiefeln. Er sah aus wie ein Angehöriger der polnischen Szlachta, wie man die einfachen Adligen in Polen nannte.

Ich begrüßte ihn freundlich, überließ ihm mit möglichst gleichmütiger Geste meine Bücher, die ich wie eine polnische Studentin mit einem eigens dafür geflochtenen Band, zu einem Paket geschnürt über die Schulter trug, und gemeinsam trotteten wir hinauf zur Universität. Dabei nutzte ich die Gelegenheit, meine Polnischkenntnisse zu vertiefen, und übte mit Mateusz brav Konversation, er aber verwendete, obwohl er wie ich Anfang zwanzig war, ein so altertümliches Vokabular, dass ich ihn meist nicht verstand. Wenn er merkte, dass ich seinen Worten wieder einmal nicht folgen konnte, bemühte er sich, andere zu benutzen, und sofort wusste ich, was er meinte. Offenbar war auch der Hang zu geschraubten Redewendungen ein fester Bestandteil seiner zutiefst romantischen Seele.

Wenn wir in der Sektion »Polnische Sprache und Kultur für Ausländer« angekommen waren, überreichte er mir mein Bücherpäckchen, verabschiedete sich in aller Form und eilte zu den Philologen. Kaum war mein Kurs vorüber, stand er wieder bereit, um mich in die Mensa oder zurück nach Hause zu geleiten. Auch auf diesen Wegen wollte er unbedingt der Träger meiner Bücher sein.

Er wusste, dass seine Liebe aussichtslos war, aber er gab nicht auf, schickte mir Briefe und selbstgeschriebene Gedichte und begleitete mich auf Schritt und Tritt. Er habe, erklärte er mir mehrfach, einen tiefen, freudigen Schreck empfunden, als er zu Beginn des Semesters meinen Namen auf der Liste der Jahreskursteilnehmer entdeckt habe. Wir seien aus dem tiefsten Grund unserer Seelen miteinander verwandt und gehörten zusammen, das habe er ganz deutlich gespürt. Die Zeit sei noch nicht reif für mich, unsere innerste Bestimmung füreinander anzunehmen, aber früher oder später würde auch ich es begreifen. Bis dahin müsse er sich gedulden, aber das mache ihm nichts aus.

Um ihn nicht zu verletzen, versuchte ich mich ihm sanft zu entziehen, oft arbeitete ich abends in der Küche, denn wenn hier das Licht brannte, konnte er es von der Straße aus nicht sehen. Aber es nützte wenig. Er kam dennoch ins Haus, um mir wieder einen seiner Briefe zu bringen. Dann sah er das Küchenlicht durch die Ritzen der Wohnungstür und klingelte. Ob er sich neben mich auf einen Stuhl setzen dürfe. Er werde auch nicht stören. Es war zum Mäusemelken!

Mateusz' zwecklose Verehrung gipfelte darin, dass er bei einem befreundeten Maler zwei Ölbilder nach einer Fotografie von mir anfertigen ließ. Das eine ließ er rahmen und hängte es bei sich an die Wand. Da der Rahmen schwarz war, sah es aus wie das Bild einer Verstorbenen.

Das zweite Exemplar wickelte ich unter dem Hohngelächter meiner Brüder am Weihnachtsabend aus dem braunen Packpapier, in das verhüllt Mateusz es heimlich und unerkannt in Warschau bei meinen Eltern abgegeben hatte. Zu allem Überfluss und dem kreischenden Vergnügen meiner Geschwister fand sich auf der Rückseite gar die Widmung »Dla nadrenska Gioconda« (Der rheinischen Gioconda).

Wenn ich mich in Lublin noch erfolgreich gegen die hartnäckige Verehrung meines Mateusz' hatte zur Wehr setzen können – in Dresden wurde mir sein Auftragswerk zum Verhängnis. Oder war es Schicksal? Ich hatte das Bild aus reiner Sentimentalität in meine Wohnung gehängt, allerdings an einen Platz, der mir weit genug weg schien. Nur wenn ich den Kopf in den Nacken legte, konnte ich es oben über der Zimmertür betrachten. Ich hatte allerdings nicht bedacht, dass sich die Wohnung, in die ich gerade erst umgezogen war, im Hochparterre befand. Wenn man von der Straße aus durch mein Fenster sah, blickte mein Konterfei dem Betrachter direkt in die Augen. Es wirkte gar, als habe es eigens ein sibyllinisches Lächeln aufgesetzt, um sich über die Passanten, die draußen eilig vorüberliefen, ein wenig lustig zu machen. Als wolle es gewissermaßen Übereinstimmung mit ausgerechnet demjenigen erlangen, der eben nicht weitergelaufen, sondern stehen geblieben war, um hereinzuschauen. Es schien ihm zuzuzwinkern und zu sagen:

»Gut, dass du es nicht so eilig hast wie die anderen. Wollen wir Freunde werden?«

Man kann sich hundertmal im Leben vornehmen, man sei zum Heiraten nicht geschaffen. Wenn es gänzlich anders kommt, als geplant, kann man rein gar nichts dagegen tun. Und tatsächlich spielte später in einer der Erzählungen über den Beginn meiner großen Liebe dieses Bild eine entscheidende Rolle.

Meine Version jedoch ist eine andere. Sie handelt mehrheitlich vom Zufall. Und sie beantwortet wenigstens gleich zu Beginn die alles entscheidende Frage: Wie kommt es, dass eine junge Adlige, sorgfältig ausgestattet mit den kostbaren Tugenden Traditionsbewusstsein, Familiensinn, Manieren, Tanzfreudigkeit, Stilsicherheit, Treue und Verbindlichkeit, der eigens und mit viel Aufwand die Fähigkeit zu gepflegter Konversation in mehreren europäischen Fremdsprachen, zu Korrespondenz, Klavierspiel, Tennis und Reiten beigebracht wurde, damit sie sich in ihren Kreisen korrekt zu verhalten weiß, wie also konnte es geschehen, dass diese vorbildlich geschulte und gut ausgebildete Person einen Mann kennenlernt, der zu all dem so gar nicht zu passen scheint, und sich auch noch Hals über Kopf in ihn verliebt? In diesen vermaledeiten Bürgerlichen. Einen Ostdeutschen und einen Künstler noch dazu!

Ich begegnete diesem Mann zum ersten Mal in einer Ausstellung. Ein nicht sonderlich bekannter Künstler, der jedoch über die entscheidenden Kontakte verfügte, hatte den sächsischen Minister für kulturelle Angelegenheiten feierlich in seine frisch renovierten Räume in den Stallungen des mittelalterlichen Klosters Altzella bei Nossen gebeten, um zu beweisen, dass er die staatlichen Subventionen nicht verschleudert, sondern sinnvoll genutzt hatte, um alte Bausubstanz zu retten. Während ich in der Ausstellung intensiv damit beschäftigt war, genügend Material zu sammeln, um einen einigermaßen fundierten Beitrag über den Meister und seine Kunst für meine Zeitung zu verfassen, quälte den Mann, dem ich in Kürze gegenüberstehen würde, in erster Linie die Frage, wie er die linke Schulterklappe an seiner Lederjacke befestigen könne, ohne dass alle Beteiligten auf Anhieb bemerkten, dass der entsprechende Knopf abgefallen war. Nachdem er im Handschuhfach seines verbeulten Lieferwagens Sekundenkleber gefunden und ihn ohne Umschweife zum Einsatz gebracht hatte, ereilte ihn schon die nächste Herausforderung. So stand unsere erste Begegnung im Schatten der existentiellen Frage: Wie lassen sich auf die Schnelle menschliche Haut und eine schwarze Lederoberfläche voneinander lösen, ohne dass der Eigentümer dieser Haut in entsetzliches Schmerzgeheul ausbricht? Denn Schrat hatte versehentlich seine Finger mit an die Jacke geklebt. Obwohl sich seine Hand also in unauflöslicher Eintracht mit der linken Schulterklappe seiner Lederjacke befand, als er mir plötzlich gegenüberstand, gelang es ihm, mir die wenig originelle Frage zu stellen: »Haben wir uns nicht irgendwo schon einmal gesehen?«

Jeder weiß, dass es kaum eine Frage gibt, die ungeeigneter wäre, eine Frau näher kennenzulernen, die man eben noch nie zuvor in seinem Leben gesehen hat. So blöd sind Frauen nicht, als dass sie nicht wüssten, dass ihr männliches Gegenüber in diesem Moment nicht die Wahrheit spricht. Zudem war ich abgelenkt, stand gewissermaßen unter Strom, doch weniger wegen des attraktiven Mannes, der da vor mir stand. Wer bei der Zeitung arbeitet, ob als Fotograf oder Autor, steht zwangsläufig unter Druck, und sei es auch nur aus zeitlichen Gründen. Ich hatte von zeitgenössischer Kunst wenig Ahnung und musste aufpassen wie ein Spitz, um wenigstens ein Quäntchen von dem zu verstehen, worüber ich später einen Artikel schreiben sollte. Ich antwortete ausweichend: »Möglicherweise aus den Augenwinkeln.«

Dabei hatte ich das Bild vor Augen, das mich regelmäßig des Nachts heimsuchte, wenn ich abends kurz vor dem Schlafengehen noch rasch in eine Dresdner Neustadtkneipe ging, um dort ein Glas Wein zu trinken oder auch nur rasch noch einen Schokoladenriegel zu erstehen, und bald darauf eiligst die Horizontale aufzusuchen. Journalisten mussten im Osten früh aufstehen. In der Kulturredaktion der *Sächsischen Zeitung* fand morgens um neun Uhr die erste Besprechung statt, und man durfte keinesfalls zu spät kommen, schon gar nicht als Westdeutsche. Die galten als notorische Langschläfer.

Bei diesen Gelegenheiten, abends in der »Planwirtschaft« oder im »Raskolnikoff«, sah ich sie rechts und links an den Tischen sitzen, die schwarzen Raben in ihrer schweren Lederkluft, sah die kahl geschorenen Köpfe, die markanten Gesichter und scannte die dazugehörigen jungen Männer rasch aus den Augenwinkeln, um unauffällig herauszufinden, ob ich einen von ihnen kannte. Cool musste man dabei sein, total abgeklärt, mit komplett versteinertem Gesicht vorgehen, denn gerade solchen Neustadt-Typen durfte man keinesfalls zeigen, dass man auch nur das geringste Interesse an ihnen hatte. Wer als Frau seine Neugier nicht verbergen konnte, hatte schon Schwäche gezeigt, und das wird von Männern – im Osten wie im Westen – bekanntlich postwendend ausgenutzt.

War das also einer von diesen schwarzledernen Typen aus der Neustadt, der da vor mir stand? Und den ich jetzt sagen hörte: »Ja, genau diese Augenwinkel habe ich schon einmal irgendwo gesehen.« Ich blickte überrascht von meinem Notizblock auf. Einer von diesen kahlköpfigen Raben, die sich alle so dermaßen fabelhaft vorkamen, dass man sie lieber gar nicht ansprach, konnte charmant sein? Und warum hielt er sich mit der rechten Hand an der linken Schulter fest?

Ich lachte, und mir fiel tatsächlich nichts Besseres ein, als zu sagen: »Na ja, vielleicht im Raskolnikoff, oder so.«

Das war's. Bis hierhin und nicht weiter. Nicht einmal unsere Vornamen tauschten wir aus, geschweige denn Adressen. Eine Telefonnummer wäre sowieso nutzlos gewesen. Schließlich hatte kaum jemand einen Anschluss. Nichts, gar nichts. Schrat hatte in seiner Feinfühligkeit längst gemerkt, dass ich hektisch gestimmt und beschäftigt war. Außerdem fühlte er sich in gewisser Weise eingeschränkt durch seine angeklebten Fingerspitzen. Selbst wenn er gewollt hätte, er wäre gar nicht in der Lage gewesen, einen Namen aufzuschreiben. Überdies war er selbst in einer bestimmten Mission in die Ausstellung gekommen. Er wollte den Manager des Künstlers kontaktieren und ihm ein gemeinsames Kunstprojekt vorschlagen. So waren wir beide mit schwer berufstätigen Aufgaben vor Ort und konnten uns letztlich gegenseitig nur behindern. Es galt, sich schleunigst wieder voneinander zu lösen.

Aber ich wusste immerhin, in welche Kneipe er zu gehen pflegte. Wollte ich den schwarzen Raben wiedersehen, dachte ich, als ich ins Auto stieg, um eiligst über die Autobahn zurück nach Dresden und in die Redaktion zu rasen, dann würde ich genau in dieses Etablissement in der Böhmischen Straße marschieren müssen. Dort schien er Abend für Abend zu sitzen. Natürlich plante ich nichts dergleichen, keineswegs! Doch ich legte die Information in einem Eckchen meines Gehirns ab.

Auch ihm ging unsere erste Begegnung nicht aus dem Sinn, wie ich später erfuhr. Unter anderem deshalb, weil er sich, kaum hatte ich die frisch sanierten Stallungen raschen

Schrittes wieder verlassen, mit beinharter Selbstüberwindung die Finger von der Schulterklappe riss. Der sofort einsetzende rasende Schmerz gab ihm die Kraft, seine angeborene Scheu zu überwinden, schnurstracks auf den Manager des Künstlers zuzueilen und ihn ohne Rücksicht auf Verluste mit den nötigen Informationen zu seinem Kunstprojekt einzudecken. Der Mann war beeindruckt und überreichte Schrat wortlos seine Visitenkarte. Bevor er noch eine Frage zu dem Projekt stellen konnte, kamen den beiden der Minister nebst gastgebendem Künstler persönlich in die Quere, und das Kunstprojekt war vorerst nicht mehr gefragt.

Nichts wies darauf hin, dass diese erste Begegnung Folgen haben, womöglich Katastrophen nach sich ziehen oder am Ende gar dazu führen würde, dass sich alle ehrgeizigen Ziele zerschlagen würden, die Aristokraten bei der Erziehung ihrer Kinder verfolgen.

Einige Wochen später verschlug es mich tatsächlich ins »Raskolnikoff«. Ich war dort mit einer Cousine verabredet, die neu nach Dresden gekommen war und eine Anstellung in der Staatskanzlei gefunden hatte. Adlige haben praktischerweise überall auf der Welt Verwandte. Wenn einer von ihnen in die Stadt kommt, meldet er oder sie sich bei den Familienmitgliedern, die dort schon länger wohnen. Man schließt die Lücke im Netzwerk, tauscht Informationen und Adressen aus und bleibt erster Ansprechpartner in Stunden der Hilflosigkeit oder Not.

Ich betrat die Kneipe und sah ihn sofort, er saß links an einem Tisch und war nicht allein, zwei junge Männer hockten neben ihm. Ich kannte sie beide nicht, tat so, als hätte ich sie nicht bemerkt, und ging vorbei, um erst einmal einen Blick in den hinteren Teil des Raumes zu werfen und festzustellen, ob meine Cousine schon gekommen war. Es war dunkel dort, die Luft verqualmt. Ich erkannte niemanden. Als ich zurückkehrte, stand er auf und verstellte mir den Weg. Wie selbstverständlich, als sei unsere Begegnung in Altzella erst wenige Tage her, fragte er:

»Kommst du, oder gehst du?«

»Ich komme«, antwortete ich.

»Dann setz dich doch zu uns.«

Das war nicht gerade das, was man gemeinhin als formvollendete Konversation bezeichnete, und doch spiegelte das Gespräch wie schon unsere Begegnung in Altzella eine seltsame Vertrautheit und war erfüllt von einer untergründigen undefinierbaren Spannung. Ich sah hinaus, es war ein lauer Juniabend, die ebenerdigen Fenster standen weit offen, der volle Mond stand am samtschwarzen Firmament. Der Abend war zu schön, um unverrichteter Dinge wieder von dannen zu ziehen. Ich beschloss also, wenigstens auf meine Cousine zu warten, und nahm das Angebot an. Hätte ich in diesem Moment die freundliche Aufforderung ausgeschlagen und mich an einen anderen Tisch gesetzt, wäre es dabei wohl geblieben. Dann wäre nichts passiert. Alles geschah zufällig, fügte sich absichtslos ineinander. Keine Sekunde lang hatte ich das Gefühl, wir seien unserem Schicksal willenlos ausgeliefert. Oder waren wir es vielleicht doch?

Bevor wir an seinen Tisch zurückkehrten, gab er mir die Hand und stellte sich kurz vor:

»Ich heiße übrigens Schrat.«

Ich sah ihn kurz an: »Wie bitte?«

»Schrat, wie Waldschrat.« Ich versuchte nicht zu lachen. Mit dem Gefühl von Peinlichkeit, das einen beschleicht, wenn man zum ersten Mal zugeben muss, dass man einen ungewöhnlichen Namen trägt, war ich schließlich wärmstens vertraut. Als habe er meine Irritation dennoch gespürt, fügte Schrat erklärend hinzu, das sei sein Spitzname, noch aus der Schulzeit. Inzwischen habe er sich daran gewöhnt, signiere sogar seine Bilder damit. »Meine Eltern nennen mich Henrik.«

Ich nickte verständnisvoll: »Angenehm. Ich heiße Christine.«

Die Männer, die mit Schrat am selben Tisch saßen, waren ebenfalls Künstler: Sie redeten ungeordnet durcheinander. Ich verstand kein Wort und hörte neugierig zu. Es war, als unterhielten sie sich in einer Fremdsprache. Was war das? Ein geheimer Zirkel, ein eigener Kreis, zu dem Normalsterbliche keinen Zugang haben?

Künstler sind eine Gattung für sich. Sie beschäftigen sich mit Themen und Persönlichkeiten, deren Bedeutung sich dem durchschnittlichen Menschen nicht auf Anhieb erschließt. Sie möchten auch nicht verständlich sein. Sich zu erklären, anderen ihre Gedanken und Assoziationen zu vermitteln, ist ihnen in der Regel zu anstrengend. Das überlassen sie lieber den Kritikern.

Mir kam die Situation bekannt vor. Wenn mehrere Adlige untereinander sind, fallen ebenfalls ständig Namen, die kein Außenstehender versteht. Da ist von Zusammenhängen, meist verwandtschaftlicher Art, die Rede, denen niemand folgen kann, und es gibt Wörter und ganze Redewendungen, viele aus dem Französischen, die sonst kein Mensch benutzt: »Portirisch« beispielsweise oder »chapaux bas«, »agaçant« oder »Gothacondukteur«. Sobald ein Bürgerlicher zugegen ist, vermeiden Adlige ihre soziospezifische Ausdrucksweise. Sie möchten nicht unhöflich wirken. Künstler haben diese Befürchtung nicht. Sie empfinden sich grundsätzlich als fremd und nicht gesellschaftsfähig. Viele ziehen gerade daraus ihre Kraft und Kreativität.

Hin und wieder stand ich auf und schaute aus dem Fenster, um nach meiner Verabredung Ausschau zu halten, doch wer nicht kam, war meine Cousine. Das ist absolut ungewöhnlich, denn Adlige sind eigentlich absolut verbindlich und halten sich strikt an ihre Verabredungen. Sie habe keinen Parkplatz gefunden, erzählte mir meine Cousine anderntags. Es sei ihr zu unheimlich gewesen, zu Fuß allein durch die Neustadt zu irren. Immerhin galt das Viertel als unsicheres Pflaster, die Kneipen als wüste Absteigen. In regelmäßigen Abständen, konnte man in der Zeitung lesen, fielen Rechtsradikale aus den Randbezirken in der Neustadt ein und zettelten Schlägereien an. Einige Chaoten, seien es Provokateure oder einfach Radikale, ließen sich nicht lumpen und prügelten fidel zurück. Bis die Polizei eingerückt war und die marodierenden Banden wieder auseinandergetrieben hatte, war manche Nase schon blutig geschlagen, manch Autofenster von Steinen getroffen und zersplittert. Derlei Kalamitäten wollte meine Cousine tunlichst aus dem Weg gehen.

Ich blieb im »Raskolnikoff« mir allein überlassen. Auch die Künstler an meinem Tisch gaben sich nicht sonderlich Mühe, mich zu integrieren. Ich fing allmählich an, mich zu langweilen. Schließlich stand ich auf und verabschiedete mich, aber Schrat wollte mich nicht gehen lassen. Ob wir nicht wenigstens unsere Adressen austauschen könnten, fragte er.

Ich ging darauf ein, schrieb ihm meine Koordinaten auf, und auch er kritzelte mir auf einen gebrauchten, grauen Briefumschlag die Straße, in der er wohnte, und seine Hausnummer. Wo das denn sei, fragte ich ihn. In Berlin, fügte er erklärend hinzu. Ich hob erstaunt die Augenbrauen, und er beeilte sich zu sagen, er sei gerade erst umgezogen. Sein Studium an der Akademie in Dresden wolle er aber weiterverfolgen und hier seinen Abschluss machen. Auch die eine oder andere Ausstellung müsse er an der Elbe noch bestreiten.

Trotzdem – mein Interesse sank schlagartig. Was sollte ich mit einem Künstler in Berlin anfangen? Zumal ich ihn bislang kaum kannte. Weder beruflich noch emotional war das für mich verwertbar. Ich pflege ungern Kontakte mit ungewissem Ausgang über große Entfernungen.

Ich steckte den alten Briefumschlag in die Tasche, verabschiedete mich noch einmal und zog davon. Eines allerdings beschäftigte mich, als ich durch die engen, altertümlich gepflasterten Straßen zurück in meine Wohnung lief. Schrat hatte erzählt, er sei an dem Abend rein zufällig im »Raskolnikoff« gewesen. Mindestens ein halbes Jahr sei er nicht mehr dorthin gegangen. Merkwürdig. War unser Wiedersehen doch kein Zufall?

Aller guten Dinge sind drei. Hätten wir uns nicht wiedergesehen, wäre unsere gemeinsame Geschichte nicht weitergegangen, weder nach diesem Abend noch später oder gar bis hier und heute. Gerade unsere dritte Begegnung hatte ihre eigene Qualität. Sie sagt viel darüber aus, wie wichtig Schrat schon nach kurzer Zeit war. Sie erklärt aber auch, warum es mit uns noch eine Weile so unverbindlich weiterging. Und das war gut so: Obwohl wir spürten, was der eine für den anderen bedeutete, hatten wir zu keinem Zeitpunkt den Eindruck, einander willenlos ausgeliefert zu sein. Alles blieb leicht, jede Begegnung war frei und unbeschwert. Das ist für Geistesmenschen bedeutsamer als alles andere. Vielleicht brauchten wir ungewöhnlich lange, um die ganze Tragweite der Ereignisse zu begreifen. Doch wir fühlten uns zu keinem Zeitpunkt fremdbestimmt oder gar manipuliert. Sonst hätten wir wahrscheinlich sofort wieder Reißaus genommen.

Ende Juli schickte mich die *Sächsische Zeitung* zu einer Fortbildung nach Brandenburg. Mehrere Wochen lang wohnte ich Wand an Wand mit Volontären anderer Zeitungen und Medien in einem Bungalowzimmer auf dem platten Land vor den Toren Berlins. Die Wochenenden verbrachte ich in Dresden, aber auch unter der Woche hatten wir abends frei. Ich kramte den alten Briefumschlag aus den Tiefen meiner Tasche, wanderte zur nächsten Bushaltestelle und fuhr in die Stadt. Am Prenzlauer Berg angekommen, machte ich mich auf die Suche nach der Adresse, die Schrat mir in jener lauen Juninacht auf den grauen Umschlag gekritzelt hatte. Ich landete in einem Hinterhaus, zweiter Stock. Aus der Wohnung brüllte Musik, und die Tür war so dick gepolstert, dass mein Klopfen und Rufen zuerst ohne Reaktion blieb. Wider Erwarten öffnete sich plötzlich die Tür, und da stand er: Großgewachsen, die Haare kurz geschoren, diesmal nicht in Leder, doch der Pullover, den er trug, war ebenfalls schwarz. Er sah mich an, seine Augen leuchteten kurz auf.

»Da bist du ja«, sagte er, als habe er mich erwartet. Woher kam dieses Gefühl, das sich nur einstellt, wenn man einen alten guten Freund wiedertrifft?

Er war verlegen, doch er bat mich herein, führte mich sogar in sein Zimmer und zeigte mir das Bild, an dem er gerade arbeitete, eine Installation aus zusammengeklebten Papieren, Kunststoffteilen, schwarzer Tinte. Ich war befangen und wusste nicht, was ich sagen sollte. Genau genommen konnte ich nichts mit dem wüsten Durcheinander aus Farben und Materialien anfangen. Ich ging seit Jahren regelmäßig in Museen und hatte unendlich viele Ausstellungen gesehen, aber die Welt der zeitgenössischen Kunst war mir fremd. Ich hatte noch nie eine Galerie betreten.

Ich übte mich also in stummer Betrachtung und versuchte, meine Ahnungslosigkeit zu verbergen. Zum Glück stellte Schrat keine Fragen, er stand lediglich neben mir und sah sich das Ergebnis seiner Arbeit an. Dann zogen wir in die Küche und setzten uns an den Tisch. Er stand unter dem Fenster, vor der Scheibe hing eine Jalousie und tauchte den Raum in schattiges Halbdunkel. Schrat steckte die Finger zwischen zwei Lamellen und schob sie auseinander. Gemeinsam versuchten wir, einen Blick in den Hof zu erhaschen.

»Erstaunlich, dass du mich hier gefunden hast.« Schrat ließ die Lamellen zurückschnappen.

»Es war auch nicht einfach«, sagte ich. »Ich wollte gerade wieder aufgeben.«

Schrat sah mich kurz prüfend an: »Soll ich eine Flasche Wein öffnen?«, fragte er dann. »Du bleibst doch sicher zum Abendessen.«

Ich nickte und stellte mich gerade auf einen entspannten Abend ein, bei dem man plaudert, über dies und das, bei dem der eine dem anderen ein wenig von sich erzählt, an dem man sich, gewissermaßen, ein wenig näher kommt. Doch Schrat fügte hinzu: »Angelika hat eingekauft.« Ich erstarrte.

Wer war bitte Angelika? Eine nahe Verwandte, die dem armen Künstler regelmäßig eine vollgepackte Tasche aus dem Supermarkt vor die Tür stellt, eine Nachbarin, mit der man sich beim täglichen Marsch zum Einkauf abwechselt? Irgendeine Person der Welt ohne jegliche nähere Bewandtnis für Schrats Privatleben? Angelika hat eingekauft!

Mir jedoch schien in diesem Moment nur eine einzige Deutung plausibel: Schrat war mit einer Frau namens Angelika liiert und lebte mit ihr zusammen. Sie hatte heute für ihren gemeinsamen Haushalt die Besorgungen gemacht. Gleich würde diese Angelika durch die Tür treten, wir würden gemeinsam zu Abend essen, reden auch und erzählen, doch irgendwann würde ich mich verabschieden und aufbrechen. Die Tür würde hinter mir ins Schloss fallen, und während ich durch das nächtliche Berlin dem Ort meiner Bestimmung zutrottete, täten Schrat und Angelika das, was jedes normale Paar abends gewöhnlich tut: Das gemeinsame Schlafgemach aufsuchen.

Mein Mut sank bis in die allertiefsten Kellergewölbe. Ich Einfaltspinsel hatte tatsächlich geglaubt, dass dieser attraktive junge Künstler solo ist, dass er allein und ohne Dame seines Herzens in Berlin unterwegs, ja, dass er ausgerechnet in dem Lebensabschnitt, in dem sich zufällig unsere Wege kreuzen, ohne feste Beziehung sei.

Ich blieb noch eine halbe Stunde in der Küche sitzen, wir leerten auch ein Glas Wein miteinander, aber dann brach ich auf. Etwas plötzlich, das gebe ich zu, und Schrats Überraschung war groß. Aber welchen Grund hätte ich haben sollen zu bleiben? Ich hatte sowieso nicht die Muße für eine Beziehung zwischen Dresden und Berlin, schon gar nicht für eine Dreiecksbeziehung und erst recht nicht, wenn meine Konkurrenz im selben Haus mit dem Mann meines Interesses wohnt. Ich murmelte etwas von dringenden Terminen und anderweitigen Verabredungen, verabschiedete mich und ging.

Wir sahen uns lange nicht. Ich saß in Dresden, schrieb meine Beiträge und versuchte Schrat zu vergessen, was mir natürlich nicht gelang. Eines Tages segelte eine Einladung zu seiner nächsten Ausstellung in den Postkasten. Die Schau fand in Berlin statt, und eigens zwei Stunden gen Norden fahren, um mir die Kunst eines Mannes anzuschauen, den ich vor Wochen zufällig auf einem Pressetermin kennengelernt hatte, schien mir zu aufwendig. Insbesondere da das Herz dieses Mannes offensichtlich vergeben war.

Einige Monate später kam eine zweite Einladung. Sie steckte allerdings nicht in meinem Briefkasten, sondern hing an der Wohnungstür. Das irritierte mich. Der Briefträger konnte das nicht gewesen sein. War Schrat in Dresden gewesen? Oder war er es noch? Wollte er mich sehen? Wo wohnte er? Hatte er vielleicht doch noch eine Bleibe in der Stadt? Warum hatte er mir diese Adresse nicht verraten? Allmählich ging mir das Versteckspiel auf die Nerven.

Ich lebte seit drei Jahren im Osten und wusste, dass es hier nicht leicht war, jemanden ausfindig zu machen, den man nicht näher kennt. Es war überhaupt schwierig, etwas zu finden, was man suchte. Was war ich auf meinen Reportagetouren oft verzweifelt durch die Gegend geirrt. Ein Glück, wenn wir zu zweit waren und wenigstens der Kollege aus dem Osten stammte und die Zeichen des Landes zu deuten wusste. Es begann damit, dass an den meisten Straßen die Schilder fehlten. Gab es Schilder, waren sie zerbeult oder verrostet oder umgefallen. Sie zeigten selten genau an, wohin die Straße führte, an der sie standen. Und war es draußen einmal dunkel geworden, im Winter also schon am frühen Nachmittag, war die Lage sowieso aussichtslos, da es meist nur äußerst mangelhafte Straßenbeleuchtung gab.

Meine Wahrnehmung war Hinweise in den marktschreierischen Farben des Westens gewöhnt. Wie blind kam ich mir vor, wenn ich durch die Straßen Dresdens lief und wieder einmal verzweifelt etwas ganz Banales suchte, als hätte ich meine Brille zu Hause liegenlassen: Der Eingang zum Postamt, die Werkstatt eines Schuhmachers, der nächste Bäcker – unauffindbar!

Als ich Schrat kennenlernte, gab es noch kein Internet. Im Osten hatte niemand Telefon. Selbst wenn ich die Adresse herausgefunden hätte, wäre nicht sicher gewesen, dass ich den Ort, der sich dahinter verbarg, tatsächlich finden würde. Auch auf die Post konnte man sich hier nicht immer verlassen. Entsprechend gleichgültig gingen die meisten mit ihrem Briefkasten um. Viele prüften gar nicht nach, ob sie überhaupt Post bekommen hatten. Zerbeult, verrostet und mit aufgebrochenen Türen hingen die Kästen in den Eingängen, den Fluren oder Tordurchfahrten. Einige trugen nicht einmal ein Namensschild.

Wer einen anderen Menschen dringend erreichen musste, schickte ein Telegramm. Oder er suchte ihn direkt und überraschend in seiner Wohnung auf. War der Aufenthaltsort gefunden, der Gesuchte jedoch nicht anwesend, schrieb man dem Freund einen Zettel. Dazu hingen eigens kleine Papierröllchen neben den Wohnungstüren, das entsprechende Schreibwerkzeug baumelte an einer Schnur gleich daneben. Diesen klopapierartigen Rollen, auf denen auch jeder Fremde jederzeit die Nachrichten lesen konnte, weil niemand auf die Idee gekommen wäre, seine Mitteilung zusätzlich in einen Briefumschlag zu stecken und ihn zu verschließen, vertrauten die meisten mehr als dem staatlichen Postwesen.

Mir war diese Welt aber fremd, ich konnte ihre Codes nicht lesen. Zwar hatte ich schon viel über den Osten gelernt, aber wie zeitgenössische Künstler, geschweige denn ostdeutsche Künstler, miteinander kommunizieren, war mir unbekannt. Fast hätten die Schutzwälle, die meine Erziehung um mich herum errichtet hatte, ihre Aufgabe erfüllt. Fast wäre der Kelch an mir, insbesondere aber meiner Verwandtschaft und Familie, vorübergegangen. Doch es kam anders. Und das verdanke ich Schrat.

Ich hatte dank eines meiner in Dresden ansässigen adligen Freunde – das Netzwerk dient meist rein praktischen Hilfeleistungen – inzwischen Telefon. Es klingelte, und wer meldete sich? Schrat. Ob ich heute Abend Zeit habe, fragte er. Natürlich hatte ich Zeit! Ob er vorbeikommen könne? Selbstverständlich, antwortete ich hastig. Gut, meinte Schrat. Er müsse nur noch kurz ins Nordbad. Er habe gerade seine Ausstellung aufgebaut und sei ein wenig schmutzig. Die Idee kam mir zupass. Schließlich kam sein Anruf einigermaßen überraschend, und auch ich hätte mich für das Wiedersehen gern noch ein wenig zurechtgemacht.

Das Nordbad ist die öffentliche Bäderanstalt der Dresdner Neustadt. Gegen ein bescheidenes Aufgeld bekommt man dort Schlüssel, Seife und ein Badetuch in die Hand gedrückt und erhält Zutritt zu einem heißen Vollbad. In der Neustadt hatten die wenigsten Wohnungen eigene Badezimmer. Die individuellen A-WCs auf jeder Etage waren schon Luxus. Vor dem Krieg musste jeder in den Hof marschieren, wenn er seinem Bedürfnis nachkommen wollte. In meiner Wohnung indes brach der Luxus alle Rekorde. Ich hatte nicht nur Telefon, sondern sogar eine Badewanne. Und: Kraft meines regelmäßigen Einkommens hatte ich mir einen Durchlauferhitzer einbauen lassen. Zuvor hatte man in meiner Wohnung einen gusseisernen Badeofen anfeuern müssen, um das Wannenwasser zu heizen, und konnte erst dann – Stunden später – ins heiße Bad steigen. Kein Wunder, dass die Leute damals nur einmal in der Woche badeten. Dazu fehlte es mir an der nötigen Romantik. Den Ofen hatte ich gleich nach meinem Einzug abreißen und abtransportieren lassen. Ich konnte also jederzeit heiß duschen, genüsslich baden und mein Geschirr spülen, wann immer ich wollte. Es war phantastisch.

Allerdings brachten meine luxuriösen Umstände, wie im Osten allgemein üblich, gewisse Verpflichtungen gegenüber der Nachbarschaft mit sich. Schon kurz nachdem bei mir ein Telefonanschluss eingerichtet worden war, musste ich selbstverständlich sämtliche Anrufe für die Freunde in meiner Umgebung entgegennehmen. Wenn Herr Raabe aus Brandenburg anrief, um mit seinem Sohn zu sprechen, der in Dresden studierte und zufällig im Haus gegenüber wohnte, musste ich auflegen, über die Straße laufen und den Sohn herbeischaffen. Kurze Zeit später klingelte dann das Telefon erneut, und Vater und Filius begannen entspannt über meine Leitung miteinander zu plaudern.

Nachdem sich herumgesprochen hatte, dass bei mir auch noch ein Durchlauferhitzer installiert worden war, lief auch keiner meiner Freunde mehr eigens ins Nordbad, um ein Vollbad zu nehmen. Wie oft bei mir im Badezimmer jemand in der Wanne lag und sich dem Luxus Komplettreinigung in privater Umgebung hingab, vermag ich nicht mehr zu zählen. Wasser war im Osten nicht teuer. So kam es, dass ich Schrat am Telefon, als er das Nordbad erwähnte, spontan erwiderte: »Baden kannst du auch bei mir.«

Es kam, wie es kommen musste. Obwohl wir uns viele Monate nicht gesehen und ich ihn fast schon vergessen hatte, obwohl mir Schrats Welt vollkommen unbekannt war, stand er plötzlich in Hut und Mantel, einen kleinen Koffer in der Hand, vor meiner Tür, wir begrüßten uns kurz, und der junge Mann verschwand in meinem Badezimmer.

Anschließend lud Schrat mich in eine Weinstube am Neustädter Bahnhof ein. Das Lokal war mir neu, und wir waren die einzigen Gäste. Schrat erzählte von der Ausstellung in Berlin, zu der ich nicht gefahren war, er erzählte mir auch, was ihn zur Zeit in Dresden beschäftigte, und machte insgesamt deutlich, dass sein Absprung nach Berlin nicht so endgültig war, dass man sich nicht öfter zwischen den beiden Städten wiederbegegnen könnte. Er signalisierte deutlich, dass er an derlei Wiedersehen durchaus interessiert sei.

Und noch etwas konnten wir nebenbei klarstellen: Weder der Name Angelika noch die Person, die sich dahinter verbarg, spielte für Schrat eine emotionale oder, sagen wir einmal, verbindliche Rolle. Im Gegenteil: Angelika war selbst liiert. Sie war eine Künstlerkollegin von ihm, hatte wie er in

Dresden studiert, ihren Lebensmittelpunkt aber inzwischen nach Berlin verlegt. Über sie und ihren Freund hatte Schrat dort eine erste Bleibe gefunden. Inzwischen war er längst umgezogen und hatte eine eigene Wohnung in der Auguststraße.

Auch wenn die Geschichte mit der Badewanne den Eindruck vermitteln könnte – Schrat ist nicht der Typ Mann, der mit der Tür ins Haus fällt. Es brauchte noch viel Zeit, bis wir dauerhaft ein Paar wurden. Es vergingen Tage, ja Wochen, in denen er kam und ging und ich nie wusste, wohin er unterwegs war und wann er wiederkommen würde. Einer der Feuerwälle zwischen uns beiden, die es zu durchbrechen galt, war mein über Jahre angestautes Misstrauen. Ich hatte keine Chance, in ihm auf Anhieb den Mann meines Lebens zu erkennen. Schließlich war ich überzeugt, dass es diesen Mann nicht gibt, ja, gar nicht geben konnte. Noch viele Monate nachdem ich begriffen hatte, dass Schrat derjenige welcher ist, glaubte ich, er sei nicht echt. Er muss vom Mond gefallen sein, dachte ich. Er muss von einem fremden Stern stammen und hat nur vorübergehend menschliche Gestalt angenommen.

Auch Schrat kostete es einige Überwindung, die zweite Stufe auf dem Raketenflug zum Herzen der Dame seiner Wahl zu zünden. Erst wollte er prüfen, wie sicher er sein konnte, erfolgreich zu landen. Schließlich gab es noch jene andere Version der Geschichte zu unserer Paarfindung: In Dresdner Künstlerkreisen kursiert bis heute die Fama, Schrat habe mein Konterfei auf dem Gemälde meines polnischen Verehrers von der Straße aus gesehen und nicht nachgelassen, bis er die passende Frau dazu gefunden hatte.

Mir stand ferner meine aristokratische Erziehung im Weg. Ich wusste beim besten Willen nicht, wie ich ihm die Sache erklären sollte. Das Traditionsgebaren, die starke Religiosität, die strengen Hierarchien – wie würde er darauf reagieren? Im Osten war der Adel erfolgreich entwurzelt worden. Er musste sich praktisch neu erfinden. Meine Chefin in der Lokalredaktion Freital witzelte in der Frühstücksrunde stolz, ihr Sohn habe beim Anblick der Grafen und Prinzen auf den alten Bildern in der Burg Weesenstein gesagt, das gäbe es doch heute gar nicht mehr. Die wären doch alle längst gestorben.

Im Osten fühlte ich mich so exotisch, dass ich meine Beiträge mit vollem Namen zeichnete: Christine Gräfin Brühl stand in der *Sächsischen Zeitung* unter jedem Artikel, den ich verfasst hatte. Das muss ich niemandem erklären, dachte ich. Hierzulande kann sowieso keiner etwas damit anfangen. Ich wusste, dass Schrat nicht die *Sächsische* las. Trotzdem würde er irgendwann dahinterkommen, wie ich mit vollem Namen hieß. Und dann wäre ich in der unangenehmen Lage, ihm alles erklären zu müssen. Dann würde wieder einmal das passieren, was jeder Adlige tunlichst vermeidet: Ich würde von einer Kultur berichten müssen, die keiner kennt, einer Kultur, die so anachronistisch ist, dass keiner versteht, warum sie noch praktiziert wird. Die wenigsten können glauben, dass es so etwas wirklich gibt.

Und was hätte es genützt? Man erntet gewöhnlich Misstrauen, wenn man aus einem Mikrokosmos stammt, den keiner kennt. Man baut Schranken auf, wenn man davon erzählt. Das wollte ich bei Schrat tunlichst vermeiden. Mir lag daran, ihm Nähe zu vermitteln, Verständnis füreinander, Vertrautheit. Am liebsten hätte ich alle Hinweise auf meine Abstammung schnell in der Schublade verschwinden lassen. Dieser Reflex ist typisch für Adlige, jeder kennt ihn, viele behalten ihn bis weit ins Erwachsenenalter bei. Einladungen von Adligen werden in traditioneller Schrift gedruckt und tragen den vollen Nachnamen des Adressaten. Auch die Namen der Gastgeber sind vollständig vermerkt: Graf und Gräfin Tausendschön geben sich die Ehre, Christine Gräfin von Brühl zum Sommerball auf Schloss Herrenfrausee einzuladen: Datum, Uhrzeit, u.A.w.g. (um Antwort wird gebeten) steht darunter. Gestochen schwarz auf weiß und unübersehbar. Solche Karten hängen in aristokratischen Häusern zahlreich an der Wand. Es gilt, den Zeitpunkt für die Zusage nicht zu versäumen, rechtzeitig an die Hochzeitsgeschenke zu denken, Übernachtung und Anreise zu organisieren. Aber Außenstehende sollten das um Himmels willen nicht zu Gesicht bekommen.

Dabei wusste Schrat längst Bescheid. Gleich zu Beginn, an einem der ersten Abende, an denen er bei mir zu Besuch war – ich war für kurze Zeit aus dem Zimmer gegangen –, hatte er eine der typischen Einladungen aus Adelskreisen an der Wand über meinem Schreibtisch entdeckt. Er hatte meinen Namen gelesen und sich darüber amüsiert – nichts weiter. Wenn ich das gewusst hätte!

Ich fühlte mich von Schrat auf unwiderstehliche Weise angezogen, doch ich zeigte es ihm nicht. Tatsächlich gestand er mir Jahre später, er habe durchaus das Gefühl gehabt, um mich kämpfen zu müssen. Das Schauspielern fiel mir nicht schwer. Adlige werden dazu erzogen, ihre Gefühle prinzipiell zu verbergen. Contenance gilt hier alles, ein Zustand von Unkontrolliertheit ist nicht zulässig. Wer sich nicht beherrschen kann, wird nicht mehr eingeladen. Außerdem war ich zu stolz, meine Zuneigung allzu deutlich zu zeigen. Ich traute dem Frieden nicht. Das Schicksal hält mich zum Narren, dachte ich wieder und wieder. Einen Mann wie Schrat kann es nicht geben. In wenigen Monaten würde er wieder verschwinden und mein Leben genauso einzelgängerisch und sonderlich weitergehen wie zuvor.

Die Unbestimmtheit, die Schrat an den Tag legte, bestärkte mich in dieser Annahme. Oder war es seine angeborene Scheu? Schrats Bedürfnis nach Unabhängigkeit grenzt geradezu an Anarchie. Er gab sich nie anhänglich oder gar fordernd, schon gar nicht bestimmend oder manipulativ. Jede Begegnung mit ihm schien zufällig, ohne jegliche Bedeutung für die weitere Zukunft. Wenn er kam, war er präsent und unzweifelhaft echt, aber bevor er ging, sagte er nie, wann er wiederkommen würde, und während seiner Abwesenheiten war er so nachhaltig verschwunden, dass ich arge Bedenken hatte, dass es ihn überhaupt gab. Er kam wie ein fremder Streiter in silberner Rüstung. Manchmal glaubte ich, das Schnauben eines Pferdes unter dem Fenster zu hören, bevor es bei mir klingelte.

Allerdings hatte Schrat die Angewohnheit, Zeichen zu hinterlassen. In meinem Kleiderschrank hing ein Matrosenhemd, das ich hin und wieder anzog. Auch Schrat hatte sich eines auf dem Flohmarkt gekauft. Wenn ich mein Exemplar gewaschen hatte, bügelte ich es gleich, möglichst solange der Stoff noch feucht war, denn später ließ er sich nicht mehr glätten. Dann hängte ich es zum Trocknen auf einen Kleiderbügel an meinen Kohleofen. Einmal kehrte ich abends zurück aus der Redaktion – Schrat war wieder einmal unterwegs – und sah, dass er sein Hemd direkt danebengehängt hatte. Es war nicht frisch gewaschen, aber trotzdem auf einen Bügel gezogen, der linke Ärmel allerdings so drapiert, dass es aussah, als habe ein Seemann den Arm um sein Matrosenmädchen gelegt.

Schrat konnte auch zweifelsohne zaubern. Meine Großmutter hatte mir zwei Schränke hinterlassen, prächtige Möbel aus dunklem Holz, mit aufwändigen Schnitzereien versehen. Doch sie stammten aus dem Allgäuer Schloss, in dem meine Mutter aufgewachsen war und ich als Kind viele

Feriensommer verbracht hatte, und passten eigentlich in keine Etagenwohnung. Bei einem Onkel, der ebenfalls ein Schloss und viele Nebengebäude besaß, konnte ich sie vorübergehend unterstellen. Erst als ich in Dresden eine größere Wohnung gefunden hatte, trat ich mein Erbe an.

Kaum waren die Schränke abgeholt und aufgestellt, musste ich allerdings feststellen, dass sich der eine von den beiden nicht öffnen ließ. Ich fand zwar mehrere Schlüssel in der Schublade, doch keiner passte. Ich war verzweifelt. Ein leeres Möbelstück, ist es auch äußerlich eine Zierde, verfehlt nun einmal seinen Zweck, wenn man nichts hineinstellen kann. Jeder Gast, der in der nächsten Zeit zu mir kam, wurde umgehend gebeten, ob er, bittschön, den Kasten öffnen könne. Alle versuchten ihr Glück, doch leider vergeblich.

Auch Schrat erzählte ich von meinem Unbill. Ohne ein Wort zu verlieren, machte er sich angelegentlich an dem Möbelstück zu schaffen. Ich ließ ihn gewähren. Erst nachdem er gegangen war, entdeckte ich, dass die Türen offen standen. Mühelos ließ sich der Schlüssel ins Schloss stecken und auf- und wieder zuschließen. Erschüttert sank ich auf mein Sofa. Er hatte meinen Schrank geknackt, er konnte öffnen, was jahrelang verschlossen war. Ausgerechnet er!

In der Zeit, in der Schrat nicht in der Stadt war, versuchte ich mich abzulenken. Immerhin hatte ich berufliche Verpflichtungen, hatte Dienste zu schieben, Termine abzuarbeiten, Texte zu liefern. Mein Alltag sah vollkommen anders aus als der eines Künstlers. Abends oder am Wochenende verabredete ich mich weiter mit meinen Dresdner Freunden, als habe sich nichts geändert, ging ins Theater und in Museen. Wenn genug Zeit blieb, fuhr ich zu Paula in die Mühle und half ihr mit den beiden Kindern. Sie erwartete schon das dritte, und hier gab es immer viel zu tun. Zu der kleinen Schar hatte sich auch ein riesengroßer Hund gesellt, Zorro mit Namen. Paula hatte ihren Kindern den Wunsch nach Haustieren nicht abschlagen können. Auch zwei Katzen tollten durch das Haus.

Ich verbrachte viel Zeit mit Paula und ihrer Familie, wir verstanden uns gut. Wenn es abends spät geworden war, blieb ich meist über Nacht. Für die Älteste, Carina, hatte ich einen Spitznamen gefunden, bei dem nur ich sie rief. Pucki und mich verband eine besondere Freundschaft. In einem stillen Moment hatte Paula mich gefragt, ob ich bei ihrem nächsten Kind Taufpatin werden wolle. Was für ein Vertrauensbeweis! Strahlend hatte ich eingewilligt. Bei dem Säugling würde als Geburtsort Dresden im Pass stehen. Darauf war ich fast ebenso stolz wie Paula selbst.

Mit Unterstützung zahlreicher Handwerker hatten meine Cousine und ihr Mann das Haupthaus rundum renovieren lassen. Das Dach war gedeckt, der Schornstein repariert, die Fenster erneuert worden. Auch innen im Haus war noch einmal viel geschehen, Wände und Decken gestrichen, die Böden abgezogen worden. Fast überall kamen breite schmucke Dielen zum Vorschein. Paula hatte sie mit Bohnerwachs einreiben und versiegeln lassen. In sattem Honiggelb schimmerte nun das Holz. Aus dem heruntergekommenen Bau war ein idyllisches Landhaus geworden.

Trotz dieser Ablenkungen fiel es mir schwer, Schrat nicht zu sehen. Ich vermisste ihn, und es gab noch kaum Möglichkeiten, mir die räumliche Trennung ein wenig zu erleichtern. Schrat hatte keinen Telefonanschluss, Mobiltelefone waren noch nicht weit verbreitet. Ich konnte ihn nicht erreichen. Meine einzige Chance war, dass er bei Freunden ein Telefon fand, wenn er das Bedürfnis verspürte, mit mir zu sprechen. Das war allerdings so unwahrscheinlich, dass ich mich bemühte, nicht auf diese Gelegenheit zu hoffen. Wir schrieben uns Briefe, aber wir wussten nicht, ob sie den anderen erreichten und vor allem nicht, wann. Es war ein einziges Glücksspiel.

Eines Tages hielt ich es nicht mehr aus. Ich schrieb Schrat eine Postkarte und kündigte meinen Besuch in Berlin an. Ohne eine Antwort abzuwarten, lief ich freitags gleich nach der Arbeit kurzerhand mit einer eilig gepackten Reisetasche zum Neustädter Bahnhof, löste eine Fahrkarte und wartete auf den Fernzug aus Prag, der über Dresden und Berlin weiter bis nach Hamburg fuhr. Nachdem er mit entsetzlich laut quietschenden Bremsen angehalten hatte, stieg ich ein und reiste wie einst Emil Tischbein in Erich Kästners berühmtem Buch »Emil und die Detektive« nach Berlin. Wahrscheinlich war ich auch ähnlich aufgeregt wie Emil, aber erschöpft von der Woche mit ihren hektischen Zeitungsterminen und meinen abendlichen Verabredungen, lehnte ich mich in die Ecke und schlief sofort ein. Damit ich ja rechtzeitig aufwachte, hielt ich einen kleinen Wecker in der Hand, der mich wecken sollte, wenn wir in den Bahnhof Lichtenberg einfuhren. Ich kannte die Strecke, zwischen Dresden und Berlin hielt der Intercity nur einmal kurz am Flughafen Schönefeld, da konnte man sein Ziel leicht verpassen. Wenn ich nicht im richtigen Moment ausstieg, kam ich nicht mehr nach Berlin. In großem Bogen führte die Fernstrecke damals östlich um die Großstadt herum und fuhr dann weiter gen Hamburg. Dahin wollte ich keinesfalls.

Verschlafen torkelte ich in Lichtenberg aus dem Waggon – es grenzt an ein Wunder, dass ich meine Reisetasche nicht stehenließ – und stand unverhofft auf dem Bahnhof, den ich schon gut von meinen Reisen während des Studiums nach Polen und in die damalige Sowjetunion kannte. Hatte die

Postkarte Schrat erreicht? War er gekommen, um mich abzuholen? Verträumt stieg ich die Treppen hinunter und geriet in die Haupthalle mit ihrer hohen, aber schmutzigen Fensterfront und der unüberschaubar großen Anzeigetafel. Laut klappernd rotierten die Zahlen und Buchstaben, wenn ein Zug neu angekündigt wurde. Reisende mit unförmigen Gepäckstücken und geschnürten Bündeln umspülten mich. Der Fernzug aus Moskau oder Petersburg musste kurz zuvor eingetroffen sein. Entzückt lauschte ich den mir so vertrauten slawischen Sprachen, die ich nur in Fetzen vernahm. Ich hatte das Gefühl, ich sei eigentlich nicht in Berlin, sondern gerade dort gelandet, wo die Reisenden herkamen. Mich überkam eine tiefe Sehnsucht. Ich wollte sofort nach Moskau, wollte meine Tasche schultern, mich durch die Menschenmassen in der Eingangshalle des Belorussischen Bahnhofs drängen, in dem alle Züge aus Westeuropa ankommen, hinauslaufen und am Maxim-Gorki-Denkmal vorbei direkt Richtung Roter Platz ziehen, wollte zur Basilius-Kathedrale mit ihren farbenfrohen Türmen, ihrem lustig ineinander verdrehten Bau, und hinein in den Kreml bis hinauf auf den Platz der Kathedralen zu dem herrlichen hohen Turm, genannt Iwan der Große, mit seiner riesenhaften tonnenschweren Zarenglocke, die – wenn sie wieder aufgehängt würde – sicher derart laut schlagen würde, dass man sofort tot umfiele vor Schreck. »Nach Moskau, nach Moskau!«

Langsam kam ich wieder zu mir. Ich wollte ja gar nicht weg, hatte nichts in dieser Haupthalle zu suchen. Endlich wachte ich richtig auf, und mir fiel wieder ein, was der eigentliche Grund für mein Hiersein war: Schrat. Ich hielt nicht länger Ausschau nach ihm, sicher hatte er meine Postkarte nicht erhalten, sondern lief zurück, dann die Treppe hinauf auf den anderen Bahnsteig und stieg kurzerhand in die S-Bahn. In rasendem Tempo brachte sie mich scheppernd und ratternd direkt in die Innenstadt.

Die Auguststraße befindet sich im Stadtteil Mitte. Ganz in der Nähe war einst die Mauer verlaufen. Viele Wohnungen in den alten Häusern rund um Schrats Straße, in denen ähnlich wie in der Dresdner Neustadt mehrheitlich noch mit Kohle geheizt wurde und die dringend renoviert werden mussten, waren wegen ihrer Nähe zur Grenze nicht mehr vermietet worden. Nach der Wende zogen hier Künstler und Intellektuelle ein und bildeten rasch eine Kolonie, ein buntes Völkchen aus Musikern, Grafikern, Malern oder Modedesignern. Viele kamen aus Ländern wie England, Spanien, Südamerika, den Staaten. Sie standen am Anfang ihrer Laufbahn, konnten sich keine hohen Mieten leisten und wollten nichts anderes, als das zu erreichen, was sie zu ihrer ureigenen Sache gemacht hatten. Ost-Berlin schien ihnen dafür genau die richtige Stadt.

Ähnlich wie in Dresden traten auch hier nicht wenige die Tür ein, wenn sie einen Leerstand entdeckt hatten, bauten ein neues Schloss ein und meldeten ihren Fund dann beim Wohnungsamt, wo sie einen regulären Mietvertrag bekamen. Andere besetzten gleich ein ganzes Haus. In den ersten Jahren nach der Wende ließ man sie gewähren. Die Bewohner stellten keine Ansprüche, renovierten auf eigene Kosten und zahlten für die marode Bausubstanz sogar Miete. Später kamen Investoren, erwarben die Immobilien oder bekamen sie zurückerstattet und bauten sie zu teuren Apartment- und Bürohäusern um. Dann war es mit dem günstigen Wohnraum vorbei, die Künstler flohen, und es zogen Männer in Nadelstreifenanzügen ein. Doch davon war damals, als ich Schrat in Mitte besuchte, noch rein gar nichts zu spüren.

Am Alexanderplatz stieg ich aus der S-Bahn, schulterte

meine Tasche und machte mich auf den Weg. Hier war es wegen der Leuchtreklame taghell, doch je näher ich der Auguststraße kam, desto düsterer wurde es. Ich stolperte über schmale Bretterstege, Sand knirschte unter meinen Füßen, während ich über die schweren Granitplatten lief, mit denen die Bürgersteige hier gepflastert waren. Hindernislaufen mit Gepäck und bei schlechter Sicht. Auch hier wurde in dieser Zeit überall gebaut, saniert, repariert, erneuert. Die Wege aufgerissen, tiefe Löcher gegraben – jede Woche eine neue Baustelle. Als täten es die Arbeiter und Städteplaner aus reinem Spaß.

An einer Straßenecke hielt ich inne und kramte in meiner Tasche nach einem Stadtplan. So gut kannte ich mich in Ost-Berlin auch wieder nicht aus. Vor der Wende war ich nur einmal hier gewesen, doch jetzt sah alles vollkommen anders aus. Müsste die Auguststraße hier nicht längst abzweigen? War ich noch auf dem richtigen Weg? Im gelblichen Licht einer Straßenlaterne versuchte ich, mich auf dem Plan zurechtzufinden, bis ich wieder Bescheid wusste. Hier ging es lang, stimmt genau. Ich stopfte den Plan zurück in die Tasche, hängte sie mir über die Schulter und zog weiter. Jetzt galt es nur noch, die Hausnummer zu finden.

Ich bog in eine breite Toreinfahrt, links beulten sich unbrauchbare Postkästen an der Wand, und tastete mich im Finstern quer über den Hof. Das Treppenhaus war hinten links, rechts stand ein Baum, das konnte ich erahnen. Nahe der Eingangstür musste es einen Lichtschalter geben. Nur wo genau?

Schrats Wohnung befand sich oben unter dem Dach. Auch er hatte, wie viele andere Mieter, die Tür eingetreten und die Räume dann notdürftig renoviert. Auch hier hing der drohende Investor wie ein Damoklesschwert über der Hausgemeinschaft. Plötzlich flammte das Licht auf, jemand hatte oben auf den richtigen Schalter gedrückt. Ich begann die Stufen hinaufzusteigen, steil wie über eine Leiter ging es in die oberen Stockwerke. Meine Reisetasche hatte ich von der Schulter genommen und zerrte sie hinter mir her. Schwer war das Zeug, ich kam kaum damit um die Ecken, so eng war das Treppenhaus. Von oben dröhnte mir laute Musik entgegen. Offensichtlich war Schrat daheim. Mein Herz fing wie wild an zu klopfen, als ich das hörte. Gleichzeitig stiegen Zweifel in mir auf; je näher das Wiedersehen rückte, desto stärker wurden sie. Wurde ich überhaupt erwartet? War alles beim Alten geblieben? Oder war vielleicht längst ein anderer hier eingezogen und Schrat über alle Berge? War ich womöglich im falschen Haus?

Ich klopfte zaghaft an, eine Klingel gab es nicht. Bei der lauten Musik, die in der Wohnung lief, konnte ich nicht erwarten, dass ich gehört wurde. Vorsichtig drückte ich die Klinke herunter. Die Tür sprang auf. Ich sah in einen weiten Raum, der Boden aus roh gehauenen Planken, die Wände gekalkt, aber nicht verputzt. Grell schienen Neonröhren von der Decke.

Da stand er, der Kopf wie immer kahl geschoren, die Beine in den schwarzen Lederhosen, ein weißes, ungebügeltes Hemd, die Knöpfe weit offen, eine selbst gedrehte Zigarette in der rechten Hand.

»Na, Prinzessin? Bist du da?«

Ich starrte ihn an. Er hatte wirklich auf mich gewartet und nahm mich mit in seine fremde Welt. Obwohl hier alles anders war, fremde Gesetze galten, neue Übereinkünfte, obwohl ich nicht dazugehörte, nahm er mich auf. Bei aller Fremdheit war eines klar: Wir gehörten zusammen. Der Rest der Welt war uns völlig egal.

Ich sprang von der Schwelle, warf meine Tasche ab und lief auf ihn zu. Als ich bei ihm war, schlag er den linken Arm mit der freien Hand um meine Hüften und wirbelte mich durch den Raum. Wir küssten uns, als hätten wir uns Jahrzehnte lang nicht gesehen. Die Musik brüllte, das Licht schien grell, und ich verlor beinahe den Verstand. Er strich mir mit der Hand über die Stirn, sah mich an, ließ mich nicht mehr los.

Später gingen wir zusammen aus, meine Müdigkeit war wie weggeblasen. Er zeigte mir die illegalen Kneipen und Bars, von denen es rund um die Auguststraße jede Menge gab. Es war ein lauer Sommerabend, die Luft warm, obwohl es gewiss schon spät war. Menschenmassen schoben sich durch die Straßen. Ganz Berlin schien an diesem Abend unterwegs zu sein. Einige Bars befanden sich unter der Erde im Keller, bei einer fehlte darüber gleich das ganze Haus. Den Eingang erreichte man durch ein verwildertes Grundstück. Wir kletterten über eine Schutthalde, hielten uns an den Zweigen eines wild wuchernden Busches fest und stiegen dann eine steile Treppe hinunter. Es gab weder Licht noch ein intaktes Geländer. Allein die Straßenlaternen verbreiteten ein wenig Helligkeit. So muss es nach dem Krieg überall in Berlin ausgesehen haben, ging mir durch den Kopf. Wir sind Trümmerkinder, kennen jede Ecke dieser kaputten Stadt, sowohl an der Oberfläche als auch darunter.

Am Fuße der Treppe öffnete sich vor uns ein Gewirr von Gängen, die Wände waren aus gelben Ziegelsteinen gemauert. Wir folgten der leisen Salonmusik, die aus einer Richtung erklang, und kamen in einen niedrigen Kellerraum. Der Boden hier bestand aus festgetretener Erde. Das Licht kam von unzähligen Kerzen. Sie klebten mit Wachs auf einzelnen Kanten oder einem Vorsprung, einige standen auf dem Boden. Die Flammen flackerten leicht im Wind und warfen Muster an die steinernen Wände. Allein für den Barkeeper brannte eine elektrische Lampe, das Kabel dafür war mir schon auf der

Treppe aufgefallen. Ihr Licht erhellte sein Gesicht. Ich entdeckte ein ausgesessenes Sofa und ließ mich hineinfallen.

»Möchtest du einen Drink?«, fragte mich Schrat, und ich nickte eifrig.

»Leider gibt es hier nur Caipirinha«, sagte er.

»Das kriege ich schon runter«, gab ich lachend zurück.

Während Schrat zur Bar ging, schaute ich mich um und sah, dass wir nicht allein waren. Mindestens acht oder zehn kleinere und größere Grüppchen von Menschen saßen in den Nischen, auf alten Hockern oder Sesseln. Sie unterhielten sich leise murmelnd, es wirkte wie ein konspiratives Treffen. Mir wurde ein wenig mulmig zumute. Wie schnell kämen wir im Ernstfall hier wieder heraus?

Schrat, der inzwischen mit den Getränken zurückgekommen war und sich zu mir setzte, lehnte sich entspannt zurück: »Das ist doch verrückt hier unten, oder?«

»Es darf nur keine Panik ausbrechen. Sonst kommt hier keiner rechtzeitig weg.« Ich sah mich nachdenklich um.

»Eingesperrt im Keller mit Zutaten für unendlich viele Caipirinhas. Nicht die schlechteste Perspektive«, sagte Schrat. Ich musste lachen.

Als wir aus der Bar zurückkehrten, wirkten die Straßen noch voller als zuvor. Menschenmassen schoben sich wie ein nicht enden wollender Strom an den Häusern entlang, drängten sich um die Ecken. Wir kamen kaum aneinander vorbei. Die Luft war warm, fast tropisch schwül.

»Was ist heute nur los?«, fragte ich verwundert.

»Vielleicht ist das Kino gerade aus«, meinte Schrat.

Wir zogen in die nächste Kneipe. Im »Zosch« bestellte ich mir ein Glas Wein. Schrat trank Bier. Ein fliegender Händler zog von Tisch zu Tisch und bot magische Kekse zum Verkauf an. Schrat hatte sein Hemd ausgezogen, weil es so heiß war. Matt glänzte sein Oberköper im Gegenlicht, während er auf seinem Barhocker saß, den Ellenbogen entspannt auf den Tresen gestützt. Wir leerten unsere Gläser und gingen wieder auf die Straße. Schrat hatte sich das Hemd über die Schulter gelegt. Vorbei ging es am »Donut«, wo die Leute an der Tür Schlange standen. Ein Abenteuer nach dem anderen. Wie im Rausch lief ich Schrat hinterher. Schließlich führte er mich auf ein Grundstück, auf dem nur noch die Mauern eines Hauses standen, das offenbar längst kein Dach mehr hatte. In dem Geviert wuchs Gras, auch einige Büsche konnte ich im Halbdunkel ausmachen. Aus einem Lautsprecher dröhnte Musik. In der Mitte brannte ein riesiges offenes Feuer, hell loderten die Flammen empor. Einige Frauen tanzten wild darum herum, sie hatten sich als Hexen verkleidet, trugen bunte Kopftücher, weite Röcke, dazu goldene, klingende Ohrringe, in den Händen schwangen sie Stöcke und Besen. Schrat reichte mir einen Plastikbecher mit einem undefinierbaren Getränk.

»Da, magst du?« Ich nickte stumm und starrte weiter die tanzenden Frauen an.

»Das ist der Hexenkessel«, raunte er mir ins Ohr. »Ich war schon einmal hier. Die tanzen so lange, bis sie umfallen.«

Ich betrachtete die Leute, die wie wir am Rand standen und gebannt auf die Frauen sahen. Manche nickten mit den Köpfen im Takt zur Musik. Ihre Gesichter leuchteten im Schein der Flammen. Die Tänzerinnen waren grell geschminkt, ihre Lippen knallrot. Die meisten hielten ihre Augen halb geschlossen.

»Sollen wir weitergehen?«, fragte Schrat. Ich nickte, steckte meine Hand in seine und folgte ihm. Wie ein großer warmer Handschuh umschloss er meine Finger.

Ich weiß nicht, wie spät es inzwischen geworden war. Schrat hatte plötzlich unbändigen Hunger. Wir hielten an einer Bude, und er bestellte Currywurst. Während der Budenbesitzer das Fleisch von den heißen Grillstangen zog, auf einen Pappteller legte und in Stücke schnitt, schließlich noch die Soße dazugab und Currypuder darüber streute, beobachtete ich Schrat von der Seite. Im Schein der Neonröhren wirkte seine Haut auf einmal wächsern und bleich, wie modelliert. Ich sah die großen Augen, sein markant geschnittenes Profil, die vollen Lippen und verspürte auf einmal unsägliche Wehmut: Warum nur muss ich mich in wenigen Stunden schon wieder von ihm trennen?, dachte ich. Warum kann ich diesen Anblick nicht einfach wieder vergessen? Warum macht er mich so furchtbar glücklich?

Am nächsten Morgen weckte mich die Sonne. Das ganze Zimmer war voll gleißenden Lichts. Schrat schlief noch, tief und lang waren die Atemzüge, die ich neben mir vernahm. Ich setzte mich ein wenig auf, vorsichtig, um ihn nicht zu wecken, und schob mir ein Kissen hinter den Rücken. Von hier oben hatte man eine gute Aussicht. Schrat hatte das Bett auf seinen Grafikschrank montiert, meterhoch schwebte ich über dem Boden, unter mir waren die Schubladen voller Zeichnungen und Grafiken, Papieren und Plakaten. An der Decke war eine Stange festgeschraubt, an der Jacken, Oberhemden und Hosen hingen, auch das Matrosenhemd. Es erinnerte mich an den großen Kleiderschrank, in dem wir uns in den Ferien bei meiner Großmutter beim Spiel in der Rumpelkammer oft versteckten. Dort war es dunkler als hier, auch roch es nach Mottenpulver, denn die Mäntel und Jacken, die dort hingen, wurden nur selten getragen oder waren gar längst ausrangiert worden, aber der Blick von unten hinauf in eine Ansammlung von Kleidern vermittelt mir immer noch ein Gefühl von Schutz und Geborgenheit. Nirgends waren wir so gut versteckt wie in diesem Wandschrank.

Mein Blick ging zu den Hoffenstern, ich suchte nach dem Baum, dessen Zweige mit den jungfräulich grünen Blättern sich gerade bis auf die Höhe unseres Stockwerks reckten. Er hatte es noch nicht weit gebracht, der kleine Baum. Sein Stamm war dünn, und er trug keine ausladenden Äste, aber er wuchs unverdrossen aus dem Chaos, das gewöhnlich im Hof herrschte, hinauf bis zu unserem Fenster und weiter gen Himmel. Wenn ich die hellgrünen Blätter sah, diese unverdrossenen, neugierigen Spitzen, zweifelte ich keine Sekunde daran, dass es richtig war, bei Schrat zu sein.

Im Hof hatten die anderen Hausbewohner bis tief in die Nacht gefeiert, mit lauter Musik und Gedröhn. Irgendwann im Morgengrauen war ihre wilde Party zu Ende gegangen. Alte Stühle und ein ausgefranster Korbsessel standen umher, auch auf den Autoreifen, die jemand zuvor unbemerkt in der Ecke abgeladen hatte, konnte man sitzen. Dazwischen stand der breite Grill, den Marva, der Eisenkünstler aus der Wohnung im Parterre, grob zusammengeschweißt hatte. Schrat hatte mir schon in Dresden von ihm erzählt. Marva lief meist nur in speckiger Latzhose aus blauem Leinen und schweren Stiefeln herum, der Oberkörper nackt, kein Hemd oder gar Pullover. Wer seine Kunst auf loderndem Feuer macht, dem mangelt es nicht an Hitze.

Ich liebte diese Wohnung. Sie war zwar kein Ort, an dem man ernsthaft leben konnte. Doch sie war mir auf Anhieb vertraut, und ich war sicher, dass ich bleiben wollte. Der Raum war weit und klar, keine Zwischenwände behinderten den Blick. Nur ein hohes Regal, das bis zur Decke reichte, teilte ihn in zwei Hälften. Auf der einen Seite standen Tisch, Bett und Schreibtisch, auch eine Spüle mit Kühlschrank gehörte zur Einrichtung. Auf der anderen Seite befand sich das Atelier. An der Wand lehnten gerahmte Leinwände. Holzlatten, Materialproben, Papierrollen stützten sich aneinander, zwei Böcke, eine mit Farben dick beschmierte Platte. In der Ecke klafften offen die zwei Türen eines alten Schrankes, der voll gepackt war mit verbeulten Farbbüchsen, halb gefüllten Terpentinflaschen, Pinseln, alten Lappen, Leim in Tuben, dazwischen Stahlwolle, Schwämme, Eimer in allen Größen.

Schrat hatte nicht viel an der Wohnung verändert. Den Boden hatte er neu verlegen müssen, auch in der Decke gab es ein Loch, das sich nur schwer stopfen ließ. Die Fenster hatten keine Scheiben gehabt, einem fehlte gleich der ganze Rahmen, doch das war leicht zu reparieren. Schrat hatte eine Woche lang hart gearbeitet. Die Wohnung hatte weder Elektrizität noch Wasser oder einen Abfluss, doch selbst das ließ sich regeln. Nur das Problem mit der Heizung war noch nicht gelöst. Es gab zwar einen Ofen, aber ihm fehlte die Klappe, also war er wertlos. Doch jetzt war Sommer, darüber konnte man im Herbst wieder nachdenken.

Neben mir rührte sich etwas, Schrat wachte auf.

»Bist du schon munter?«, fragte es unter der Decke hervor.

»Ich bin es nicht gewohnt, lange zu schlafen, weißt du? Ich muss immer früh raus. Die Sonne scheint so schön. Ich habe dein Zimmer betrachtet.«

»Ganz schön chaotisch, oder?«, murmelte es unter dem Kissen.

Ich kletterte vorsichtig über den Grafikschrank von dem Bett herunter. »Soll ich Kaffee machen?«

»Das wäre eigentlich mein Job.«

»Ich kann ja schon mal Wasser aufsetzen.« Ich ließ den elektrischen Kocher volllaufen.

Schrat schlug die Decke zurück, setzte sich auf und rieb sich die Augen. »Wie spät ist es?«

»Ich weiß es nicht, zehn vielleicht? Oder elf?«

Schrat tastete auf seinem Nachttisch nach einem Wecker.

Plötzlich war er hellwach: »Ich habe eine Überraschung für dich.«

Ich sah ihn an: »Wie meinst du das?«

»Wart's ab.« Er griff sich seine Hose von dem schäbigen Ledersessel, der neben dem Bett stand, und schlüpfte hinein. Dann zerrte er ein weißes T-Shirt unter einem Haufen Kleider hervor, stieg in die Schuhe und eilte zur Tür hinaus.

»Bin gleich wieder da.«

Ich hörte ihn die Treppe hinunterrennen, laut klatschten die Sohlen auf den Steinstufen, es hallte durch die offenen Fenster. Dann lief er unten pfeifend durch den Hof. Was er wohl vorhatte?

Ich gab Kaffee in eine Kanne, wartete, bis das Wasser kochte, und goss es dann direkt auf das Pulver. Das hatte mir Schrat beigebracht. Cowboy-Kaffee nannte er das, und ich muss sagen: Er schmeckt ausgezeichnet. Ich kannte diese Art der Zubereitung aus Polen, wo man so Tee kocht: Einen Löffel voll schwarzer Teeblätter und dann direkt das Wasser darauf. Filter oder Beutel gab es wie viele andere Waren seit der Verhängung des Kriegszustandes nicht mehr. Hinzu kam löffelweise Zucker, denn der Tee wurde schnell sehr stark und schmeckte dann bitter. »Spuck-Tee« nannte man das, was dabei herauskam, denn beim Trinken gerieten die einzelnen Teeblätter zwischen die Zähne. Die durfte man nicht herunterschlucken, sondern musste sie mit den Fingern von den Lippen oder der Zungenspitze klauben. Oder eben ausspucken.

Auch vor dem letzten Schluck galt es aufzupassen, sonst hatte man den Mund voll mit bitteren, schwarzen Blättern. Das war beim Kaffee ähnlich. Nichts Schlimmeres, als wenn man sich zum Schluss mit Schwung den ganzen Satz in den Mund kippte. Aber ich gewöhnte mich daran und ließ meist die Tasse halb gefüllt stehen, was mich anfangs einige Überwindung kostete, denn ich war es von zu Hause gewohnt, Teller und Tassen immer ganz und gar zu leeren. Darauf war bei uns streng geachtet worden.

Ich stellte die Kanne auf den Tisch und holte Butter, Marmelade und Milch aus dem Kühlschrank. Kaum war ich fertig, hörte ich Schrat wieder zurückkommen. Immer zwei Stufen auf einmal nehmend, polterte er die Treppe herauf. Schon stand er wieder im Zimmer, eine Tüte voll frischer Brötchen unter dem Arm.

»Komm«, rief er mir von der Tür entgegen, ganz außer Atem von der wilden Hatz. »Du trägst den Kaffee und die Tassen, ich nehme den Rest. Wir frühstücken woanders.«

»Na, wo denn? Muss ich mir dafür etwas anderes anziehen?«, fragte ich, doch er war schon wieder draußen. Ich zog meinen kurzen Cordrock unter das Nachthemd und folgte ihm auf bloßen Füßen. Diesmal lief er nicht die Treppe hinunter, sondern hinauf. Diese Stufen standen voller Flaschen und leerer Eimer, Schrat hatte hier jede Menge Krempel abgestellt, der eigentlich in den Müll gehörte. Der Weg führte irgendwohin ins Dunkle, aber in der Tat endete er nicht. Schrat war vorausgegangen, und plötzlich war ein hässliches Knarzen zu hören. Hell glänzendes Licht fiel von oben herab. Ich schloss geblendet die Augen.

»Komm rauf«, sagte er und streckte mir seine Hand entgegen. »Hier oben ist eine Luke, die haben wir erst vor einigen Tagen entdeckt.«

Ich folge ihm, die Treppe machte einen Bogen und – tatsächlich! Hier war eine Öffnung: Man konnte direkt auf das Dach! Eine »verbotene Tür«. Wie oft hatten wir den Film als Kinder gesehen: Ein paar Mädchen, die das strengste Ballettinternat von Paris besuchen, entdecken eines Nachts eine Tür, die zum Dach hinauf führt. Sie öffnen sie, klettern hinaus und befinden sich plötzlich hoch oben über den

Häusern von Paris. Sie halten ihre Entdeckung geheim, schleichen aber oft spätabends hinauf, klettern hinaus, setzen sich auf das Dach und betrachten, gebannt von ihrer Schönheit, die nächtlich erleuchtete Stadt. Schließlich weihen sie ihre Freundinnen ein, nehmen sie mit, und einmal gehen sie sogar nach der letzten Probe hinauf. Lauter junge Mädchen in rosa und weißen Ballettkleidern mit den ausgestellten Röcken aus Tüll, an den Füßen Spitzenschuhe, fest gebunden mit langen, seidenmatt schimmernden Bändern, stehen auf dem Dach, bewegen sich auf und ab, kichern und tanzen. In diesem Moment werden sie entdeckt. Mit einem Schlag ist das köstliche Abenteuer vorbei. Die Direktorin verhängt entsetzliche Strafen, die Mädchen, die die Tür entdeckten, werden aus dem Internat geworfen. Sie verlieren den teuren, schwer zu erlangenden Ausbildungsplatz und müssen alle Hoffnung auf die Karriere zu einer Primaballerina aufgeben. Es ist ein Drama.

Doch unser Abenteuer endete anders. Noch einmal reichte Schrat mir seine Hand, zog mich durch die Luke zu sich hinauf, und wir standen über den Dächern von Berlin. Der Anblick raubte mir den Atem.

»Ich werde verrückt.«

»Ist das nicht phantastisch?« Schrat lief über die leicht ansteigende Schräge hinauf zum Schornstein. Oben angekommen, setzte er sich rittlings auf den First.

»Hier hast du noch einen viel besseren Blick«, rief er ausgelassen. »Komm rauf!«

Ich ließ mich auf die Knie herab, weil mir leicht schwindlig wird, und krabbelte auf allen Vieren zu ihm. Die Teerpappe kratzte, aber sie war warm und gab leicht federnd nach. Ich hatte keine Angst. Oben angekommen, hielt ich mich an Schrat fest und setzte mich vor ihn. Der Stein wärmte meine nackten Beine.

Schrat schlang die Arme von hinten um mich und hielt mich ganz fest, das Kinn auf meiner rechten Schulter. Sein warmer Oberkörper schmiegte sich an meinen Rücken. Die Sonne brannte auf unsere Köpfe. Zu unseren Füßen lag Berlin, Häuser, so weit der Blick reichte, Bäume, die sich aus dem Meer von Dächern reckten. An einer Stelle ein großes Waldstück: der Tiergarten. Über den Wipfeln konnte man im Westen die Siegessäule erkennen, im Osten nur Weite und den endlosen Himmel, je weiter weg er war, desto blasser sein Blau. Wir sind frei, dachte ich. Wir tun, was uns gefällt. Mir wurde schwindlig, und das lag nicht an der Höhe.

»Hättest du Lust, mit mir zu verreisen?«, fragte Schrat plötzlich. Wir lagen nebeneinander mit dem Rücken auf dem warmen Dach und schauten in den Himmel. Das abgegessene Frühstücksgeschirr hatten wir auf die erste Stufe unter der Luke gestellt, den Kaffee fast ausgetrunken. Nur die Tassen standen noch in unserer Nähe. Ein leichter Wind war aufgekommen, einzelne Wolken trieben vorüber.

»Wohin denn?«, fragte ich geistesabwesend.

»Wie wäre es mit Spanien?«

Ich richtete mich auf und schaute Schrat nachdenklich an.

»Was hast du?«

»Ich bin noch nie mit einem Mann verreist, in den ich verliebt war«, sagte ich langsam.

»Bist du etwa verliebt?«, fragte er und grinste mich frech an.

Ich zog eine Grimasse: »Ja, ein bisschen.«

»Das ist natürlich ganz schlecht.« Schrat schaute wieder in den Himmel: »Warum nicht mit einem Mann, in den du verliebt warst?«

Ich wusste nicht genau, was ich antworten sollte. Unter Adligen ist es nicht Usus, allein mit einem Mann zu verreisen, schon gar nicht, wenn man mit ihm liiert ist. Dann muss wenigstens ein Chaperon dabei sein.

»Ein bitte was?«, fragte Schrat.

Ich antwortete ausweichend und rollte mich auf den Bauch. Irgendwie schien es mir plötzlich einigermaßen dringlich, die Teerpappe einer näheren Untersuchung zu unterziehen. Nachdenklich kratzte ich daran herum.

Dabei wusste ich genau, was man sich unter einem Chaperon vorzustellen hatte: Eines dieser geschlechtslosen Wesen, die mit ihren geschnürten Stöckelschuhen und eng taillierten Mänteln ein wenig aussehen wie Mary Poppins und jüngere unverheiratete Damen auf Reisen begleiten, damit sie nicht in Gefahr geraten. Meist sind sie dazu verdammt, lebenslänglich unverheiratet zu bleiben, sonst können sie unmöglich als Chaperon fungieren. Wahrlich keine schöne Aufgabe. Mir selbst fiel diese undankbare Rolle auch einmal zu, unfreiwillig wohlgemerkt. Spontan hatte ich mich einer Gruppe von Freunden angeschlossen, mit denen ich in München ausgegangen war. Spätabends, es war fast Mitternacht, kam auf einmal die Idee auf, spontan nach Venedig zu reisen. Wir saßen an einem der langen Tische im Biergarten am Chinesischen Turm, es war Sommer, die Nacht war lau. Ich fand es verrückt, aber wir waren in einer Stimmung, in der wir auch mit dem Heißluftballon auf die Malediven geflogen wären. Venedig war doch bloß um die Ecke.

»Wir müssen nur über den Brenner«, rief einer.

»Ich habe Schlafsäcke im Auto«, ein anderer.

»Ja, man braucht höchstens vier Stunden. Wir können da unten frühstücken«, stimmte ein Mädchen vom anderen Ende des Tisches zu.

»Frühstück in Venedig – ohne mich! Ihr habt wohl einen an der Waffel«, tönte es aus der Ecke. Der dicke Berthold war müde, das wussten wir. Schon zu dem Ausflug in den Biergarten hatte er sich überreden lassen. Frühmorgens hatte er bereits mit dem Förster die junge Schonung im Wald seines Onkels inspizieren müssen.

»Ich kann auch nicht.« Eine schmale blasse Hand neben ihm winkte ab. Margarete waren solche Abenteuer zu unheimlich, das wunderte keinen von uns. Aber der Rest der Truppe war Feuer und Flamme. Ehe ich mich versah, saßen wir zu fünft im Auto, die beiden Jungen vorn. Wir drei Mädchen quetschten uns auf den Rücksitz. Die Fenster standen weit offen, der Nachtwind blies uns um die Nase, alle waren bester Stimmung. Auf in den Süden!

Erst in Venedig fiel mir auf, dass einer der beiden Herren seinen Fotoapparat mit Vorliebe und nahezu ausschließlich auf Luise richtete, die sich ungeniert für die Aufnahmen in der Sonne rekelte und sich zerstreut durchs Haar strich.

Georg wiederum wich Trine nicht mehr von der Seite. »Wir gehen schon einmal voraus zur Piazza San Marco«, rief er, und schon waren die beiden um die nächste Ecke verschwunden. Für mich interessierte sich niemand, ich konnte mich den Sehenswürdigkeiten widmen. Keine Frage, ich war der Chaperon. Die vier hatten mich nur auf die Reise mitgenommen, um den Anstand zu wahren.

»Gut, fahren wir nach Spanien«, sagte ich zu Schrat.

»Und wen nehmen wir als Chaperon mit?«, fragte er. Verlegen sah ich ihn von der Seite an.

Peinigende Stille.

»Es ist wegen deines Namens, nicht wahr?«, sagte er. Ich nickte langsam. Da war er wieder, dieser vermaledeite Augenblick. Gleich würde ich alles sagen müssen, alles erklären. Ab sofort würde alles anders sein. Im Grunde war das Ende absehbar.

»Woher weißt du das?«, fragte ich ihn.

»Es stand auf einem Briefumschlag, der bei dir auf dem Schreibtisch lag.« Langsam begann ich zu begreifen.

»Mach dir keine Gedanken«, sagte Schrat gleichmütig. »Ich passe auch nicht ins Schema.« Dann erzählte er, dass seine Eltern Zeugen Jehovas seien. Der Bruder, die Schwägerin, der Onkel, beide Großmütter, die Schwester des Vaters, ihre Familie – sie alle gehörten dieser Glaubensgemeinschaft an. Schrat war damit aufgewachsen, seine Kindheit war ähnlich streng religiös geprägt wie meine.

Ich fiel aus allen Wolken. Offensichtlich war Schrat geübt darin, Familiengeheimnisse zu hüten. Er erklärte, die Zeugen seien in der DDR verboten gewesen. Da ihre Anhänger den Kriegsdienst verweigerten, wanderten die jungen Männer reihenweise für zwei Jahre ins Gefängnis. Schon als Kind habe er gelernt, über die Glaubensrichtung seiner Familie tunlichst nichts zu erzählen. Inzwischen hatte sich einiges verändert, aber auch in der westlichen Gesellschaft seien die Zeugen Jehovas ja nicht sonderlich beliebt. Da hielt man lieber den Mund.

Das konnte ich verstehen, obwohl Schrat, wie er beteuerte, nichts mehr mit den Zeugen zu tun hatte. Schon mit vierzehn Jahren blieb er den gemeinsamen Bibelkreisen fern, die zu DDR-Zeiten nur in streng geheimen Zirkeln stattfanden. Als wir uns kennenlernten, hatte er sich weit von der Religion entfernt, und sein Vater versuchte auch nicht mehr, ihn zu missionieren. Nur der *Wachtturm*, die Zeitschrift der Zeugen, fand sich regelmäßig in seinem Gepäck, wenn er wieder einmal zu Hause gewesen war.

Jetzt fiel es mir nicht mehr schwer, Schrat von meiner Herkunft zu erzählen. Ich wusste, dass ihn nichts schreckte. Er verstand davon so viel, wie er verstehen wollte. Einschränkungen und strenge Regeln waren ihm wohlvertraut.

Er kannte ihre Wirkung und wusste dennoch, dass ihnen nicht jeder ausgeliefert ist. Stark geprägt von einer Religion und aufgewachsen mit einer klar definierten und gegenüber der Umgebung hermetisch abgeschirmten Weltanschauung, war Schrat plötzlich und unaufgefordert aufgestanden und seine eigenen Wege gegangen. Er verließ seine religiöse Heimat und blieb doch in seinem Land.

Ähnlich war es mir ergangen. Ich hatte mich mit meiner naturgegebenen Identität nicht abfinden können und war gegenüber dem Adel auf Distanz gegangen, doch ich war andererseits davon so stark geprägt, dass ich in der Gesellschaft der Bürgerlichen keinen Anschluss fand. So war Schrats und mein Lebensweg in gewisser Weise parallel verlaufen.

Auch wenn Schrat es dabei phasenweise schlechter hatte als ich. Er musste sich mit Umständen arrangieren, die keinesfalls einfach waren, denn als Sohn von Zeugen Jehovas blieb man in der DDR ein Religiöser, selbst wenn man dieser Überzeugung längst abgeschworen hatte. Er durfte kein Abitur machen, nicht studieren und bekam nicht einmal eine Lehrstelle zugewiesen. Obwohl sein Bruder und er jedes Jahr die Jahrgangsbesten in der Schule waren, durften sie keine Ausbildung absolvieren. Und Schrat musste als Hilfsarbeiter in einer Anstreicherbrigade sein Geld verdienen.

Allerdings empfand er anders als ich. Er wollte Künstler werden, das war unter keinen Umständen leicht, das wusste er. Illegal zog Schrat Mitte der Achtziger nach Dresden, suchte sich ohne Wohnberechtigungsschein eine Bleibe in der Neustadt und holte in Abendkursen das Abitur nach. Mit Kollegen organisierte er sich privat einen Aktkurs und zeichnete Tag und Nacht, malte wie besessen, übte bis zum Umfallen. Der Ehrgeiz, der ihn als Kind so weit gebracht hatte, schon frühmorgens vor der Schule am Küchentisch zu sitzen und zu malen, ließ ihn auch jetzt nicht im Stich.

Doch die Kunsthochschule nahm ihn nicht auf. Er versuchte es mehrfach, immer vergeblich. Jedes Mal wurde er abgewiesen. Erst als die Mauer fiel, bekam er endlich einen Studienplatz. 1991 durfte er sich an der Akademie einschreiben. Die Zeiten hatten sich geändert. Religiöse Prägung war kein Hindernis mehr, an der Universität zu studieren. Allerdings kam der Platz für ihn fast zu spät. Das Basiswissen, das im Grundstudium vermittelt wird, hatte er in den unzähligen Übungsstunden mit Malerei und Aktzeichnen längst erworben. Kein Wunder, dass er sich in Berlin ein zweites Standbein aufgebaut hatte.

Inzwischen hatte der Wind die Wolken vertrieben, und die Sonne stand fast senkrecht auf dem warmen Dach. Sie war heiß und stechend, wir hätten längst hineingehen müssen, doch wir merkten nichts davon. Wir hielten uns fest umschlungen.

Kontraste

Die Erste, der ich von Schrat erzählte, war Paula.

»Richtig verliebt?«, fragte sie ungläubig. »Du meinst für immer?«

Ich war mir derart sicher, dass ich nicht einmal weinte. Dafür brach sie in Tränen aus. Sie umarmte mich: »Die ganz große Liebe – jetzt hat es dich also doch erwischt!«

Es war Samstagmorgen, und ich hatte zum Glück nicht viel für die Zeitung zu tun gehabt. Gleich nachdem ich aus der Redaktion kam, sprang ich in meinen orangen Wartburg und fuhr zur Mühle hinaus. Die Straße dorthin war immer noch ungeteert. Nur die Spurrinnen und tiefen Pfützenlöcher hatte man inzwischen mit Schotter aufgefüllt. Ich ließ mir Zeit. Sobald ich von der Landstraße in den stillen Waldweg eingebogen war, schaltete ich meinen Wartburg zwei Gänge herunter, löste den Sicherheitsgurt und ließ mich im Schritttempo in den Mühlengrund hinunterschaukeln.

Paula und ich setzten uns auf die Steinbank vor dem Haus. Obwohl es noch Frühling war, sandte die Sonne schon wärmende Strahlen durch das lichtgrüne Laub. Paulas Bauch war bereits mächtig gewachsen. Sie hatte nur noch wenige Wochen bis zur Entbindung. Wir hatten uns Sitzkissen herausgeholt, die halb gefüllten Teetassen standen auf dem alten Mühlstein, den schon die Vorbesitzer zu einem runden Tisch umfunktioniert hatten. Die Kinder sprangen um uns herum, im Hintergrund hörte man ein Brummen. Johannes mähte die Wiese.

Pucki brachte mir ein Schiebefax: »Es muss eine Schrift ergeben, schau«, erklärte sie mir das Spiel, während sie die einzelnen Felder in dem kleinen Rahmen hin- und herschob. »Wenn alles richtig ist, steht am Schluss da: Du hast recht!« Ich nickte und begann nachdenklich die einzelnen Teile hin- und herzuschieben. Pucki sah mir einen Moment lang zu, dann sprang sie davon: »Ruf mich, wenn du es geschafft hast«, sagte sie und lief zu Zorro, um ihn zu liebkosen. Der mächtige Hund lag brav im Sand und blickte wachsam den Weg entlang.

»Erzähl mir mehr von ihm«, sagte Paula und wischte sich die Tränen von den Wangen. »Wie heißt er, wer ist er, womit verdient er sein Geld? Habe ich ihn vielleicht schon einmal gesehen?«

Ich musste lachen. Das war eine so typische Frage unter Adligen. In diesen Kreisen kennen sich die meisten einfach längst, oder sie wissen zumindest umeinander. Wenn sich zwischen zwei jungen Menschen eine Beziehung auch nur anbahnt, wird es aufgeregt weitererzählt. Die Gespräche zwischen Adligen sind nun einmal getrieben von einem gewissen Wetteifer um interne Informationen. Um welche Familienangelegenheit es auch immer geht – wer als Erster davon weiß, hat dem anderen etwas voraus. Er muss es erzählen, seinen Wissensvorteil in die Waagschale werfen. Es zeichnet ihn aus. Wer nicht über das redet, was er weiß, ist in den Augen anderer uninformiert und damit weniger interessant. Was täte der Adel ohne diese pausenlosen Gespräche, das Weitererzählen und -tratschen von persönlichen Angelegenheiten? Vielleicht würde er schon gar nicht mehr existieren.

Der nächste Schritt nach der Beziehungsanbahnung ist meist schon die Verlobung. Auch die wird wieder munter weitererzählt, Ratespiele werden dazu veranstaltet: Der

Gesprächspartner muss raten, wie die beiden wohl heißen, die heiraten wollen, und aus welchen Familien sie stammen. »Kenne ich sie, oder kenne ich ihn?«, ist meist rasch die Gegenfrage. »Oder kenne ich beide?« Außerdem: »Sind wir miteinander verwandt?«

Tipps und Hilfestellungen werden gegeben: »Ihn kennst du vielleicht« ist möglicherweise die Antwort. »Ihr habt jedenfalls in derselben Stadt studiert. Er ist zwar älter als du, aber ihr müsstet euch begegnet sein, zumindest am Mensastammtisch.« Das Spiel kann lange dauern. Es endet erst, wenn der andere herausgefunden hat, wer die beiden Verlobten sind. Der zieht stolz mit der Neuigkeit weiter und lässt gleich den Nächsten raten. Denn jetzt ist alles offiziell, niemand spricht mehr hinter vorgehaltener Hand darüber. Zuvor hat der zukünftige Ehemann um die Hand seiner Auserwählten angehalten, zumindest hat die Braut ihn inzwischen zu Hause vorgestellt. Es klingt alles fürchterlich altmodisch, aber so ist es unter Adligen nun einmal Usus.

Anschließend wird ein Foto von dem jungen Paar mit Grußkarte herumgeschickt, eine Verlobung »platzen lassen« ist der gängige Ausdruck dafür, wenn man sich gegenseitig und der Restwelt seine Liebe offenbart. »Wir haben uns verlobt« steht manchmal mit geschwungenen Lettern auf der Karte, doch meist sind es nur die Unterschriften der beiden, die das Bild zieren. Nähere Erklärungen braucht eigentlich niemand: Es wissen sowieso schon alle Bescheid.

»Ich glaube kaum, dass du ihn kennst«, sagte ich und sah von Puckis Schiebefax auf, an dem ich immer noch herumspielte: »Es würde mich jedenfalls sehr wundern.«

Paula wurde allmählich ungeduldig: »Spann mich nicht länger auf die Folter. Nun sag schon, wer ist es?«

Ich legte Puckis Spiel beiseite und holte tief Luft: »Er

heißt Schrat, wie Waldschrat, nur ohne Wald. Er ist Künstler und stammt aus Thüringen.«

Paula schaute mich verwundert an. Hatte sie das richtig verstanden? Ich sah, wie sich ihre Miene verzog, das Lachen schlagartig aus ihren Augen wich. Die vergnügte Stimmung war wie weggeblasen. Auf einmal sah ihr Gesicht sehr ernst aus, merkwürdig erwachsen. Jetzt wusste sie, was los war. Tausend Gedanken schienen ihr gleichzeitig durch den Kopf zu stieben. Es war also kein Adliger, in den ich mich verliebt hatte, sondern ein Bürgerlicher. So ein Ärger. Und sie war die Erste, die es erfuhr. Sie musste jetzt etwas dazu sagen, mir klarmachen, dass das eigentlich nicht geht. Man kann als Adlige keinen Bürgerlichen heiraten, das heißt, man kann es tun, aber dann ist man »draußen«. Wenn eine Frau keinen Standesgenossen heiratet, verliert sie ihren adligen Namen und gehört ab sofort nicht mehr »dazu«. Zu bestimmten Bällen wie den eleganten Winterfesten, die jährlich in hochherrschaftlichen Schlössern im Rheinland und in Westfalen stattfinden, wird sie nicht einmal mehr eingeladen. Sie wird dieses Parkett nie wieder betreten dürfen.

Ich wusste: Paula war nicht mehr nur Mitwisserin, heimlich Eingeweihte, sie war nun auch Richterin. Sie musste jetzt Verantwortung übernehmen. Gleichzeitig wollte sie mich nicht verletzen. Ich empfand beinahe Mitleid für sie.

»Ich krieg das schon hin, Paula«, sagte ich schnell. »Keine Sorge, ich weiß, was ich tue. Schrat ist kein Adliger, ich weiß, was das bedeutet. Ich setze alles auf eine Karte, verlasse meine Familie, meine Heimat, meine Zugehörigkeit. Ich verliere alles. Aber ich kann nicht anders. Schrat ist der Mann meines Lebens.«

Doch Paulas Miene entspannte sich nicht so rasch. Sie ahnte nur zu gut, was auf mich zukam: »Ich glaube nicht, dass du das so genau weißt«, sagte sie.

»Komm, Paula, mach keinen Aufstand. Was ist daran schon besonders schlimm?«

Paula suchte nach Beispielen: »Stell dir vor, ihr seid zu Besuch bei Tante Margarete. Immerhin stammt sie aus einem der ältesten Fürstengeschlechter des Landes. Sie ist nicht unsere Bundeskanzlerin, trägt keine Orden oder sonstige Auszeichnungen, aber sie ist eine alte Fürstin, stammt aus hochherrschaftlichem Haus. Uns ist das allen bewusst, wir stehen stramm vor ihr. Das ist doch normal. Ich kenne Schrat nicht, aber er wird das womöglich nicht tun. Er kennt die Hierarchien, die Gesetze und Verhaltensregeln für solche Situationen nicht. Woher auch? Woher soll er wissen, wie er eine Fürstin ansprechen muss, mit »Ihrer Durchlaucht« oder mit – Gott bewahre – »Frau Fürstin«? Woher soll er wissen, dass es sich durchaus gehört, sie wie alle verheirateten weiblichen Familienmitglieder mit einem Handkuss zu begrüßen? Er würde ihr einfach die Hand schütteln und sich aufs nächstbeste Sofa setzen, womöglich noch bevor die Hausherrin Platz genommen hat. Würdest du das aushalten? Möchtest du dem Mann deines Herzens erklären müssen, dass er sich gerade ein wenig unpassend gebärdet? Möchtest du ihn dazu anhalten müssen, es uns gleich zu tun? Das ist doch irgendwie peinlich, er kennt unsere Rituale nicht, ihm wird das albern vorkommen. Und er hat ja irgendwie auch recht: Heute gibt es keine Adelstitel mehr, ob Fürst, Graf oder Prinz – das hat rein juristisch nichts zu bedeuten. Aber unsereins legt eben Wert darauf. Das ist vielleicht eine Marotte, aber ich finde das schön, ich finde das absolut selbstverständlich und korrekt. Ich verstehe nicht, dass du einen Mann heiraten willst, der von so etwas keine Ahnung hat. Das ist, gelinde gesagt, einigermaßen dämlich! Das sind alles Kleinigkeiten, ich sag es noch einmal, aber wenn sich dein Mann damit auskennt, erspart es dir einfach jede Menge Streitigkeiten, Reibereien, Stress. Und später, wenn ihr Kinder habt, und er findet es total unnötig, ihnen eine Ahnung von Etikette zu vermitteln, sie Klavier spielen und Walzer tanzen lernen zu lassen? Was machst du dann? Du findest es schön, angemessen und wichtig. Es liegt dir am Herzen. Oder was machst du, wenn er sie antiautoritär erziehen will? Oder gar nicht? Wenn er gute Manieren anachronistisch und spießig findet? Und später, wenn ihr älter geworden seid: Was machst du, wenn er eines Tages vor dir steht und feierlich verkündet, sein Vater sei zu nichts mehr zu gebrauchen, der käme jetzt ins Heim. Nimm an, du willst eine alte unverheiratete Tante zu Hause aufnehmen. Sie ist schwer krank, du möchtest aber nicht, dass sie im Krankenhaus stirbt. Er aber findet das völlig abwegig, mühsam, idiotisch. Zeitverschwendung. Kann man ja alles verstehen, Krankenpflege ist keine appetitliche Angelegenheit, das macht richtig viel Arbeit. Da braucht man die Unterstützung seiner Familie.«

Allmählich wurde es mir zu viel: »Paula, wovon sprichst du? Kinder, Krankheit, Alter – wir sind jung, Schrat hat große Ideen, wir wollen hinaus in die Welt, etwas bewirken. Und später, tja, ich weiß nicht, Schrats Eltern sind familienorientierte, fromme Menschen. Warum sollte es bei ihnen anders zugehen als bei uns?«

Paula schaute nachdenklich vor sich hin: »Du magst ja recht haben. Es kann alles gut ausgehen. Wir wissen es beide nicht, ja, können es zum gegenwärtigen Zeitpunkt gar nicht wissen. Aber die Sicherheit, dass du in unseren Kreisen auf einen gewissen Konsens triffst, ist einfach größer.«

»Das ist doch alles Unsinn!«, stieß ich hervor. »Bei den Adligen geht auch vieles schief: Existenzprobleme, Arbeitslosigkeit, Krankheit, Alter – ich kenne auch bei uns genug Beispiele.«

»Stimmt, aber bei uns hast du ein Heer von Helfern, von Verwandten, von Gleichgesinnten, die dich unterstützen, wenn es dir schlecht geht.«

Ich war außer mir. »Glaubst du wirklich, dass mir niemand mehr hilft, nur weil ich mit Schrat zusammenlebe?«

Paula zögerte lange mit ihrer Antwort. Schließlich sagte sie leise: »Ich weiß es nicht, ich weiß nicht, ob sie nach Jahren noch um dich wissen, ob sie dich noch kennen, verstehst du? Schließlich wohnst du nicht in einem Schloss, hast keinen festen Wohnsitz. Deine Kinder kommen nicht in den Gotha. Wie willst du Kontakt halten? Ich werde dir natürlich immer helfen, wenn ich kann. Deine Geschwister, auch deine Eltern lassen dich sicher nicht im Stich. Aber der große Kreis, das, was die Adligen auszeichnet, die allgemeine Solidarität, ist wahrscheinlich weg. Das musst du einfach begreifen: Wenn du hinausheiratest, verstößt du gegen die Gesetze der Gemeinschaft. Du kannst nicht erwarten, dass diese Gesetze noch greifen, wenn du Jahre später in Not gerätst.«

Zorn stieg in mir auf. Genau diese Gesetze sind es, dachte ich, dieses alberne rigide Regelwerk. Wie oft hatte ich mich darüber geärgert, das alles immer schon für überflüssig gehalten.

Paula seufzte: »Ich würde mich gern aus vollem Herzen mit dir freuen. Es gibt nichts Schöneres, als glücklich verliebt zu sein.«

»Was kommst du mir dann mit all diesen Nebensächlichkeiten, diesem ganzen Blödsinn?«

Paula schaute mich jetzt direkt an, sie griff nach meinem Arm, als wollte sie mich schütteln: »Weil du eine von uns bist, du Dummkopf! Du bist wie wir, du bist so aufgewachsen! Du kennst die Rituale und Umgangsformen, bist eng damit vertraut. Du wirst sie vermissen da draußen. Du wirst dich heimatlos fühlen, mutlos sein. Deshalb fürchte ich um dich, deshalb rede ich mir hier den Mund fusselig! Wenn du meine Nachbarin wärst oder eine ehemalige Schulfreundin – dann wäre mir das schnurzpiepegal. Dann würde ich dir die Hand schütteln, dir gratulieren und viel Glück wünschen. Aber du bist meine Cousine, verdammt noch mal. Ich muss dir das sagen!«

Plötzlich war ich gerührt. Da saß ich nun in dieser fremden Stadt, weit weg von allem, was mir selbstverständlich, lieb und vertraut war, und es gab einen Menschen, der sich um mich sorgte, der mir helfen wollte, einfach nur deshalb, weil er mit mir über tausend Ecken verwandt war. Wenn du ihn nur kennen würdest, dann würdest du nicht mehr so reden, wollte ich rufen. Aber ich schwieg. Das war ja gerade der Punkt: Ich musste Paula erst mit Schrat bekannt machen. Wenn ich mich in einen Adligen verliebt hätte, wäre das nicht nötig gewesen.

»Was werden deine Eltern dazu sagen?«, fragte Paula, nachdem wir eine Zeitlang geschwiegen hatten.

Ich zuckte mit den Achseln. »Ich weiß nicht, wie sie reagieren werden«, sagte ich und griff wieder nach Puckis Schiebefax. Das konnte doch nicht so schwierig sein! »Sie werden bestimmt nicht glücklich sein.«

Ich dachte an meine alten Eltern, mein Vater stand kurz vor der Pensionierung. Sie hatten bei ihren vielen Umzügen und an den unterschiedlichen Lebensstationen schon viel erlebt. Das Wort Mesalliance war für sie gewiss kein Fremdwort. Was den Rest der Welt angeht, machten sie aus ihrem Herzen keine Mördergrube, im Gegenteil. Meine Mutter ist ungeheuer sozial und hilfsbereit und hat großes Mitgefühl für jeden, dessen Lebensweg nicht ganz so geradlinig verläuft, wie allgemein wünschenswert.

Aber es gab für alles eine Grenze, und die verlief präzise,

so schätzte ich sie zumindest ein, zwischen Adel und Bürgertum, zwischen der eigenen Familie und den Fremden, den anderen. Seinen eigenen Stall galt es gefälligst sauber zu halten. Wozu die ganzen schönen Traditionen, wenn sich keiner daran hält? Und welche Schande, wenn es einer adligen Familie nicht gelingt, ihre Kinder so zu erziehen, wie es schon Generationen zuvor gemeistert haben. Schließlich ging es um mehr als persönliches Wohlbefinden. Es ging um Zusammenhalt, um den Fortbestand einer jahrhundertealten Lebenskultur. Wer sich als Glied einer Kette sieht, die schon seit Urzeiten Bestand hat, möchte nicht ausgerechnet die Stelle sein, an der sie reißt.

Wie alle Eltern der Welt wollten sie in erster Linie, dass es ihren Kindern gut geht. Aber mein Vater und meine Mutter waren nun einmal der festen Überzeugung, dass ihre Ansichten und ihre Art zu leben auch für uns Nachgeborene das Allerbeste und Richtigste ist. Wenn wir im Begriff waren, etwas zu tun, was diesen Traditionen und Lebensgewohnheiten widersprach, mussten sie uns davon abraten, ob wir es hören wollten oder nicht. Es würde sicher Streit geben, schlimmen Streit, vielleicht würden sie sogar mit mir brechen.

»Was tust du ihnen an? Deine Eltern werden verzweifelt sein«, sagte Paula.

»Ich hoffe nicht.« Ich machte eine hilflose Geste. »Aber wahrscheinlich könnte ich keinen Mann der Welt anschleppen, über den meine Eltern nicht verzweifelt wären.«

»Doch«, widersprach Paula. »Du könntest einen schmucken, jungen, katholischen Adligen anschleppen. Dann wäre alles in Butter.«

»Damit magst du recht haben«, sagte ich. Jetzt mussten wir beide lachen. Warum nur diese vielen Komplikationen? Im Grunde war doch gar nichts Schlimmes passiert. Ich hatte mich verliebt, na und? Schrat und ich wollten zusammenbleiben. War das nicht eigentlich etwas Wunderschönes?

»Hast du schon mit Tante Anna darüber gesprochen?«, fragte Paula. Anna Brühl war eine meiner Lieblingstanten, auch mit Paula entfernt verwandt. Wir telefonierten oft, sie wusste immer gut, wie es um mich steht.

»Eigentlich nicht«, sagte ich, denn Paula war tatsächlich die Einzige, mit der ich bislang offen über Schrat gesprochen hatte. Aber ich war unsicher, ob Tante Anna nicht vielleicht doch schon etwas ahnte, denn sie hatte die Eigenschaft, selbst der winzigsten Randbemerkung die allergrößte und für den Rest der Familie womöglich schaurigste Wahrheit zu entnehmen. Ob ihr das auch in diesem Fall gelungen war, wusste ich nicht genau.

Tante Anna war unverheiratet geblieben und lebte in einem gedrungenen Häuschen mit blühendem Garten nahe München. Unter der Woche fuhr sie in die Stadt und kümmerte sich um ihre Schützlinge. Sie war Fürsorgerin, kannte alle Frauengefängnisse in Deutschland von innen und rauchte wie ein Schlot. Das sei zwar nicht gesund, betonte sie stets, aber wenn sie eine der Frauen, die sie betreute, im Gefängnis besuchte und ihr eine Zigarette anbieten konnte, kam sie mit ihr gleich besser ins Gespräch.

Gestartet hatte Tante Anna ihr Berufsleben nach dem Ende des Krieges mit besonderem Engagement für Frauen, die ein uneheliches Kind von einem amerikanischen Soldaten bekommen hatten. Sie war ihre Fürsprecherin und richtete südlich von München ein Mutter-Kind-Haus ein, in dem die Frauen vorübergehend Schutz und Aufnahme finden konnten.

Tante Annas Fürsorglichkeit erstreckte sich auch auf Mitglieder unserer Familie, die man gewissermaßen als schwarze Schafe bezeichnen konnte, die von einer Krise, vorübergehenden Pleite, zeitweiliger Arbeitslosigkeit, gar einer Sucht oder sonst einem psychischen Problem heimgesucht worden waren. Während der Rest der Familie noch betroffen dreinsah oder gar ungehalten reagierte, machte sich Tante Anna schon auf den Weg zu dem »Sorgenkind«. Einige Monate später hieß es: »Er (oder sie) hat sich wieder gefangen«, und alle atmeten erleichtert auf. Das war der Freispruch. »Sich fangen« hieß, die Contenance zurückgewonnen zu haben. Es passierte durchaus, dass einer aus der Verwandtschaft, ob selbstverschuldet oder schicksalhaft, auf die schiefe Bahn geraten war. Das kommt, wie es so schön heißt, in den besten Familien vor. Aber es ging auch wieder vorbei. Oft fand sich eine Lösung. Dann war die Krise bewältigt, alles wieder im Lot, und keiner sprach mehr davon.

Im Gotha, so pflegte eine andere Tante von mir zu sagen, stehen schließlich nur die Menschen, bei denen immer alles glattgegangen ist. Insgesamt gebe es sicher wesentlich mehr Adlige, ihre Lebensführung entspricht nur zufällig nicht den Kriterien, denen das genealogische Handbuch unterliegt.

Tante Anna fungierte gewissermaßen als innerfamiliärer Rettungsdienst. Dabei war ihre Position durchaus umstritten, sie diskutierte leidenschaftlich gern und bereicherte die Salongespräche mit extremen Standpunkten, die sie heftig verteidigte. Dabei paffte sie wild ihre Zigaretten. Beliebt machte sie sich damit nicht. Der rege Kontakt zwischen ihr und mir war, aus der Distanz betrachtet, ein Hinweis darauf, dass ich in ihren und auch den Augen der Großfamilie ebenfalls ein schwarzes Schaf war und blieb.

In Paulas Frage nach der wundersamen Tante Anna mischte sich nun die Hoffnung, sie könne mich auf den Pfad der Tugend zurückführen. Vielleicht würde sie mich ja von Schrat wieder abbringen können. Vielleicht würde sie mich davon überzeugen können, dass es auf die Dauer klüger ist, als Adlige unter ihresgleichen zu bleiben, und nicht einen Bürgerlichen zu heiraten.

»Wollt ihr denn heiraten?«, unterbrach Paula meine Gedanken. Ich dachte noch darüber nach, wie Tante Anna wohl auf meine Nachricht reagieren würde. Sie würde sich sicher freuen, dass ich mich ausgerechnet in einen Künstler verliebt hatte. Ihr Vater war selbst Maler gewesen, später gar Professor an der Düsseldorfer Akademie, aber das ist lange her. Ich habe ihn nie kennengelernt, er starb vor meiner Geburt. Eine ihrer Schwestern hatte das Talent ihres Vaters geerbt. Bilder von ihm und ihr schmückten die Wände in dem hübschen alten Holzener Landhaus. Aber sie blieb im Gegensatz zu ihrem Vater eine typische Freizeitkünstlerin, malte großformatige Blumenbilder, Landschaften, jedoch nur als »loisir«. Malen war ihr Vergnügen und geliebter Zeitvertreib.

»Ich weiß es nicht, Paula. Das Thema Heiraten kam bei Schrat und mir bislang nicht vor. Aber es könnte durchaus so weit kommen. Sicher wären meine Eltern auch nicht unbedingt glücklich, wenn ich dauerhaft in wilder Ehe lebte.«

Allerdings konnte ich mir beim besten Willen nicht vorstellen, dass dieser unabhängige Künstler je darüber nachgedacht hatte, sein Leben in derart konventionelle Bahnen zu lenken. Aber ich kenne das, seitdem ich denken kann: Heiraten ist bei Adligen immer der nächste Gedanke. Spricht man von Liebe, ist auch gleich von Hochzeit und Kindern die Rede. Zu was sollten starke Gefühle sonst gut sein, wenn nicht zum Zwecke der Familiengründung? Sobald sich ein junges Paar gefunden und verlobt hatte, begannen schon gleich die ersten Hochzeitsvorbereitungen.

»Und wie willst du das machen?«, fragte Paula. »Ist Schrat denn religiös?«

»Wie meinst du das?« Einen Moment lang verstand ich nicht, worauf sie hinauswollte: »Schrats Eltern sind Zeugen Jehovas. Der kennt sich besser in der Bibel aus als Katholiken und Protestanten zusammen.«

Paula sah mich entsetzt an: »Auch das noch: Zeugen Jehovas. Das ist doch eine Sekte, oder?«

Ich winkte ab: »Du kannst beruhigt sein. Schrat ist bei den Zeugen nicht eingetreten. Er hat sich gar nicht erst taufen lassen.«

Doch Paula ließ nicht locker: »In welcher Kirche wollt ihr denn dann heiraten?«

Plötzlich ging mir ein Licht auf. Ich verstand, was sie meinte. Adlige heiraten grundsätzlich in der Kirche. Das Standesamt gilt praktisch nichts. Wer nicht von einem Priester oder Pfarrer getraut wurde, ist in ihren Augen nicht verheiratet. Je nachdem, welcher Konfession die Familie angehört, wird die Wahl des Gotteshauses festgelegt. Kompliziert wird es, wenn die beiden Eheleute aus Familien unterschiedlicher Konfession stammen, denn Katholiken müssen sich verpflichten, ihre Kinder katholisch zu erziehen. Deshalb werden diese Arten von »Mischehen« vermieden. Doch es kommt vor, und dann wird nach Lösungswegen gefahndet, nach einem Kompromiss. Bei uns aber war die Sachlage wesentlich komplizierter.

Ich sah Paula nachdenklich an. Darüber hatte ich wirklich noch nicht nachgedacht. Wenn wir in einer katholischen Kirche heiraten würden, könnten Schrats Eltern nicht mitfeiern. Das wollte ich natürlich vermeiden, aber Zeugen Jehovas betreten nun einmal keine katholische Kirche. Schrat hingegen würde keineswegs in einem Königreichsaal heiraten, ganz abgesehen davon, dass diese Trauung wiederum von meinen katholischen Verwandten nicht akzeptiert würde. Klang alles nach einer ziemlich ausweglosen Situation.

Wir könnten natürlich standesamtlich heiraten, doch das würde beiden Parteien nicht genügen. Eine standesamtliche Eheschließung ist schließlich nur eine halbe Sache. Die eigentliche Hochzeit findet in der Kirche statt. Was nun? Ich dachte, ich hätte nur ein Problem, weil ich als Adlige einen Bürgerlichen heiraten wollte. Das war nicht einfach, wie ich wusste, aber ich hätte es schon hingekriegt. Meine Liebe zu Schrat war groß und stark. Sie würde – nahm ich an – einiges an heimatlicher Emotionalität ersetzen können. Schließlich waren wir beide erwachsen.

Doch wie sich jetzt herausstellte, hatte ich mehr als nur ein Problem. Meine Sorgen waren mannigfaltiger Natur, und sie waren alle irgendwie miteinander verbunden. Vor mir lag ein einziger unentwirrbarer Haufen widriger Umstände. Und er ähnelte keineswegs einer Gabel voller Spaghetti. Die hätte man wenigstens mit einem Schwung herunterschlucken können.

Je länger ich über das alles nachdachte, desto schwieriger schien mir die Situation. Dabei hatten wir noch nicht einmal den Ost-West-Konflikt ins Feld geführt, der ja theoretisch auch zwischen uns beiden zum Tragen kommen könnte. Der ist immerhin allgemein anerkannt und wird offen diskutiert. Auch von der wirtschaftlichen Unsicherheit eines Lebensentwurfs, den ein Künstler gemeinhin mitbringt, war bislang noch nicht die Rede gewesen. Wenn ich die Tochter des schwedischen Königs wäre und mein Auserwählter von Beruf Fitnesstrainer, hätte mein Vater Schrat kurzerhand einen Adelstitel verliehen. Doch das war in unserer postmonarchistischen Bundesrepublik auch nicht mehr möglich. Es war wirklich wie verhext! Ich seufzte laut und vernehmlich.

»Was hast du?«, fragte Paula teilnahmsvoll.

»Jedenfalls können wir nicht in der Kirche heiraten«, sagte ich.

»Das hieße, dass du auch nicht am Arm deines Vaters zum Traualtar geführt wirst.«

Ich sah Paula mit großen Augen an.

Plötzlich kamen Pucki und Bettina um die Ecke gesaust. Sie waren bei Johannes auf der Wiese gewesen. Das Brummen des Rasenmähers war inzwischen verstummt.

»Hast du es geschafft?«, fragte Pucki und suchte mit ihren Augen nach dem Schiebefax. »Nein«, sagte ich und gab es ihr zurück. »Es ist aussichtslos.«

»So ein Quatsch«, widersprach sie mir. »Ich helfe dir, warte. Es gibt einen Trick.« Sie kuschelte sich neben mich auf die Steinbank.

»Da bin ich aber neugierig«, sagte ich und legte den Arm um sie.

Johannes war seinen Töchtern gefolgt und bog nun ebenfalls um die Ecke. Er trug eine braune Cordhose und ein gestreiftes Hemd, seine Stirn glänzte. Unter dem abgegriffenen Tiroler Hut liefen ihm Schweißtropfen über die Schläfen. Ich stand auf, um ihn zu begrüßen.

»Schön, dass du da bist.« Johannes war ein stattlicher Mann, kräftig gebaut und überragte Paula und mich um mehr als Haupteslänge. Ich freute mich, ihn zu sehen. Seine Stimme war warmherzig und freundlich. Er setzte sich zu uns auf die Steinbank.

»Bist du mit der Wiese schon fertig?«, fragte ihn Paula.

»Nicht ganz, aber fast. Jetzt brauche ich erst einmal eine Pause. Gibt es noch Tee?«

»Der müsste inzwischen kalt geworden sein. Ich setze geschwind frisches Wasser auf.« Paula verschwand im Haus. Als sie nach einer Weile mit frischem Tee zurückkehrte, hatte ich Johannes schon alles erzählt. Er nahm die Sache gelassen, wie es seine Art ist.

»Du machst es dir nicht einfach. Aber das kann man nicht ändern. Wo die Liebe einmal hinfällt …«

»Ach, ich weiß nicht«, sagte ich. »In meinem Leben ist immer alles so kompliziert.«

»So ein Unsinn«, widersprach mir Johannes barsch. »Alles kein Grund, von der Liebe deines Lebens zu lassen. Paula und ich sind uns auch nicht immer einig. Was dir bei Schrat immer fehlen wird, ist der Konsens, der unter Adligen herrscht, die stillschweigende Übereinstimmung. Schrat gehört nicht dazu, also ist er auch nicht selbstverständlich auf deiner Seite. Du musst immer alles erst mit ihm klären, dich mit ihm abstimmen. Das kostet Zeit und Geduld. Was immer ein Adliger tut, er tut es mit dem Gefühl, eine ganze Gruppe Gleichgesinnter hinter sich zu haben. In Konflikten mit Schrat wirst du keine Gruppe mehr hinter dir haben, eher ein Heer von Menschen, die gegen dich sind. Du wirst immer in der Minderheit sein. Daran musst du dich einfach gewöhnen.«

Paula lachte und schenkte uns allen dreien frischen Tee ein. Dann nahm sie mit einem erleichterten Seufzer wieder neben uns Platz. Schließlich hatte sie schwer an ihrem Babybauch zu tragen. Andächtig nippten wir an unseren Tassen, das heiße Getränk tat gut, es beruhigte die aufgebrachten Gemüter. Gemeinsam saßen wir auf der Steinbank und ließen unsere Gedanken treiben.

Johannes erzählte, dass er demnächst das Bäckerhaus renovieren wollte. Wir sahen über den Vorplatz hinüber zu dem alten Häuschen. Es stand gleich neben der Steinbrücke, näher noch am Ufer des Baches als das Haupthaus. Dahinter konnte man das Wasser vorbeirauschen sehen. Früher befand sich in dem Häuschen der Ofen, in dem aus dem frisch gemahlenen Mehl Brot und Kuchen, im Herbst sicher auch der berühmte Dresdner Christstollen gebacken wurden. Das Ladenfensterchen mit der Theke, durch das die Waren anschließend verkauft wurden, ist heute noch zu erkennen.

»Das Haus ist größer, als es von außen aussieht«, erzählte Paula. Johannes könne sich darin ein Büro einrichten. Auch für Gästezimmer sei noch Platz. Ich bewunderte ihre Energie.

»Und das Baby? Das kommt doch auch schon bald, oder?«, fragte ich sie. »Wie willst du das alles nur schaffen?«

»Ich muss mich ja nicht ums Geldverdienen kümmern«, sagte Paula und schaute liebevoll zu Johannes. »Das macht mein lieber Mann für mich.« Johannes hüstelte verlegen. Er ließ sich nicht gern loben.

Wir schwiegen eine Weile, nippten an unseren Gläsern und sahen den Kindern beim Spielen zu. Bettina hockte im Sandkasten, Pucki versuchte mit einem Eimer an einer langen Strippe Wasser aus dem Bach zu schöpfen. Sie wollte mit ihrer Schwester Matschkuchen backen.

»Was auch immer passiert: Heiraten könnt ihr bei uns«, sagte Paula unvermittelt. »Oder, Johannes? Was meinst du? Heiraten können sie doch hier?«

Johannes setzte sich abrupt auf. Was für ein grandioser Gedanke! Er liebte es, die Rolle des Gastgebers zu spielen. »Na klar. Wir stellen ein großes Zelt auf die Wiese, und dann wird gefeiert.«

»Ach ihr Lieben, das ist sehr freundlich, vielen Dank.« Abwehrend hob ich die Hände. »Aber überlegt euch das noch mal. Schwarze Schafe machen sich nicht so gut auf eurer schönen grünen Wiese.«

»Ach was«, sagte Paula und umarmte mich fest.

Heiratsantrag

Das Gespräch mit Paula ging mir nicht aus dem Kopf. Sie hatte recht und doch auch unrecht, denn sie kannte Schrat nicht und mich im Grunde zu wenig. Schließlich waren sie und ich sehr unterschiedliche Menschen. Als wir uns verabschiedeten, hatte ich ihr erzählt, dass ich mit Schrat verreisen wolle. Auch davor hatte sie mich gewarnt: Wenn man von einem Mann Abstand gewinnen möchte, in den man sich verliebt hat, verreist man nicht mit ihm allein. Aber ich fühlte mich sicher und schlug ihre Warnung in den Wind.

Also auf nach Spanien. Ich hatte mich mit Schrat am Bahnhof in Nürnberg verabredet. Das erschien uns geographisch der günstigste Treffpunkt. Kaum aus dem Zug ausgestiegen, erkannte ich schon seine hohe, schlanke Gestalt. Ich freute mich unbändig, ihn zu sehen, aber nachdem ich meinen Koffer nebst einer Kiste mit Büchern und Schreibzeug sowie meinen Schlafsack hinten in seinem Auto verstaut und auf dem Beifahrersitz Platz genommen hatte, dämmerte mir allmählich, auf was für ein Abenteuer ich mich eingelassen hatte. Wir hatten kein Hotel gebucht, keine Ferienwohnung, wir hatten auch kein Zelt dabei, um gegebenenfalls einen Campingplatz anzusteuern. Wo sollten wir eigentlich übernachten?

Mir war es im Grunde genommen gleichgültig, dass wir noch nichts reserviert hatten. Ich übernachtete gar nicht gern im Hotel und hatte noch nie ein Zimmer in einem Urlaubsort oder eine Ferienwohnung gemietet. Auch die

Zeit, in der Campingplätze mir als Zentrum der Lust schlechthin erschienen, hatte ich längst hinter mir gelassen. Schon der Begriff Urlaub war mir fremd. Adlige fahren in die Sommerfrische oder zu Verwandten aufs Land, das Wort Ferienzeit ist in meiner Familie durchaus Usus. Dazu kommt das Netzwerk, das zwischen fast allen Adligen weltweit herrscht. Wohin man seine Schritte auch lenkt, man gibt dort rechtzeitig vorher Bescheid, schreibt einen Brief oder ruft an, um sein Kommen anzukündigen, oder wird zuvor ausdrücklich eingeladen. Es gilt als unhöflich, sich gar nicht zu melden. Wer eine Stadt besucht, in der nahe Verwandte leben, sollte wenigstens einmal kurz vorbeischauen. Ja, eigentlich sollte jede Reiseroute so geplant werden, dass dabei sämtlichen Verwandten und Familienmitgliedern ein Besuch abgestattet wird und sich alle gefälligst wiedersehen.

Diese Art zu reisen kollidierte auf das Extremste mit der Konzeption, die Schrat für unsere ersten gemeinsamen Ferien vorgesehen hatte. Das heißt nicht, dass wir in meiner Verwandtschaft keine Aufnahme gefunden hätten. Wer als Adliger in Not gerät, insbesondere im Ausland, wird bei Standesgenossen immer Hilfe und Unterstützung finden. Das ist selbstverständlich, gleichgültig in wessen Begleitung er reist. Aber genauso selbstverständlich ist, dass wir in getrennten Zimmern hätten schlafen müssen. Wir waren ja nicht verheiratet. Das wollte ich Schrat nicht zumuten. Ich gab mich also fidel und unerschrocken und harrte geduldig der Dinge, die da kommen mochten.

Schrat reist am liebsten ohne Plan oder feste Routen, er lebt von einem Tag auf den anderen und denkt frühestens am Vorabend darüber nach, wo es am nächsten Morgen hingehen könnte. Übernachtet wird im Auto am Wegesrand. Immerhin hatte Schrat auf dieser Reise ein klares Ziel vor Augen: Spanien. Er wollte bis zur südlichsten Küste des

Landes. Nicht gerade Gibraltar, die Affen interessierten ihn nicht, aber möglicherweise westlich oder östlich davon, Richtung Cadiz oder Malaga, um den Rand des Kontinents zu erreichen. Auf dem Weg dorthin wollten wir in mehreren großen Städten haltmachen und auch in Madrid vorbeischauen. Schrat hatte zuvor einige Galeristen und Kuratoren kontaktiert, die mussten wir besuchen. Wie immer plante er irgendein wildes Kunstprojekt. Daneben wollten wir die wichtigsten Museen in der Metropole anschauen: den Prado, Reina Sofía, die Sammlung Bornemisza.

Erst allmählich wurde mir klar, was es bedeutet, die ganze Zeit während der Reise im Auto zu nächtigen. Sobald die Sonne sich dem Horizont näherte und zu verschwinden drohte, verließ Schrat die Hauptstrecke, brach sozusagen durch die Böschung und machte sich auf die Suche nach einem Schlafplatz. Dazu fuhr er mit seinem kleinen Lieferwagen ungestüm und ohne Rücksicht auf Verluste in die Landschaft hinein, folgte hier einem holperigen Feldweg oder dort einer schmalen Dorfstraße, raste unbekümmert auf eine Bergkette zu oder in ähnlich unvermindertem Tempo um einen See herum und hielt erst inne, wenn ihm seine Nase sagte, dass dies eine geeignete Stelle sein könnte, sich zur Ruhe zu legen. Dabei ging er nicht wahllos vor. Es waren immer wunderschöne Orte, an denen wir landeten. Sie lagen in absoluter Abgeschiedenheit, meist boten einige Bäume, dichte Hecken oder Weinreben Schutz und Geborgenheit, oder die Aussicht war phantastisch. Die Hast, die während der Suche regelmäßig ausbrach, war allein der Tatsache geschuldet, dass es langsam dunkel wurde und wir diese bevorzugten Plätze womöglich nicht rechtzeitig finden würden.

Sobald Schrats Suche erfolgreich gewesen war, schoben wir Fahrer- und Beifahrersitz so weit zurück wie nur möglich, räumten das Gepäck, die Bücherkiste, alle Zeichenblöcke und Schreibutensilien nach vorn und richteten hinten im Auto unser Schlaflager ein. Schrat hatte wohlweislich eine Matratze besorgt, die den Platz auf der Ladefläche genau ausfüllte, darüber legten wir kleinere Kissen, Decken und unsere Schlafsäcke. Die Fenster verhängten wir von innen mit Tüchern. Wir wollten vermeiden, aus dem Tiefschlaf geweckt zu werden, weil ein fremdes Gesicht seine Nase an unsere Scheiben drückt.

Als wir nach Avignon kamen, war es draußen schon dunkel, der Papstpalast längst geschlossen und nur noch von außen zu besichtigen. In hellem Gelb fluteten die Strahler über den weiten Platz und tauchten den mächtigen Bau in ein bizarres künstliches Licht. Der Platz zu seinen Füßen war weit und menschenleer. Wir besorgten uns Rotwein, Baguette, Rillette und ein Glas Cornichons und setzten uns auf eine kleine Treppe. Nachdem wir gegessen hatten, lehnte Schrat sich zurück und zündete sich eine Gitanes an. Ich starrte an den dicken, alten Mauern hinauf, die bis in unermessliche Höhe steil vor uns aufragten. Fast verzweifelt suchte mein Blick nach einem Durchbruch, einer Lücke. Doch weder Fenster noch Tür oder Tor gewährten einen Einblick. Wie ein riesiger unbezwingbarer Fels stand der Palast vor uns. Wie winzig klein waren wir beide dagegen hier unten auf unserem Treppchen. Die Luft war kühl, ich fröstelte und zog meine dünne Jacke fester um mich. In diesen Palast kam niemand hinein, der nicht erwünscht war. Hier taten sich Schranken auf, die niemand überwinden konnte. Gegen Windmühlen lohnt es sich gewiss zu kämpfen, aber diese dicken Mauern musste man einfach hinnehmen, wie sie waren. Sie haben zumindest ihre historische Berechtigung.

Am vierten Tag unserer Reise erreichten wir Spanien. Wir waren der Küstenstraße gefolgt, endlos breitete das Meer sich vor uns aus, nichts schränkte mehr den Blick ein. Der

Horizont lag in unendlich weiter Ferne. Doch dann ging es über zahlreiche Windungen und Kurven, vorbei an steinigen Abgründen und Felswänden die Hänge der Pyrenäen hinauf. Schließlich erreichten wir die Grenze, ein gleichgültiger Zöllner winkte uns nachlässig durch, und kamen bald darauf nach Portbou. Tief unter uns lag das Fischerdörfchen in seiner Bucht, die letzten Sonnenstrahlen tauchten es in anheimelndes Licht. Einst war es ersehntes Ziel derer, die aus Nazi-Deutschland und später aus dem besetzten Frankreich fliehen mussten. Walter Benjamin verspürte keine Erleichterung mehr, als er Portbou erreichte. Zu erschöpft war er von den Strapazen. Nachdenklich standen wir an dem Mahnmal, das an seinen Tod erinnert.

Der Ort war winzig, kein Mensch auf einer der drei Straßen, die es dort gibt. Hier herrschte ein überwältigender Frieden. Das Auto stellten wir oben inmitten einer Kakteenwüste ab, krochen hinein und legten uns schlafen. Es war weithin sichtbar, aber das störte hier keinen. Doch bis tief in den Schlaf verfolgte mich das Quietschen von Zugbremsen, der laute Schlag, der zu hören ist, wenn zwei Waggons aufeinandertreffen, der Lärm, wenn die Verbindungsbolzen mit schweren Eisenhämmern auseinandergetrieben und später an anderer Stelle wieder schonungslos in die groben Ösen geschoben werden. Schließlich das Anfahren der Züge. Erst bei Tageslicht entdeckten wir, dass sich unweit der Bucht, doch kaum zu sehen, im Landesinneren ein Rangierbahnhof mit unzähligen Gleisen befand. In Spanien ist der Abstand zwischen den Eisenbahnschienen anders als in Frankreich. Ähnlich wie an der Grenze zu Russland müssen hier sämtliche Züge, die aus dem Westen kommen, umgesetzt werden.

Von nun an verlief unsere Fahrt geruhsamer. Wir hielten uns länger in Barcelona auf, blieben auch in Madrid einige

Tage, besichtigten Toledo, Córdoba, Sevilla. Weiterhin galt es, Abend für Abend einen Schlafplatz zu finden, doch wir hatten Glück. Kein einziges Mal wurden wir unangenehm überrascht. Selten habe ich so gut geschlafen wie in der Parkgarage von Toledo. Und unsere Schlafplätze waren die schönsten Orte der Welt. Kein Zimmer mit Aussicht könnte sich damit messen. Nach Salz und Meer roch das Wasser, mit dem sich Schrat in der Camargue rasierte, wie die ganze Gegend, die uns dort umgab. Der Nusshain, in dem wir Unterschlupf fanden, bestand aus Bäumen, die so dicht beieinander standen, dass ihre Kronen eine feste Decke über uns bildeten. Wir waren geschützt wie in einer Höhle und konnten den Himmel nicht mehr sehen. Hinter Barcelona gerieten wir in ein trockenes Flussbett, keine Menschenseele weit und breit war zu sehen. In der Nacht träumte ich, in den Bergen stürmte ein Gewitter, und gerade durch unser Wadi breche das Wasser sich seine Bahn. Doch nichts dergleichen geschah. Als ich aufwachte, lag ich immer noch sicher eingerollt in Decken neben meinem Liebsten, statt wie in einer Arche Noah von reißenden Fluten davongetragen zu werden.

Den Escorial besichtigten wir zuerst aus weiter Ferne. Schrat hatte das Auto in einem der umliegenden Weinberge abgestellt. Wir saßen hinten auf der Ladefläche, beide Türklappen waren weit geöffnet, und vesperten. Neben uns lagen Brot und Knoblauch, dazu Chorizo, Oliven und Tomaten. Die Flasche mit dem tintenschwarzen Rioja hatte Schrat zwischen Matratze und Autowand geklemmt. Ein ganzes Land legte sich uns wie ein Wüstenteppich zu Füßen, graustaubig seine Erde, kaum ein Grün auf dem kargen Boden. Es lenkte den Blick ohne Umschweife auf den Königspalast, das einzige höhere Gebäude weitum. Brachial erhob er sich aus der farblosen Landschaft, wie eine Faust, die hart auf einen grob gezimmerten Tisch geschlagen wurde, weil das Essen immer noch nicht serviert worden ist. Eine Ahnung vom Leben im spanischen Mittelalter ergriff uns, von Hexenverbrennung und Inquisition. Langsam ging die Sonne unter.

Wir waren inzwischen vollkommen verwildert. Schrat trank den Rotwein direkt aus der Flasche, ich riss das Brot in grobe Stücke, schnitt dazu mit dem Taschenmesser fingerdicke Stücke von der Wurst ab, biss in die rohe Knoblauchzehe, dass mir die Tränen aus den Augen liefen, und schob zum Abschluss noch eine Tomate hinterdrein, bis der Saft über mein Kinn troff. Unwillig wischte ich ihn mit dem Handrücken ab. Brokatschwere Servietten waren hier nicht zur Hand.

Niemals in meinem Leben zuvor hatte ich mich so benommen. Zu Hause allein am Küchentisch kam das schon hin und wieder vor, aber doch nicht in Gesellschaft. Dazu war ich zu streng erzogen worden. Gute Tischmanieren gehörten in meiner Familie zur absoluten Grundvoraussetzung. Sobald man in Gegenwart anderer ist, gilt es, sich anständig zu benehmen, insbesondere so lange der andere einem nicht vertraut ist. Doch mit Schrat war das von Anfang an anders. Ich respektierte und verehrte ihn über alle Maßen. Nichtsdestotrotz fühlte ich mich in seiner Gegenwart stets frei und unbeschwert. Das war für mich im Umgang mit einem eigentlich Fremden so ungewohnt, dass ich mich selbst immer wieder neu über diese Empfindung wunderte.

Als die Sonne hinter dem Escorial verschwunden war, verkrochen wir uns in unsere Autohöhle. Am nächsten Morgen kam früh eine Gruppe älterer Frauen vorbei, die Gesichter braungebrannt von der Sonne und runzlig wie alte Äpfel, die Köpfe bedeckt mit ausgeblichenen Baumwolltüchern. Als sie uns sahen, unterbrachen sie ihr reges Gespräch und schauten erstaunt auf unsere Tassen, aus denen der Dampf von frisch gebrühtem Kaffee aufstieg. Stumm zogen sie vorüber. Wir tauchten unser knochentrockenes Mandelgebäck in das heiße Getränk, grüßten freundlich, aber als ich ihnen hinterherschaute, sah ich, wie sich einige von ihnen eilig bekreuzigten. Sie hatten Angst vor uns. Wilde Zigeuner waren wir geworden, Fremde.

Zum Meer war es nun nicht mehr weit. Als wir dort ankamen, merkten wir, dass die Ferienzeit allmählich zu Ende ging. Die Urlaubsorte waren wie leer gefegt, kein Mensch am Strand, die Läden verriegelt, Restaurants und Hotels liefen nur noch mit halber Besetzung oder waren ganz geschlossen. Doch die Luft war für mitteleuropäische Verhältnisse tagsüber noch warm, auch im Meer konnte man gut baden, und wir beschlossen zu bleiben.

Drei Tage lang machten wir nichts anderes, als morgens ans Meer zu fahren und stundenlang unter freiem Himmel im Sand herumzuliegen, gleichgültig, ob die Sonne schien oder nicht. Endlich kam ich zur Ruhe, las eifrig in den Büchern, die ich mitgenommen hatte. Schrat hingegen baute Sandburgen, abenteuerliche Architekturen mit schrägen Dächern und schiefen Wänden. Keines der Häuser, die er errichtete, war rechteckig. Anschließend legte er sich bäuchlings davor und machte von der Anlage Fotos. Er nahm jeden einzelnen Bau von allen Seiten auf – Künstler können offenbar einfach nicht stillhalten.

Gleich am ersten der drei Abende entzündete Schrat am Strand ein Lagerfeuer. Obwohl das sicher nicht erlaubt war, wurden wir nicht gestört. Wir hielten Wurststückchen in die Glut, rösteten unser Brot auf Stangen, tranken den Wein wieder aus der Flasche. Bis spät nachts saßen wir im warmen Sand und starrten in die wild lodernden Flammen. Was für ein Abenteuer! Noch nie hatte ich so etwas erlebt, niemals hätte ich mich das getraut. Schon die Ferien am Meer zu verbringen war für mich absolut außergewöhnlich gewesen. Und nun auch noch ein Strandfeuer. Ohne dass wir darüber gesprochen hätten, erkannte Schrat meine geheimsten Wünsche. Ich war restlos glücklich. Sämtliche Zweifel oder Widerstände – sofern es etwas dieser Art überhaupt noch in meinem Herzen gegeben haben sollte – lösten sich in diesen Flammen endgültig auf.

Ich habe einmal von einer jungen Adligen gehört, oder stammt die Geschichte aus einem Roman von Sándor Márai? Auch bei dieser Frau soll es sich um eine Gräfin gehandelt haben, die, wohlerzogen und standesgemäß herangewachsen, in allem und jedem mit dem harmonierte, was ihr in ihrem Elternhaus gezeigt und mühevoll beigebracht worden war. Eines Tages jedoch geriet sie auf einer Reiterfahrt nach Ungarn an einen wilden Husaren, der ausgerechnet ihren Pferdetrupp anführte. Er sah aus wie aus dem Bilderbuch: Die Schnurrbartspitzen gebogen bis an das Kinn, die Haut ledern, weil sie Tag um Tag der Sonne ausgesetzt war, die Beine krumm vom vielen Reiten. Aber er hatte ein unbeschreibliches Lachen, seine schwarzen Augen blitzten unverschämt unter dichten Brauen hervor. Er sah sie an, und es war um sie geschehen. Sie ließ alles stehen und liegen, zog in die Puszta und wich diesem Mann nicht mehr von der Seite. Diesem Hallodri, diesem Nichtsnutz und Bärenfänger! Sie züchteten gemeinsam Pferde, und im Sommer verdingten sie sich bei Pferdenarren und Touristen als kundige Reitführer. Sie wurden nie reich, aber unendlich glücklich.

Auf der Rückreise machten wir in Granada halt. Es regnete, der Oktober nahte. Selbst im sonnigen Süden setzt irgendwann der Herbst ein. Wir liefen ein wenig lustlos durch die Stadt, besuchten auch die Alhambra, aber irgendwann hatte die Feuchtigkeit unsere Kleider aufgeweicht, mir wurde kalt, und wir verzogen uns wie die Katzen ins Auto. Wo sollten wir nun hin?

Ich legte mich hinten ins Auto quer über die Taschen, Koffer und Decken, der Regen trommelte aufs Dach, allmählich wurde es dunkel. Plötzlich fühlte ich mich sehr allein und verlassen. Keiner kannte uns hier, wir konnten uns an niemanden wenden. Wer auch immer zu uns gehörte – er konnte uns nicht einmal telefonisch erreichen. Ob es wohl jemanden gab, der jetzt an mich dachte, der sich Sorgen um mich machte?

Mir wurde klar, wie allein ich mit Schrat war. Ich merkte, dass ich mit ihm viele Anknüpfungspunkte und Themen hatte, doch wir würden als Paar nie in das große Ganze eingebunden sein, das der Adel für seine Mitglieder darstellt. Es war genau, wie Paula es beschrieben hatte: Aristokraten sind nie einsam. Auch Ehepaare, ja ganze Familien sind als Gruppe geschützt und abgesichert gegen den Rest der ganzen Welt. Das ist für sie von enormer Bedeutung.

Doch Schrat wusste mich von meinen trüben Gedanken abzulenken. Er öffnete eine Flasche mit Tintilla de Granada und goss uns beiden je ein Gläschen ein. Dann streckte er sich neben mir aus. Neugierig nippte ich an dem süßen Wein. Wir kannten das Getränk beide nicht, Schrat hatte die Flasche auf unserem Weg durch die Stadt in einem Laden entdeckt und kurzerhand gekauft. Es schmeckte warm, schwer, man brauchte nicht viel davon. Es erinnerte mich an die dicken polnischen Karamelbonbons, die man nur stückweise abbeißt und langsam auf der Zunge zergehen lässt. Sie sind zu reichhaltig, um alles auf einmal herunterzuschlucken.

Allmählich löste sich meine Verzagtheit. Schrat begann, von seiner Großmutter zu erzählen, von der Zeit, in der er in ihrem Haus im thüringischen Greiz sein Atelier hatte. Sie starb, kurz bevor ich Schrat zum ersten Mal begegnete. Heute noch träumte er von ihr, erzählte Schrat. Dann sei sie wieder lebendig, stehe vor ihm in ihrer schmalen Gestalt, sage etwas, mache dazu eine Geste, wie nur sie es konnte.

Unseren Schlafplatz fanden wir diesmal am Fuße der Sierra Nevada. Als wir morgens aufwachten, war es draußen schon empfindlich kalt. Ich kramte den einzigen Wollpullover aus der Tasche, den ich in Dresden eingepackt hatte. »Der Winter kommt. Wir müssen umkehren«, murmelte ich. Schrat strich mir sanft über die Schläfen. »Hast recht, Zigeunerbraut. Der Sommer geht zu Ende.«

Die Fahrt zurück nach Dresden war lang. Schon jenseits der Pyrenäen wurde es immer kälter. Auf der Route du Soleil, die uns jetzt keinerlei Sonne und Süden mehr verheißen konnte, steckte ich kurz vor Lyon ein letztes Mal den Kopf aus dem Fenster, ließ mir den Fahrtwind um die Schläfen wehen und sog den Geruch von Lavendel und Kräutern ein. Wie eine Woge rollt er an einer ganz bestimmten Stelle von den Höhenzügen der Haute Provence herab, begrüßt den Reisenden – ist er auf dem Weg gen Süden – mit dem plötzlichen wilden Vorgeschmack auf eine zauberhaft schöne Welt. Doch wir mussten in die entgegengesetzte Richtung.

In Deutschland klatschte nasskalter Regen an die Windschutzscheibe. Ich fror, und mir wurde stündlich unwohler. Alle Bedenken hatten sich verflüchtigt. Ich fürchtete den Abschied. Noch nie war ich mit einem Mann so lange allein unterwegs gewesen. Wir hatten uns auf der Reise kein einziges Mal gestritten, es hatte keinen Zwist, keine Unstimmigkeiten, keine Übellaunigkeit, keine Ungeduld gegeben. Die zurückliegenden wilden Tage und Wochen hatten uns nur noch näher zusammengebracht.

Es war spät, als wir Dresden erreichten, aber ich konnte

Schrat nicht überreden, noch eine Nacht zu bleiben. Es drängte ihn zurück an Schreibtisch und Staffelei. Er mag lange Abschiede nicht. »Rasche Wechsel« heißt seine Devise.

Zwei Wochen vergingen, und ich litt wie ein Hund. Ich war inzwischen in eine Lokalredaktion außerhalb Dresdens versetzt worden, arbeitete mich durch Polizeimeldungen, Streitigkeiten am Maschendrahtzaun und die Ergebnisse der samstäglichen Turnierspiele unter den örtlichen Fußballvereinen. Es war zum Verzweifeln.

»Ich werde mich von ihm trennen«, sagte ich zu Paula am Telefon. Sie hatte zum Glück inzwischen einen Anschluss.

»Bist du endlich aufgewacht?« Ihre Stimme klang erleichtert.

»Nein, die Reise war wunderschön.«

»Warum willst du dich dann trennen?«

»Ich vermisse ihn so sehr. Ich halte die Sehnsucht nicht länger aus.«

Paula war verzweifelt. »Du bist nicht zu retten. Keine Frau trennt sich von dem Mann ihres Lebens, weil sie ihn zu sehr vermisst. Ab sofort übernehme ich keinerlei Verantwortung mehr!«

Als Schrat das nächste Mal nach Dresden kam, fand ich zuerst keine passenden Worte. Ich wollte ihn nicht mit meinen Gefühlen unter Druck setzen. Ein ganzes Wochenende lang tat ich, als sei nichts geschehen. Am letzten Abend – wir waren beide in der Küche – saß ich am Tisch und versuchte eine Weinflasche zu öffnen. Er stand am Herd und kochte. Wir wollten gemeinsam essen und später zu einer Ausstellungseröffnung gehen. Ich stellte mich ungeschickt an. Immer wieder rutschte der Korkenzieher ab. Schrat unterbrach seine Tätigkeit, trat an den Tisch, drehte das gewundene Eisen in den Flaschenhals und ging zurück zu seinen Töpfen.

»Danke sehr«, sagte ich. Der Korken löste sich mit leisem Ton.

»Bitte, Gitte.« Er lachte mich an. Ich beobachtete ihn, wie er in einem der Töpfe rührte, betrachtete seine schlanke Gestalt, die mir vertraute Haltung. In Spanien hatte ich keinen Tag auf diesen Anblick verzichten müssen.

»Ich möchte nicht, dass du morgen zurück nach Berlin fährst.«

»Warum nicht?« Schrat sah mich erstaunt an.

»Ich halte die Trennung nicht mehr aus.«

»Wir sind doch nicht getrennt.«

»Doch, wir leben in getrennten Städten.«

Schrat sagte nichts und rührte weiter unvermindert in seinem Topf. Ich schwieg, biss mir auf die Lippen, mein Herz pochte. Jetzt bist du zu weit gegangen, dachte ich. Verdammt! Jetzt ist es aus. Hast du vergessen, wie zornig Robert Redford in »Out of Africa« reagiert, nachdem Tanja Blixen so zu ihm gesprochen hat? »Du ahnst nicht, was deine Worte bei mir bewirken«, sagt er drohend zu ihr. Kurz danach schwingt er sich in seinem winzigen Flugzeug in den kenianischen Himmel und kehrt nie wieder zurück. Sie hatte ihre Liebe zerstört. Ich hielt die Luft an.

»Dann müssen wir eben heiraten«, sagte Schrat nachdenklich.

»Wie meinst du das?« Hörbar atmete ich aus.

»Wenn das mit der Sehnsucht zwischen uns beiden so schlimm ist, dann müssen wir wohl heiraten.«

Ich war so verblüfft, dass ich nichts sagen konnte. War das ernst gemeint? Hatte mir der wilde, zügellose Künstler Schrat soeben einen Heiratsantrag gemacht?

Ich stand auf, ging zu ihm, blieb auf halber Strecke stehen

und setzte mich wieder an den Tisch. Leise fing ich an zu weinen. Er nahm den Topf vom Herd und kam zu mir an den Tisch.

»Was hast du, Prinzessin? Das ist doch kein Grund, zu weinen.« Er hockte sich neben meinen Stuhl und nahm mich in den Arm: »Oder doch? Ist irgendetwas Schlimmes passiert?«

Ich schüttelte den Kopf.

»Na, dann hör auf.« Umständlich kramte er nach einem Taschentuch. »Iss meine Suppe, und werd wieder fröhlich.«

Ich sah ihn an. Kummer stand ihm ins Gesicht geschrieben. Das Taschentuch, das er mir hinhielt, roch leicht nach Farbverdünnung.

»Okay«, sagte ich mit rauer Stimme und wischte mir entschieden die Tränen ab. »Essen wir die Suppe. Und danach gehen wir heiraten. Es bleibt uns ja gar nichts anderes übrig.«

Von heute auf morgen kündigte ich meine Stelle bei der *Sächsischen Zeitung* und zog nach Berlin. Ich meldete mich arbeitslos und marschierte frohen Herzens in die Freiberuflichkeit. Das war gewiss nicht wohlüberlegt, es gab enge Freunde, die entsetzt waren. Ich hatte eine feste Stelle als Redakteurin bei der auflagenstärksten Zeitung in der Region, ein regelmäßiges Einkommen, eine schöne Wohnung. Der Job wäre mir ein Leben lang sicher gewesen. Silberne Löffel hätte ich stehlen müssen, damit man mir kündigt. Aber ich hatte den Mann meines Lebens gefunden. Da muss man, so dachte ich mir, reagieren.

Ich diskutierte die Entscheidung auch mit niemandem aus meiner Familie. Das ist eigentlich nicht üblich. Gewöhnlich bespricht man einschneidende Veränderungen mit einem der älteren Familienmitglieder, mit dem Vater, dem ältesten Bruder oder einem Onkel. Sollten sie weitreichende

Folgen haben, womöglich finanzielle Einbußen mit sich bringen, ist die Verwandtschaft schließlich aufgefordert, gegebenenfalls mit einzuspringen und zu helfen.

Die Gemeinschaft der Adligen ist streng hierarchisch geordnet. Die wichtigste Rolle in der Familie spielt der Älteste, die Jüngeren haben sich ihm unterzuordnen. Das Familienoberhaupt ist gemeinhin ein Mann, die Frauen spielen offiziell eine sekundäre Rolle. In schweren Fällen wird der Familienrat einberufen, er bespricht das Vorhaben mit allen Beteiligten und sucht gemeinsam nach einer Lösung. Wer in solchen Strukturen aufwächst, wird nie ganz erwachsen. Es gibt immer irgendeinen Vater, Onkel oder Großvater, der, rein hierarchisch gesehen, über einem angesiedelt ist und den man gefälligst fragt, bevor man einen lebensverändernden Entschluss fasst. Unter diesen Bedingungen muss aber auch keiner allein Verantwortung übernehmen. Er kann sich immer auf die Unterstützung der anderen verlassen.

Wäre ich in Ghana geblieben, wo ich geboren bin, und dort in einem Dorf aufgewachsen, hätten sich sicher auch die Stammesältesten, um Rat befragt, zu einer Besprechung auf dem zentralen Platz zusammengefunden und gemeinsam debattiert, ob sie meine Entscheidung befürworten. Das ist mit den Strukturen in den alten europäischen Familien durchaus vergleichbar. Es gibt hier keinen Individualismus, jeder Adlige ist Teil eines großen Ganzen. Verankert fühlt er sich nicht nur in seiner Großfamilie, sondern auch in einer schier unendlich langen Reihe von Ahnen und Urahnen. Obwohl sie längst nicht mehr leben, werden ihre Namen, ihre Taten in den Gesprächen immer wieder erwähnt und bleiben in der Erinnerung präsent. Ihr Handeln verwebt sich unentwirrbar mit dem Selbstverständnis jedes einzelnen Nachfahren. Damit ist jede adlige Familie zwangsläufig mit der Geschichte ihres Landes verbunden, letztlich mit der Geschichte Europas. Denn – ob durch gute oder schlechte Taten – mindestens einer ihrer Ahnen hat diese maßgeblich mitbestimmt. Sonst wäre er nicht mit einem Titel ausgezeichnet worden, was seinen Familiennamen und die Namen all seiner Nachkommen von anderen unterscheidet.

Ich hingegen war durch mein Leben inzwischen schon viel zu weit abgerückt von meiner familiären Gemeinschaft. Ich fühlte mich nicht mehr zugehörig. Ich war mutterseelenallein in den Osten gezogen, hatte beim ehemaligen SED-Blatt angeheuert und mich dann auch noch in einen Mann verliebt, der nicht comme il faut ist. Es wäre absolut sinnlos gewesen, in der Familie jetzt plötzlich einen Rat einzuholen. Für einen Fall wie meinen gilt das Motto: Die macht sowieso, was sie will.

Nur eines ließ mich zögern: Ich kann die Zahl der Umzüge in meinem Leben nicht mehr zählen. Es waren ihrer zu viele, doch der Abschied von Dresden fiel mir so schwer wie keiner zuvor. In dieser Stadt hatte ich mich auf Anhieb zu Hause gefühlt. Endlich war ich angekommen, hier hatte ich bleiben wollen. Mir gefiel die Lage der Stadt an der Elbe, eingebettet zwischen weitläufigen Flussauen und anmutigen Hängen, und ihre Nähe zu Polen, wo ich studiert hatte, sowie zu Prag und Wien – Städte, zu denen ich mich stark hingezogen fühle. Natürlich war meine Anhänglichkeit nicht zuletzt auf meinen Urahn Heinrich Graf von Brühl und die Terrasse, die meinen Namen trägt, zurückzuführen. So stahl ich mich heimlich davon. Noch jahrelang behielt ich meine Wohnung in der Dresdner Neustadt. In Berlin suchte ich mir eine Bleibe im selben Kiez wie Schrat, ebenso hoch oben unter dem Dach, aber einige Straßen weiter. Erst einige Monate vor unserer Hochzeit zogen wir in eine gemeinsame Wohnung.

Meeting the parents

Wenn zwei Menschen das Bedürfnis haben, dauerhaft beisammen zu bleiben, wächst bei vielen unwillkürlich der Wunsch, die Familie des anderen kennenzulernen. Sei es aus Höflichkeit, sei es aus purer Neugier – mit der Zeit möchte man wissen, aus welchem Umfeld er stammt.

Umgekehrt sind die Erwartungen ähnlich gespannt. Haben Eltern erst einmal erfahren, dass der Sohn oder die Tochter des Hauses gedenkt, mit einem Partner seiner, respektive ihrer Wahl ein festes Verhältnis einzugehen, möchten sie am liebsten sofort wissen, wer das ist.

Unter Adligen erübrigt sich naturgemäß die Neugier auf das Elternhaus, denn jeder weiß, wo der andere herkommt, und dessen Eltern sind ihm längst bekannt. Im Zweifelsfall zieht man den Gotha zurate. Meist kennen sich sogar die Elternehepaare der Partner schon länger als diese sich selbst, insbesondere die heiratsversessenen Mütter, die schließlich redlich bemüht waren, ihre Kinder beizeiten zusammenzubringen. Wie es bei der anderen Familie zu Hause aussieht, ist sowieso keine Neuheit, denn Adlige richten sich immer und überall gleich ein. Ob in den Tropen oder im Inland, auf dem Schloss oder in der Etagenwohnung – typisch sind antike Möbel, dicke Teppiche, dunkle Ölbilder mit dem Konterfei der Urahnen, gefasst in schwere goldene Rahmen, und in Leder gebundene Folianten im Regal. Das findet man hier gemütlich. Lieber läuft man Gefahr, dass irgendein tropischer Holz- und Leinwandwurm dem Urgroßvater den

Bart zerfrisst, als in Afrika auf die Ahnenbilder zu verzichten. Eher säbelt man an einem alten Schrank die Ecke ab, damit er in die Schräge einer Dachwohnung passt, als auf das gute Stück zu verzichten.

Ganz im Gegensatz zu dem schweren Mobiliar steht die herzliche Begrüßung. Man gibt sich gegenüber Besuchern, insbesondere wenn sie kommen, um ihre Verlobung mit einem der Nachkömmlinge der Familie anzukündigen, betont freundlich und familiär, ja geradezu distanzlos. Der Fremde wird empfangen wie ein alter Bekannter, in rasender Geschwindigkeit aus dem Mantel gezerrt und umgehend in den Salon gebeten, wo der Herr des Hauses – gleichgültig zu welcher Tageszeit – sofort hochprozentige Getränke und dicke Zigarren herbeiträgt. Die Hausfrau hingegen nimmt rasch Platz, damit sich alle anderen Anwesenden ebenfalls auf einem der Sitzmöbel niederlassen können, denn solange die Dame des Hauses nicht sitzt, müssen alle anwesenden Männer stehen bleiben. Die Sessel sind übrigens alle so geartet, dass man sich gut hineinfallen lassen, doch allenfalls unter Zuhilfenahme vieler kräftiger Hände oder eines Lastkrans wieder daraus erheben kann. Auch das finden Adlige kolossal gemütlich.

Die Hausfrau greift sofort zu einem Strickzeug, um sich von Anfang an alle möglichen Schranken der Konvention zu verbieten, und beginnt – eifrig die Nadeln schwingend – umgehend und ungeniert in glockenreinem Ton innigste Vertraulichkeiten auszutauschen, besser noch: abzufragen. Sofort wird der adlige Fremde, der per se kein echter Fremder ist, nach dem Befinden seiner Eltern gefragt, umgehend müssen sämtliche Krankheiten und Unpässlichkeiten detailliert besprochen und ausgeplaudert, auch das Allerschrecklichste und Intimste verbreitet werden, bis man zu Banalitäten wie etwa der Anreise oder dem beruflichen Werdegang des zukünftigen Schwiegersohnes übergeht. Unter Adligen ist man auch sofort per Du, zumindest duzen sich die Männer und die Frauen untereinander. Spätestens beim Aperitif wird dem Gast auch von der Dame des Hauses das Du angeboten.

Der Gast muss das alles schnell mitmachen. Auf die Frage: Port oder Sherry?, kann er Whisky erwidern, Hauptsache, die Antwort kommt prompt. Auf das gebieterische: Feuer? muss ebenso rasch und entschlossen mit Ja oder Nein geantwortet werden. Umgehend gilt es, sich einen Platz zu suchen, viel zu trinken und gegebenenfalls heftig zu rauchen. Es wäre extrem unhöflich, wenn der Besucher sich auf die allgemeine Leutseligkeit im Raum nicht einließe, wenn er etwa »fremdeln« würde. Andererseits darf er sich auch nicht anbiedern, keineswegs. Er muss höflich zurückhaltend bleiben, sich aber auch nicht arrogant geben. Er muss sich von Beginn an wie ein Verwandter gebärden, obwohl er das, streng genommen, ja noch nicht ist. Adlige sind bei der Wahl ihrer zukünftigen Schwiegerkinder immer verzweifelt auf der Suche nach anderen Adligen, deren Stand und Lebensanschauung – Traditionsbewusstsein, Konfession, Anstand – zwar in allen Details mit der eigenen übereinstimmen, die aber mindestens zweiten, im besten Fall dritten Grades und entfernter verwandt von ihnen sind.

Während bei Adligen familiäre Unkompliziertheit im Vordergrund steht, ist es bei Bürgerlichen genau umgekehrt. Zwar umgibt sich auch manch Bürgerlicher mit antiken Möbeln, aber die Begrüßung, insbesondere einer Person, die womöglich in die Familie einheiraten will, wird meist besonders steif und vornehm gestaltet. Selbst der eigene Partner, der die Liebste immerhin mit seinem Zuhause vertraut machen möchte, ist angesichts der Strenge der Situation oft so befangen, dass er selbst ganz fremd und unnahbar wird und die Braut gewissermaßen im Regen stehen lässt.

Hoheitsvoll wird die Neue von den zukünftigen Schwiegereltern hereingebeten, streng taxiert und kühl gesiezt. Die Einrichtung ist hell und freundlich, doch von so penibler Reinlichkeit, dass man sich kaum traut, irgendwo genauer hinzuschauen. Die Peinlichkeit einer herumschwebenden Staubflocke möchte man der Hausfrau jetzt um alles in der Welt ersparen. Problem Nummer eins: Wohin mit den Schuhen? Während es bei Adligen durchaus Usus ist, mit lehmverschmierten Schuhen im Salon zu sitzen, denn welche Schlossauffahrt ist schon geteert, und Pantoffeln gelten als absolut spießig, legt der Bürgerliche in der Garderobe mit dem Mantel oft auch die Straßenschuhe ab und wandert fortan entweder auf Socken herum oder schlüpft in bequemere und vor allem saubere Hausschuhe.

Kaum ist das erste Problem gelöst, folgt schon das zweite: Worüber reden? Ähnlich wie bei Mobiliar und Atmosphäre scheint hier die Reihenfolge umgekehrt zu sein. Erst redet man über das Wetter, dicht gefolgt vom Thema Anreise. Schließlich kommt man zur beruflichen Entwicklung, zu Studium oder Ausbildung. Ganz am Ende, mitunter erst nach vielen Jahren, spricht man über Krankheiten und ähnliche Kalamitäten.

Ich hatte nicht die geringste Ahnung, wie meine Eltern auf Schrat reagieren würden, noch wusste ich, was Schrats Familie von meiner Wenigkeit halten würde. Doch eines war sicher – die Gegenüberstellung würde sorgfältig geplant werden müssen. Eine zufällige Begegnung war ausgeschlossen. Allein aus geographischen Gründen: Weder Schrats noch meine Eltern lebten in Berlin. Und noch etwas war sicher: So gut wir das Treffen auch planten, wir würden bestimmt nicht alles richtig machen. Die Unterschiede zwischen unseren Familien waren einfach zu groß.

Gemessen daran, verlief unser erster Besuch in Schrats

Elternhaus eher unauffällig. Ich war nicht seine erste Freundin, seine Eltern waren froh, dass mich ihr Sohn überhaupt vorstellte. Entsprechend freundlich wurde ich empfangen. Es war Winter, aber nicht sonderlich kalt, trotzdem trug ich Wollsocken und meine festen Schuhe. Doch das Problem mit der Fußbekleidung wurde schnell und pragmatisch gelöst. Wie in vielen ostdeutschen Haushalten gab es in der Garderobe Gästepantoffeln, von denen mir ungefragt ein Paar übergeholfen wurde.

Anschließend ging es eine enge Treppe hinauf. Im Wohnzimmer angekommen, nahmen Schrat und ich nebeneinander auf dem geräumigen Sofa Platz, die Mutter verschwand nach nebenan in die Küche. Der Vater setzte sich uns gegenüber und begann, Schrat zurückhaltend auszufragen. Wie denn die Reise gewesen sei, die Straßen doch hoffentlich schneefrei oder etwa noch glatt, wie das Wetter in Berlin? Ausführlich erkundigte er sich nach dem Zustand von Schrats Auto, ob er das Öl regelmäßig kontrolliere, die Reifen, den Benzinverbrauch. Dann berichtete er vom eigenen Wagen und erzählte von den kleineren und größeren Reparaturen, die er in der letzten Zeit am Haus vorgenommen habe. Alles wurde einzeln aufgezählt und besprochen. Am wenigsten ging es in dem Gespräch um Schrats Kunst, seine letzte Ausstellung oder etwa die aktuellen Projekte. Ich spürte deutlich, dass der Vater keine klare Vorstellung davon hatte, was sein Sohn eigentlich macht, und auch Schrat war nicht unbedingt daran gelegen, ihn darüber aufzuklären. Es schien ihm zu kompliziert. Zwischen den beiden lagen Welten.

Allerdings nehmen die Eltern, insbesondere Schrats Mutter, durchaus Anteil an Schrats künstlerischem Schaffen. Sie sind sehr stolz auf ihn und halten seine Bilder in Ehren. Die Wände im Haus sind voll mit seiner Kunst, vor allem mit

Arbeiten aus seiner Kindheit und Jugend. Doch keiner spricht davon, Fremden wird erst nach hartnäckigem Nachfragen darüber berichtet.

Nachdem wir uns ein wenig unterhalten hatten, bat uns Schrats Mutter an den Küchentisch zum Abendessen: Brot, Wurstsalat, kalte Platte, saure Gurken. Die Männer tranken Bier, wir Frauen schenkten uns heißen Tee ein.

Schrats Mutter stammt aus einer alten Kaufmannsfamilie. Ihre Eltern, schon ihre Großeltern, handelten mit Stoffen. Gleich unten im Haus befand sich der Laden, das große Schaufenster zur Straße hin verweist noch heute auf die einstige Nutzung. Aufgerollt auf dicke Ballen, ruhten hier in zimmerhohen Holzregalen die verschiedensten Stoffe, gemusterte und einfarbige, Anzugstoffe und Material für Kittelschürzen, grobes Leinen und weiches Popelin, auch Samt, Satin oder Seide. Von hier stammte auch das Regal in Schrats Berliner Wohnung. Wollte eine Kundin einen Stoff, der seltener nachgefragt wurde und sich daher in einem der oberen Fächer befand, musste die Großmuter auf die kleine Leiter klettern, die am Rand parat stand und den schweren Ballen herunterhieven. Mitten im Raum stand der Ladentisch, hier wurde die Ware aufgewickelt, vermessen und abgeschnitten. An seinem Ende thronte die Kasse.

Noch heute hört man oben in der Küche die Ladenklingel gehen, wenn ein Besucher oder Familienmitglied durch die Haustür kommt. Man könnte sie abstellen, aber Schrats Mutter meint, es sei einfach praktisch, wenn sie auch in den oberen Stockwerken hören könne, dass der Vater nach Hause käme. Zudem verbindet die Familie mit dem Ton intensive Erinnerungen. Er hört sich an, als herrsche im Untergeschoss immer noch die alte Geschäftigkeit, als sei der Laden weiterhin geöffnet. Das ganze Familienleben war davon geprägt.

In ihrer Kindheit mussten Schrats Mutter und ihre große Schwester immer zurückstehen, wenn der Laden geöffnet war. Wenn sie etwas wissen wollten, mussten sie warten. Wollten sie dort spielen, wurden sie verscheucht. Erst wenn der Kunde bedient worden und zufrieden wieder abgezogen war, bekamen ihre Kinderanliegen Raum. Bis in Schrats Generation ist die leise Unruhe erhalten geblieben, die jeder kennt, der sein Geld durch Handel und in täglicher unmittelbarer Begegnung mit seiner Kundschaft verdient. Bis heute herrscht in seiner Familie die unterschwellige Emsigkeit, die damit einhergeht. Alle bewegen sich rasch, keiner hat Sinn für große Abschiede, niemand hält sich mit langwierigen Entscheidungsprozessen auf. Es muss gehandelt werden.

Schrats Großmutter konnte das Geschäft lange halten. Auch nach dem Mauerbau und bis in die siebziger Jahre blieb es in privater Hand. Doch im Sozialismus waren selbständige Unternehmer nicht gern gesehen. Schließlich musste die Familie den Laden aufgeben.

Schrats Großmutter hatte Putzmacherin gelernt, sie konnte Hüte nähen, sticken, dekorieren. Gern wäre Schrats Mutter in ihre Fußstapfen getreten und hätte die Tradition der Familie fortgeführt. Stattdessen lernte sie Muster und Dekors zu entwerfen und arbeitete viele Jahre im Greizer staatlichen Betrieb für Stoffproduktion, der sogenannten »Greika«.

Ein kleines, stark benutztes Holzschränkchen in der Ecke des Wohnzimmers erinnert an den Beruf der Großmutter. Es hat unendlich viele kleine Schublädchen, Fächer und einzelne Abteilungen, einige haben eigene Deckel. Hier bewahrte sie ihre Knöpfe und Spangen, Häkchen und Federn, die unterschiedlichen Garnrollen, Litzen, Schmuck- und Gummibänder auf, die sie zur Fertigung unterschiedlichster Kopfbekleidungen brauchte. Schrats Mutter bringt in dem altertümlichen Möbelstück bis heute ihr Nähzeug unter.

Der Abend, meine allerersten Stunden in Schrats Elternhaus, verlief so selbstverständlich, dass ich mitunter das Gefühl hatte, ich würde gar nicht wahrgenommen. Ich erzählte ein wenig von meinen Eltern, den zahlreichen Umzügen, den unterschiedlichen Sprachen, die ich gelernt hatte, auch mein adliger Name war kurzzeitig Thema, aber Worte wie Verlobung, Heirat, Kinder oder gar Aussteuer, Mitgift, Hochzeit fielen überhaupt nicht.

Wenn ich an den Antrittsbesuch meiner Cousine Rafaela denke, muss ich dankbar sein, denn Anteilnahme und Entgegenkommen kann auch unangenehme Komponenten haben. Als Rafaela mit ihrem Zukünftigen zum ersten Mal im schlossherrlichen Haus ihrer Eltern aufschlug, ging es beim eleganten Mittagessen mit Silberbesteck und geschliffenen Gläsern schon vor dem Hauptgang um die Anschaffung von Handtüchern, Kissen, Plumeaus und Bettwäsche. Die Frage, ob sich ein französisches Doppelbett für ein werdendes Ehepaar eignet oder ob nicht vielleicht doch zwei einzelne Matratzen vorzuziehen wären, kam zwischen Braten und Dessert zur Sprache. Rafaela genierte sich dermaßen, dass sie sich am liebsten mit hochrot brennenden Wangen unter den Tisch verzogen hätte.

Nun, Peinlichkeiten dieser Art blieben uns samt und sonders erspart. Man versuchte nicht einmal, mich bei meinem ersten Besuch zu missionieren. Schrat hatte mich davor gewarnt, denn diese Gelegenheit lässt sich sein Vater sonst nicht entgehen, sobald ein Fremder in sein Umfeld gerät. Erst am nächsten Tag, längst nach der Abreise, fanden wir in unserem Gepäck eine aktuelle *Wachtturm*-Ausgabe. Daran musste ich mich fortan gewöhnen: Keine Begegnung mit

Schrats Vater, ohne dass eines der bunten Heftchen in unseren Besitz überging.

Am nächsten Morgen zeigte mir Schrat die Stadt, führte mich vorbei an der Schule, in die er zehn Jahre lang getrabt war, zu seinen Lieblingsplätzen, erzählte mir von den Erinnerungen, die er damit verband. Wir gingen auch in den städtischen Park unten am Fluss. In der weitläufigen Anlage mit Teich und hohen, alten Bäumen steht das Sommerpalais, ein herrliches Schlösschen mit Museum, das jedoch jetzt, im Winter, geschlossen war.

Zum Abschluss besuchten wir den elterlichen Garten. Auch ihn hatten jahrelang die Großeltern bewirtschaftet, insbesondere nachdem sie ihren Laden aufgeben mussten. Der Schrebergarten befindet sich nicht weit weg vom Haus. Wer sich aus dem Wohnzimmerfenster beugt, kann ihn sehen. Der Weg dorthin führt über die Straße und einige Stufen steil hinauf. Als wir ihn erreichten, zog Schrat einen schweren, eisernen Schlüssel aus der Tasche. Knarrend öffnete sich das selbst gezimmerte Tor aus hohen Holzlatten.

Der Garten ist dicht bepflanzt mit zahlreichen Gemüsesorten, Kartoffeln, Kräutern, Obstbäumen. Selbst ein Gewächshaus hätten die Großeltern früher gehabt, erzählte Schrat. Auf Zehenspitzen balancierte ich über die enge Gartentreppe. Hier wurde jeder Millimeter genutzt, ein Beet lag am anderen, die Pfade dazwischen waren schmal und kaum erkennbar. Es gab eine Laube, doch sie war winzig, die Terrasse davor höchstens zwei Quadratmeter groß. Der Garten hatte dazu gedient, der täglichen Mangelwirtschaft im Land tatkräftig entgegenzuwirken. Wer im Sozialismus eigenes Gemüse und Obst anbaute, hatte eine Alternative zu dem müden Angebot in den Läden.

Während Schrat begann, Unkraut zu zupfen, hockte ich mich auf eine der Steinstufen und genoss die Aussicht. Das

Grundstück lag am Berg, von der Terrasse aus ging der Blick weit über die verwinkelten Gassen und Plätze, die bunten Dächer der pittoresken Stadt.

»Wie viel Uhr mag es sein?«, fragte ich nach einer Weile.

»Schau doch auf den Turm«, sagte Schrat, ohne aufzusehen. Welchen Turm, dachte ich, und ließ meinen Blick wieder über die Stadt schweifen. In der Tat: Am oberen Schloss ragte ein achteckiger Turm in den Himmel. Unter seiner barocken Haube befand sich eine weithin sichtbare, riesige Uhr. Es war fast eins.

Ich sah verwundert zu Schrat, blickte zu dem Turm und wieder zu ihm zurück – und auf einmal begriff ich: Schrat stammte von hier, er kannte diesen Ort in- und auswendig. Schon als Kind hatte Schrat in diesem Garten gespielt, schon damals gab es den hohen Turm mit der Uhr, und Schrat wusste immer, wann es Zeit war, zum Mittagessen nach Hause zu gehen. Ich dachte, wie schön es sein musste, so aufzuwachsen, an einem Ort, an dem die Familie schon seit Generationen gelebt hatte.

Beim Mittagessen sprachen wir über den Garten, seine schöne Lage, die kleine Laube. »Im Sommer übernachten wir manchmal dort«, sagte Schrats Mutter und schaute ihren Mann vergnügt an. »Wenn du Lust hast, können wir auch einmal dort schlafen«, sagte Schrat und zwinkerte mir zu.

Nachdem wir aufgegessen hatten, setzte Schrats Mutter Kaffee auf, und während das Wasser durch die Maschine lief, spülte der Vater das Geschirr. Anschließend setzten wir uns ins Wohnzimmer und tranken den Kaffee aus eigentümlichen Mokkatassen, die alle unterschiedlich aussahen. Schrats Mutter hatte sie über die Jahre gesammelt – eine Passion von ihr. Einzelne Tässchen stammten noch von ihrer Großmutter.

Plötzlich sah mich Schrats Mutter durch ihre scharfe Brille aufmerksam an. Wo ich eigentlich zu Hause sei, fragte sie. Bei einem so unsteten Leben wie dem meinen hätte ich doch sicher kaum Gelegenheit gehabt, irgendwo Wurzeln zu schlagen.

Wir kannten uns noch nicht lange, die Frage kam unerwartet, und ich wollte kurzerhand meine Standardantwort geben, wollte wie immer von dem Humor erzählen, den ich mit meinen Geschwistern teile, das gemeinsame Lachen, das uns immer und überall zusammengehalten hat, oder mich mit der Unabhängigkeit brüsten, die man in so einem Leben erwirbt, mit der Romantik des Nomadendaseins. Ich wollte eine Antwort geben wie: »Mein Zuhause ist an keinen geographischen Ort gebunden.« Oder: »Gleichgültig in welchem Land wir leben, sobald ich mit meinen Eltern und Geschwistern beisammen bin, sind wir eine Einheit.«

Aber mir war nicht danach. Ich sah sie einen Moment lang an und sagte: »Früher war meine Familie mein Zuhause. Jetzt bin ich dort zu Hause, wo Schrat ist.« Sie nickte und lächelte.

Der Antrittsbesuch bei meinen Eltern Wochen später verlief vollkommen anders. Es kam, wie Paula es vorausgesehen hatte. Meine Eltern konnten meine Entscheidung für Schrat nicht gutheißen. Es gab zwar keine Auseinandersetzung, keinen Streit, keine Schimpftiraden, die man sich nie wieder verzeihen würde, keine Angriffe oder Beschuldigungen, die man später jahrelang abarbeiten müsste, bis sie wirklich und endlich für immer und ewig wieder aus der Welt geräumt wären. Die Begegnung verlief eher wie eine griechische Tragödie, ein Theaterstück in vier Akten, in dem alle schon vorher wissen, dass der Held am Ende sterben wird. Es war wie eine Schlacht, in die man zieht, obwohl man weiß, dass man sie verlieren wird. Kein Zuschauer bricht deswegen in Tränen aus. Eine Tragödie heißt nun mal Tragödie, weil sie schlecht ausgeht.

Schrat lieh mir sein Auto – mein Wartburg hatte längst den Geist aufgegeben –, und ich reiste bei hochsommerlichen Temperaturen von Berlin in den sonnigen Süden. Er wollte am nächsten Tag mit dem Zug nachkommen, gemeinsam sollte es für uns zwei Tage später zurückgehen. Die Sonne war weiß vor Hitze, der Himmel azurblau, als ich mich über die zahlreichen Serpentinen den Berg hinauf schraubte. Den Sommer verbrachten meine Eltern wie jedes Jahr in dem alten Tiroler Berghaus, das mein Vater von seinem Onkel geerbt hatte. Der Weg hinauf zu dem Hof ist nicht weit, aber er dauert lang. Von wo auch immer man kommt, am Fuße der Berge gilt es, das Tempo zu verringern und die Straße langsam zu erklimmen. Sie ist steil und zu eng für zwei Autos, jede Kurve ein Wagnis, denn jederzeit könnte ein anderer Wagen entgegenkommen.

Ich ließ mir Zeit und drückte jedes Mal auf die Hupe, bevor es wieder scharf um die Ecke ging. Hier kannte ich jeden Stein, jeden Baum. Wie oft ich auf dieser Straße gefahren bin, kann ich nicht mehr zählen. Obwohl der Berghof für meine Eltern immer nur Feriendomizil war, hat er uns Kindern in den Jahren fortwährender Umzüge ein wenig Kontinuität vermittelt, eine Idee von Beständigkeit. Geruhsam führte der Weg durch dunklen Tann, dann wieder unter freiem Himmel vorbei an Wiesen und Almen. Gleißendes Sonnenlicht blendete meine Augen, sobald ich aus dem Wald kam.

Nach endlosen Haarnadelkurven erreichte ich das Hochtal. Nur noch wenige Kurven, dann lag das vertraute alte Haus vor mir. Mit Stube und Küche, Scheune und Stall, Tier und Mensch, alle miteinander unter einem Dach, kauert es sich in eine Kuhle, die der Berg ihm an dieser Stelle gelassen hat. Steil ist es hier nicht, nur hügelig das Land und mit Gras bewachsen. Sogar Obstbäume und einige Büsche finden Halt. Aber es ist eine einsame Gegend. Im Winter liegt der Schnee so hoch, dass die wenigen Bergbauern, die hier oben wohnen, Tage und Wochen lang ohne den Schneepflug nicht ins Tal kämen. Sie betreiben ausschließlich Viehwirtschaft, mähen zweimal im Jahr ihre Wiesen, haben Kühe, Schweine und Hühner, manch einer auch Ziegen.

Ich stellte das Auto vor dem Haus ab, mein Vater kam heraus, um mich willkommen zu heißen. Meine Eltern hatten mich erwartet, das Wiedersehen war herzlich. Wir gingen ums Haus, und ich begrüßte auch meine Mutter, die dort auf der Terrasse saß. Dann setzte ich mich zu ihr. Wir sprachen über dies und das und genossen die herrliche Aussicht. Mein Vater holte uns etwas zu trinken aus der Küche.

Der Hof liegt am äußersten Ende der Hochebene, von der Terrasse geht der Blick bei guter Sicht weit hinunter ins Tal und zu den gegenüberliegenden Bergketten. Steil ragen die felsigen Gipfel empor. Sie sind zu jeder Jahreszeit von beharrlicher Präsenz, als brauche man nur die Hände auszustrecken, um sie mit den Fingerspitzen zu berühren. Einzelne Felder von ewigem Schnee sind zu erkennen. Freundlich heben sich die Dörfer unten im Tal von der Schroffheit der Felsen ab. Nadelspitz ragen ihre Kirchtürme aus dem Häusergewirr, dazwischen liegen breite Auen, Waldstücke, kleine Seen, sogar die Straßen sind zu erkennen. Autos flitzen darüber hinweg, Lichtpunkte blitzen auf, wenn ein Sonnenstrahl sich in ihrem Lack verfängt. Von hier oben wirkt alles harmlos und friedlich. Nur der Fluss spiegelt die majestätische Strenge der Berge, mächtig und breit, gebärdet er sich wie der Ganges. Schon glaubt man, Menschen an seinem Ufer zu sehen, die in dem steingrauen Wasser baden und ihre bunten Kleider waschen. Doch in dieses Gewässer steigt kein Mensch. Es wird aus den Bergbächen gespeist, die sich aus dem umliegenden Hochgebirge in das Tal ergießen, fließt reißend und ist im Sommer wie im Winter eisig kalt. Indien ist weit weg.

Meine Eltern waren nicht allein, sie hatten Besuch. Auch einige Kinder waren bei ihnen. Mein Bruder hatte seine zwei Ältesten bei ihnen abgegeben und war mit seiner Frau zu einer Hochzeit gefahren. Die Kleinen vom Pächter waren gekommen und spielten mit ihnen im Sand. Bis der Besuch abgereist war und mein Vater Richtung Bibliothek und Lesesessel verschwunden war, bis die Kinder in ihre Betten gefunden hatten und ich meiner Mutter endlich von Schrat erzählen konnte, war es spät geworden. Draußen wurde es dunkel. Wir hüllten uns in Wolldecken, denn wenn die Sonne untergeht, wird es am Berg schnell kühl, setzten uns wieder nebeneinander auf die Terrassenbank und schauten in die Dämmerung.

»Ich habe mich verliebt«, sagte ich zu meiner Mutter.

»Das habe ich schon gehört«, antwortete sie. Kein Wunder. In adligen Familien funktioniert der Buschfunk besser als in jedem noch so kleinen Sendegebiet. Meine Mutter wusste, warum ich gekommen war, sie ahnte gewiss auch die Dramatik, die sich hinter meiner Entscheidung für Schrat verbarg, doch in ihrer Stimme glaubte ich die Hoffnung zu hören, dass die Geschichte nicht wahr sei. Sie schien noch immer zu hoffen, dieser Kelch würde an ihr vorübergehen.

»Es ist mir ernst.« Ich hörte sie schwer atmen.

»Wer ist es, und woher kommt er?«

»Sein Name ist Schrat, und er stammt aus Thüringen.«

»Und wer sind seine Eltern?«

»Du wirst sie nicht kennen. Sie sind nicht adlig.«

»Ach ja, ich habe schon gehört«, gab meine Mutter jetzt zu. »Es sind Zeugen Jehovas, nicht wahr? Die hatten es in der DDR sicher nicht leicht.«

»Ja, das stimmt. Aber Schrat ist kein Zeuge mehr. Er hat sich mit vierzehn Jahren von der Religion seiner Eltern abgewandt.« Stolz schwang in meiner Stimme, Hoffnung und Freude. Schrat war in den Augen meiner Eltern nicht die beste Wahl, das wusste ich, aber vielleicht auch nicht die allerschlechteste. Immerhin hatte er offensichtlich Charakter, wenn er schon als Kind mutig und selbstbewusst seinen eigenen Weg eingeschlagen hatte. Doch wieder behielt Paula recht.

»Dann ist er ja nicht getauft«, sagte meine Mutter ernst.

Tja, da saß ich auf meiner harten Holzbank, war so verliebt, dass ich vor Glück kaum mehr stehen konnte, und meine Mutter hat zu dem Mann meines Lebens nur einen Kommentar: Er sei nicht getauft.

Ich blickte dem Bach nach, der sich durch die Wiese unterhalb des Hofes schlängelte. Der Mond spiegelte sich in dem hell fließenden Wasser und warf sein Licht auf die ungemähten Auen. Der Himmel war ein Tuch aus dunklem Samt, nur der Abendstern war schon zu sehen. Die Konturen der Tannenspitzen, die sich in der Dämmerung schon aufgelöst zu haben schienen, hoben sich jetzt im Mondschein wieder deutlich vom Hintergrund ab. Ich betrachtete das unglaubliche Schauspiel und dachte wieder einmal: Warum muss bei mir immer alles so kompliziert sein?

Am nächsten Tag schien die Sonne, die Berge wölbten sich in majestätischer Unverrückbarkeit gegen den Himmel, und die Almkühe verbreiteten mit ihrem einträchtigen Glockengeläut eine so friedliche Stimmung, dass mir alle meine Sorgen und Nöte vom Vorabend übertrieben und abwegig schienen. Schrat war nicht der ideale Ehemann, das wusste ich von Anfang an. Er war weder adlig noch katholisch. Dass er aus Thüringen stammte, war dabei noch das geringste Problem. Schließlich lag meinem Vater die Einheit seines Landes am Herzen. Nach dem Krieg hatte ihn die Flucht gerade durch diesen Landstrich geführt, er hatte dort Schutz und Aufnahme bei den Bauern gefunden und schließlich sogar seine Familie wiedergetroffen. Gemeinsam mit den Tanten, Cousinen und Kindern war er von Thüringen aus weiter geflohen.

Ich wusste, dass ich an den Tatsachen nichts ändern konnte, weder an den festgefügten Traditionen und Wertvorstellungen, mit denen ich aufgewachsen war, noch an meiner Liebe zu Schrat. Ich konnte nur noch eines tun: ihn meinen Eltern wenigstens vorstellen, die formalen Vorgaben erfüllen und ihnen persönlich mitteilen, dass wir heiraten wollten. Im Adel ist es nun einmal üblich, dem eigenen Elternhaus den Bräutigam in spe in aller Form zu präsentieren. Auch sollte Schrat Gelegenheit haben, meine Eltern kennenzulernen. Also fuhr ich zur nächsten Zugstation und holte ihn von der Bahn ab.

Wieder kam es zu einem Gespräch, doch diesmal waren wir zu viert, und es war mehrheitlich Schrat, der redete. Meine Eltern empfingen ihn sehr freundlich, wir unterhielten uns lange und ausführlich über Gott und die Welt, doch als wir auf unsere Hochzeit zu sprechen kamen, war es mit dem lockeren Konversationston vorbei. Mein Vater machte uns deutlich, dass wir in der Kirche heiraten müssten, sonst könnten sie unserer Entscheidung nicht ihren Segen geben. Er sprach es nicht aus, aber in diesem Moment hatte ich zum ersten Mal das Gefühl, dass meine Eltern gegebenenfalls nicht einmal zu unserer Hochzeit kommen würden.

Sie mussten das sagen. So ist nun einmal die Regel: Geheiratet wird in der Kirche. Alles andere gilt nicht. Was würde die Familie dazu sagen, die umfangreiche Verwandtschaft? Wir waren schließlich gekommen, um das Einverständnis meiner Eltern zu erhalten. Sie mussten ihre Bedingungen stellen.

Trotzdem stimmte mich ihre Reaktion traurig. Obwohl ich längst erwachsen war und auf eigenen Beinen stand, obwohl ich mir in meiner Liebe zu Schrat absolut sicher war, wünschte ich mir brennend, sie würden unsere Entscheidung am Ende irgendwie doch gutheißen. Aber unser Lebensentwurf galt hier nichts, unser Vorhaben wurde nicht respektiert. Schrat redete wie ein Weltmeister, ich hörte ihm mutlos zu. Obwohl er ein Mann der Tat ist und selten viele Worte macht, gab er sich alle Mühe, unsere Haltung zu begründen. Aber ich spürte, dass seine ausufernden Erklärungen nicht fruchteten. Seine Worte prallten auf das unumstößliche und eherne Regelwerk des Adels und perlten wie ein Wassertropfen an einer Glasscheibe ab, rannen herunter und versickerten im Boden. Es war, als würde er eine Fremdsprache sprechen. Wir hatten keine Chance. Wir versuchten, an einer tausendjährigen Eiche zu rütteln, aber die würde gewiss nicht umfallen.

Nachdem Schrat das klar geworden war, gaben wir auf und fuhren zurück nach Berlin. In unserer Tragödie war der Held zwar noch am Leben, aber irgendetwas war dennoch auf der Strecke geblieben. Schon auf der Rückreise wussten wir, dass wir trotzdem das tun würden, was wir für richtig hielten. Wenn wir uns Zeit gelassen, länger nachgedacht, ausführlicher mit meinen Eltern geredet hätten, wären wir möglicherweise auf eine Lösung gekommen, einen Kompromiss, der alle Parteien glücklich gemacht hätte. Aber zu diesem Zeitpunkt dachte ich, dass es den nicht gäbe.

Immer wieder kreisten in den Wochen danach meine Gedanken um dieses Gespräch, um die Frage, was wir hätten anders machen können. Doch mir fiel keine Antwort darauf ein. Mir ging es ähnlich wie der rundlichen Dame, die mich einst durch die Räume in Puschkins ehemaligem Wohnhaus in St. Petersburg führte. Obwohl der Dichter schon über ein Jahrhundert lang tot ist, obwohl daran beim besten Willen nichts mehr zu ändern ist, begann sie bei jeder Führung, von denen sie Hunderte, ja Tausende absolviert haben musste, im Sterbezimmer des Dichters angekommen, bitterlich zu weinen.

Hochzeit

Zurück in Berlin, fingen wir an, unsere Hochzeit zu planen. Ein großes Fest sollte es werden, alle Freunde wollten wir einladen. Es sollte Musik geben, Tanz, ein Feuer sollte brennen und ein fetter Hammel am Spieß gebraten werden. Eine Hochzeit wie ein Zigeunerfest, mit Tanz und Vergnügen unter freiem Himmel bis tief in die Nacht und zum anderen Morgen. Am liebsten hätten wir eine Musikband eingeladen wie die aus dem Film von Emir Kusturica: »Schwarze Katze, weißer Kater«, die so lange spielt, bis das Brautpaar, alle Gäste, ja, die Musiker selbst vor Erschöpfung und Müdigkeit umfallen.

Austragungsort der Feierlichkeiten sollte Dresden sein, eine Brühl muss in Elbflorenz heiraten, dachte ich. Ziel meiner Träume war das schmucke Standesamt in der Goethestraße. Hier an der Elbe hatten wir uns kennengelernt, in der Dresdner Neustadt war vorübergehend mein Zuhause gewesen, diese Stadt war der Ursprung unserer Liebe. Das musste gefeiert werden.

Später stellte ich mir vor, wie es gewesen wäre, wenn ich einen Adligen geheiratet hätte, einen Burggrafen zu Dohna zum Beispiel. Auch diese Familie hat ihre Wurzeln in Sachsen, und wir hätten uns sicher darauf geeinigt, in Dresden zu heiraten. Aber dann wäre ich am Arm meines Vaters in nichts Geringeres als die Hofkirche selbst eingezogen, zum Empfang hätte er gleich nebenan ins Italienische Dörfchen geladen oder gar ins Taschenberg-Palais, und für das Hochzeitsfoto hätten sich alle gemeinsam auf den Stufen der Brühlschen Terrasse eingefunden. Ich glaube, die Familien Dohna und Brühl tragen sogar dieselben Wappenfarben: Blauweiß. Wir hätten uns eine Fahne gespart. Und wie praktisch wäre das beim Schmücken der Kirche gewesen! Weiße Tulpen, blaue Lilien, Schleierkraut?

Nach der standesamtlichen Trauung, die wir nur im kleinsten Familien- und Freundeskreis planten, sollte nachmittags das eigentliche Fest stattfinden. Dazu wollten wir alle Gäste zu Paula und Johannes in ihre schöne Mühle bitten. Sie hatten uns ja dazu eingeladen, und ich wusste, wie ernst sie es damit meinten. Außerdem ist der Ort idyllisch, und es ist hinreichend Platz für alle vorhanden. Hinter dem Haus erstreckt sich eine weite, wild belassene Wiese, die mit zum Grundstück gehört. An beiden Seiten fließt der Bach vorbei, er hält das weite Feld umschlossen, als wolle er es umarmen. Jeder Schritt, alle Gespräche und Begegnungen sind begleitet von seinem steten Murmeln. An die äußeren Ufer grenzt der Wald, er umstellt das Areal und gestaltet es zu einer natürlichen Lichtung. Hell ist es hier, weit kann man schauen, und doch ist man geschützt. Die Bäume werfen ein Echo zurück. Auf dieser herrlichen Wiese wollten wir feiern, ausgelassen unter freiem Himmel tanzen, uns mit den Freunden unserer Freude hingeben.

Paula stimmte unseren Plänen begeistert zu. Sie und Johannes hatten längst die Absicht gehabt, endlich einmal ein großes Fest in der Mühle zu feiern. Lediglich die rasch aufeinanderfolgenden Geburten ihrer Kinder und die damit verbundenen Mühen hatten sie bisher davon abgehalten. Allerdings empfahl uns Paula, das Zelt nicht zu vergessen. »Denk an deinen Nachnamen«, sagte Paula. »Brühl heißt schließlich nichts anderes als feuchter, sumpfiger Grund. Ich will dir kein schlechtes Wetter wünschen, aber auf den Hochzeiten in deiner Familie hat es bisher immer geregnet.«

Beinahe hätten wir bei dem übermütigen Planen vergessen, unseren Eltern Bescheid zu sagen, aber bei Schrat lief alles glatt. Seine Eltern freuten sich, als er anrief, und fragten, wie sie zum Gelingen des Festes beitragen könnten. Als ich bei meinen Eltern anrief, erntete ich hingegen keine Begeisterungsstürme. Aber damit hatte ich auch nicht gerechnet. Mein Vater hatte wahrscheinlich erwartet, dass Schrat bei ihm in aller Form um meine Hand anhält, aber wir konnten nicht schon wieder zu ihnen reisen. Immerhin versprachen meine Eltern, sich den Termin frei zu halten.

Finanziell wollten wir die ganze Sache allein stemmen. Eigentlich ist es in Adelskreisen nach wie vor so, dass der Vater der Braut die Hochzeit ausrichtet. Er sucht den Ort der Feierlichkeiten aus, lässt die Einladungen drucken, entscheidet, wer zu welchem Teil des Festes gebeten wird, ob zu Empfang oder Essen oder Ball und Empfang oder was auch immer, er macht bei dem gesetzten Diner das Placement, bestimmt über sämtliche Details – und bezahlt am Schluss die Rechnung. Das ist nicht einfach für den Pater Familias, es belastet ihn Jahre im Voraus, und es ist durchaus praktisch, wenn ein Adliger nicht allzu viele Töchter hat. Jedenfalls hat er dann weniger Ausgaben. Auf der anderen Seite ist es eine Beleidigung, wenn er die Hochzeiten seiner Töchter nicht ausrichten darf (oder kann), es verletzt seine Ehre, und er würde sich lieber haushoch verschulden, als diese Bürde nicht auf sich zu nehmen.

Doch ich wollte nicht, dass mein Vater ein Fest bezahlt, mit dem er offenkundig nicht einverstanden war. Außerdem hat eine gewisse Unabhängigkeit bei der Planung durchaus ihre Vorteile. Aus Erzählungen anderer Familien waren mir die endlosen Diskussionen in Erinnerung geblieben, die zwangsläufig zwischen den Brautleuten und dem zukünftigen Schwiegervater entstehen, wenn es gilt, gemeinsam die Hochzeit zu planen. Ich sah das unendlich komplizierte und höchst explosive Minenfeld, das sich in den Wochen und Monaten der Vorbereitungen zwischen Vater und Tochter langsam ausbreitet, schon vor mir. Es gibt kaum ein junges Paar, das in der Planungsphase nicht irgendwann das Gefühl hat, das Fest, das so sorgfältig entwickelt wird, habe gar nichts mit der eigenen Hochzeit zu tun. Zu vielen Kompromissen hatte jeder im Endeffekt zustimmen müssen. Und wahrscheinlich sind die Brautelternpaare rar, die kurz vor der Hochzeit das Gefühl haben, alles sei perfekt organisiert und werde komplett bis in die Details allen Konventionen entsprechen.

Allein die Zusammenstellung der Gästeliste ist ein ständiger Stein des Anstoßes. Angesichts der vielen Pflichteinladungen, die dabei aufkommen, entsteht schnell der Eindruck, die Zahl der heißgeliebten Freunde und Gleichaltrigen des Brautpaares sei wesentlich geringer als die der entfernten, kaum bekannten Verwandten oder gar Freunde der Eltern. Schließlich müssen alle Geschwister der Braut und des Bräutigams nebst Anhang geladen werden, sämtliche Brüder und Schwestern der Eltern des Brautpaares sowie alle acht Großeltern. Auch in der älteren Generation sollte möglichst jedes Geschwisterkind nebst Ehepartner mit einer Einladung bedacht werden. Und ich kann nur immer wiederholen: Familien aristokratischer Herkunft sind nicht klein, vier bis sechs Kinder sind bei einem Elternpaar keine Seltenheit. Da kommt schnell ein Heer von Gästen nur aus der engeren Familie zusammen.

Auch der Ort des Geschehens ist wahrscheinlich sehr elegant oder herrschaftlich, doch das junge Glück verbindet womöglich keineswegs irgendeinen privaten Anlass mit diesem Schloss, Park oder Hotel. Gar nicht zu reden von den unzähligen Details wie Pferdekutsche: Ja oder nein?, Brautjungfern: Ja, doch wie viele? Blumen streuen: Wo, wenn nicht in der Kirche? Sekt oder Champagner? Regenschirme: Ja, oder nicht nötig? Und so weiter und so fort. Die Vorbereitungen dauern monatelang, die Kette von Entscheidungen, die es zu fällen gilt, nimmt gar kein Ende. Man kann eigentlich nur froh sein, wenn es wieder einmal gelungen ist, dass ein Paar glücklich vereint am Traualtar steht. Man kann erleichtert aufatmen, wenn Brautvater und Tochter sich nicht schon im Vorfeld auf ewig entzweit haben, sondern friedlich vereint den Mittelgang der Kirche entlangschreiten, wenn der zukünftige Schwiegersohn bei der Familie seiner Liebsten nicht in Ungnade gefallen ist und auch die Eltern des Bräutigams, die gemeinhin am allerwenigsten zu sagen haben, beim Anblick des trauten Glücks noch glauben können, es sei wirklich der eigene Sohn, der dort sein Jawort gibt und nicht irgendein Fremder.

Ich war in all den Monaten, in denen wir die Hochzeit vorbereiteten, gottfroh, dass in meinem Fall derartige Probleme nicht auftreten konnten. Wenigstens das blieb allen Beteiligten erspart. Was die Unvereinbarkeit meines Eigensinns mit der zu rettenden Ehre des Brautvaters angeht, fand sich allerdings ein Kompromiss. Und den hatten wir allein meinem Vaters zu verdanken. Kurz bevor wir die Einladungen abschickten, rief er an und fragte unverhofft, ob er die engste Familie nach der standesamtlichen Trauung zu einem feierlichen Mittagessen einladen dürfe. Das Lokal dürften wir uns selbst aussuchen. Das kam so überraschend, dass Schrat und ich sofort darauf eingingen. Ein elegantes Déjeuner bietet die ideale Gelegenheit zur traditionellen Sitzordnung, angeregten Gesprächen und – nicht zuletzt – den Hochzeitsreden. Auf die wollte insbesondere ich keinesfalls verzichten – Hammelspieß und Lagerfeuer hin oder her.

Zudem fand die Trauung vormittags statt. Jeder würde nach der Eheschließung Erleichterung verspüren, die sich üblicherweise postwendend in nagenden Hunger verwandelt. Dieser Vorschlag passte also bestens in unsere Planung. Schrat und ich bedankten uns und überließen – was diesen Programmpunkt anging – erleichtert alles Weitere meinem Vater.

Um unsere Kosten so gering wie möglich zu halten, druckten wir die Einladungskarten selbst. Schrat hatte aus Ostzeiten noch eine alte Siebdruckanlage im Keller. Darauf war in Greiz und Dresden schon manch politisch unliebsames Plakat gedruckt worden, gar nicht zu reden von den unzähligen Einladungen zu seinen Ausstellungen. Wir kauften entsprechende Farbe und neue Siebe, bauten das schwere Gerät in Schrats Arbeitszimmer auf, knipsten die grellen Neonleuchten an, die er dort installiert hatte, und machten uns in einer Nacht- und Nebelaktion darüber her. Wie immer musste alles sehr schnell gehen, ein Probedruck kam gar nicht in Frage. Hochzeit verbuchte Schrat unter Muße, und zu Muße hat ein junger Künstler keine Zeit. Sein einziger Lebenszweck ist, schnell berühmt zu werden, sonst kann er von seiner Kunst nicht leben. Alles Weitere ist unwichtig und wird auf später verschoben.

Zudem durften die Siebe nicht austrocknen, die Farbe nicht ausgehen, das Papier keine Wellen schlagen undundund. Schrat geriet ob der Hast derart ins Schwitzen, dass er bald erst seinen Pullover und schließlich auch das Hemd ablegen musste. Mit schweißglänzendem Oberkörper zog er eine Farbschicht nach der anderen über die Papierbögen. Ich sah ihm voller Bewunderung zu.

Ich gebe zu, die Einladungen wurden etwas dunkel. Auch

die Schrifttype entsprach nicht gerade der traditionell adligen Façon. Wir hatten mattgraues Papier gewählt, weil Schrat das besonders elegant fand. Da auf unserer Hochzeit derart unterschiedliche Familien und Kulturen zusammengeführt wurden, war ihm außerdem die Idee gekommen, die linke Seite der Karte mit roter, die rechte mit blauer Farbe zu bedrucken. In der Mitte der Karte prangte eine herrliche Sonne, in der sich beide Farben zu einem leuchtenden Purpur-rot-lila vereinen sollten. Das war die Absicht.

Die Realisierung sah ein wenig anders aus. Am Ende hatte ich einen Stapel von zweihundert Einladungskarten vor mir liegen, deren Ästhetik eher Majakowskischer Plakatkunst oder auch links-oppositioneller MailArt aus den siebziger Jahren entsprach, aber nicht im Geringsten mit der Gestaltung von Einladungen zu tun hat, die Adlige untereinander zu ihren Hochzeiten verschicken. Diese sind von schwerem Bütten, alle Beteiligten sind mit sämtlichen Vor- und Nachnamen darauf verzeichnet. Pachte nennt man die Anzeige, die zusätzlich zur Einladung anlässlich einer Hochzeit verschickt wird, ihr Text folgt sprachlich streng festgelegten Formulierungen. Der Brautvater »macht geziemend Mitteilung« von der Vermählung seines Kindes; Väter und Mütter beider Parteien werden genannt, die Mütter zusätzlich mit ihrem Geburtsnamen, den sie selbstverständlich beide mit dem Tag ihrer Eheschließung abgelegt haben. Wenn einer der Genannten bereits verstorben ist, wird er zwar erwähnt, aber die Bezeichnung »weiland« hinzugefügt. Ort der Zusammenführung ist natürlich eine Kirche, ihr Name steht unten in der Mitte. Rechts und links unten sind außerdem die Hausadressen der Eltern der Braut sowie des Bräutigams angegeben, damit jeder schriftlich zusagen, absagen oder wenigstens gratulieren kann, selbst wenn er keine Zeit hat, zu kommen.

Wir wollten hingegen keineswegs konventionelle Einladungen verschicken, schließlich hätten sie kaum zu unserem Vorhaben gepasst. Aber die Diskrepanz zwischen dem, was in Adelskreisen zu solch einem Anlass erwartet wird, und dem, was wir verschickten, war so eklatant, dass ich starke Zweifel hätte hegen müssen, ob die Hochzeitseinladungen aus Schrats Siebdruckwerkstätte überhaupt als solche identifiziert werden würden.

Selbst die wunderbare alte Tante Anna, die mich von Anfang bis Ende unterstützt hatte, war angesichts unserer Einladung irritiert.

»Warum ist sie so dunkel?«, fragte sie mich am Telefon. »Was ist das in der Mitte für ein merkwürdiges Zeichen?«

»Das ist eine Sonne, Tante Anna«, sagte ich.

»Eine Sonne? Ich sehe keine Sonne, mein Kind. Eine Sonne ist hell und strahlend, das hier ist ein violettschwarzer Fleck.«

Meine Mutter war nicht nur irritiert, sondern nachgerade verzweifelt: »Ist das alles? Lasst ihr keine Pachte drucken?«

Ich dachte an die explodierenden Kosten, die allein die Anschaffung des mattgrauen Papiers, der Farben und der Siebe verursacht hatte, gar nicht zu reden von den Briefumschlägen und dem Porto. Ich verneinte.

»Das ist alles: Einladung, Anzeige, Pachte – alles in einem. Praktisch, oder?«

Meine Mutter war nicht glücklich: »Wie sollen wir es unseren Freunden anzeigen?«

Ich verstand nicht, was sie meinte: »Euren Freunden?«

»Wie sollen wir eure Hochzeit unseren Freunden mitteilen, wenn wir keine Pachte haben?«

Ich dachte an die Unmengen von Bekannten, die meine Eltern haben, an die unendlich vielen adligen Verwandten, deren Namen ich längst nicht alle kannte. Ich dachte an die

Hundertschaften von Weihnachtskarten, die meine Mutter Jahr für Jahr an alle diese Menschen verschickt, so viele Karten, dass sie immer den gesamten Dezember, ja bis weit in den Januar damit beschäftigt ist, sie zu schreiben, dachte darüber nach, wie wenig ich mit all diesen Leuten zu tun hatte, die mich kaum kannten, und wie froh ich war, dass ich sie nicht alle auf meine Hochzeit einladen musste. Warum sollte ich von meinem kargen Autorenhonorar eine Pachte für diese wildfremden Menschen drucken lassen? Ich holte tief Luft und sagte:

»Ruf sie doch einfach an. Oder schick ihnen eine Karte.«

Erst viel später verstand ich, wie sehr ich meine Mutter mit dieser Reaktion kränkte. Ein Aristokrat lebt nun einmal nicht allein auf dieser Welt. Er ist Teil einer unermesslich großen Gruppe von Menschen, eingesponnen in ein dichtes Netzwerk lebender Personen, das sich über den gesamten Globus spannt und dessen Mitglieder nichts lieber tun, als sich gegenseitig ununterbrochen mitzuteilen, wie es wem geht, was dieser macht, wen jene liebt, wie viele Kinder schon zur Welt gekommen sind. Da kann man nicht einfach still und heimlich heiraten, da kann man eben nicht anfallartig und im Alleingang zweihundert Einladungen drucken und glauben, damit sei es getan. Meine Mutter war, gelinde gesagt, ratlos. Wahrscheinlich hätte sie am liebsten selbst die Pachte drucken lassen. Auf eigene Kosten. Und sie hätte sie auch allein verschickt. Aber auf diese Idee kam ich gar nicht erst.

Dann war da noch die Sache mit dem Brautkleid. In Adelskreisen heiraten die Frauen grundsätzlich in traditionellem Weiß. Sie tragen dazu einen Schleier, Zeichen ihrer Jungfräulichkeit, optional mit langer Schleppe, die, oft in kostbarer Brüsseler Spitze gewirkt, ein fester Bestandteil des gemeinsamen Familienerbes ist. Die Männer kommen in Cut und grauer Weste und tragen dazu, wenn es beliebt, Zylinder. Auch diese Tradition ignorierten wir.

Dahinter verbarg sich keineswegs eine böse Absicht. Schrat hatte lediglich die Idee, sich einen eleganten Hochzeitsanzug zuzulegen, der eigens zu diesem Anlass geschneidert werden sollte. Das gefiel ihm ausgesprochen gut. Um das Ganze zu steigern, sollte ich ein dazu passendes Kleid tragen. Wenn wir schon gewissermaßen soziotopisch nicht übereinstimmten, hatte er sich gedacht, sollte wenigstens unsere Aufmachung an diesem Tag eine harmonische Einheit bilden.

Gesagt, getan. Wir holten im Freundeskreis Empfehlungen ein und zogen zu einem der jungen Designer, die sich neu in Berlin-Mitte angesiedelt hatten. Sie vertreiben jeder ihr eigenes Label und haben über die Jahre eine spezifische, trendsetzende Szene entwickelt. An den jungen Berliner Modemachern kommt inzwischen keiner aus der Branche mehr vorbei. Wir erzählten dem Mann von unserer Idee, und er ging sofort darauf ein. Während er bei uns beiden Maß nahm, plauderte er mit uns munter über diverse Variationen bei der Ausführung. Schließlich einigten wir uns darauf, dass er Schrat einen dunklen Anzug mit Stehkragen und langer Knopfleiste nebst schwarzer Hose schneidern würde, mir dazu ein trägerloses, knöchellanges Kleid in Cremeweiß und auf Taille geschnitten. Dazu eine langärmelige, kurze Jacke, die aus demselben Stoff gefertigt sein sollte wie Schrats Hemd. Wir freuten uns. Der Schneider hatte verstanden, was wir wollten.

Im Nu hatte der Mann für Schrat einen wunderbaren Anzug gefertigt. Die Hose war ein wenig weit, doch das galt als modern, die Jacke derart hochgeschlossen, dass man das Hemd darunter kaum sah, aber Schrat stand die Aufmachung hervorragend. Es sah elegant und vornehm aus, dabei keineswegs zu konventionell.

Mit meiner Aufmachung haperte es allerdings von Anfang an. Der Stoff, den der Jungdesigner schließlich zur Anwendung brachte, war weniger creme als vielmehr zartgelb. Diese Farbe ließ mich im Spiegel eindeutig blass erscheinen. Hinzu kommt, dass – wie ich im Geschichtsunterricht gelernt hatte – Gelb die Farbe der Käuflichkeit ist und damit nicht gerade geeignet, um darin seiner eigenen Trauung beizuwohnen. Ich muss wohl nicht ausdrücklich erwähnen, welcher Profession die Frauen nachgehen, die auf mittelalterlichen Gemälden in Kleidern dieser Farbe abgebildet sind.

Doch das war keineswegs das Schlimmste. Man kann schließlich nicht davon ausgehen, dass alle Hochzeitsgäste kunsthistorisch so bewandert sind, dass sie diesen Lapsus bemerkt hätten. Größer waren die Probleme mit meiner Korsage. Dreimal stand ich vor dem Spiegel und probierte, dreimal wurde das sorgsam genähte Stück verworfen, dreimal musste neu begonnen werden, doch es half nichts: Sie rutschte. Der Schneider fluchte wie ein Bierkutscher, schleuderte das missglückte Werk auf den Fußboden und schlug vor Zorn mit der Faust auf den Tisch.

Schon sah ich mich im entscheidendsten Moment meines Lebens hilflos der Tatsache ausgeliefert, dass mein Kleid rutscht, sah mich verzweifelt durch die Jacke den oberen Rand der Korsage umklammern, während ich errötend das »Jawort« hauchte. Es war zum Verrücktwerden. Offensichtlich war der Mann ein ausgezeichneter Herrenschneider, aber mit traditioneller Damengarderobe hatte er nichts am Hut. Außerdem verstand er sich nicht auf klassische Ballmoden, sonst hätte er das mühelos hingekriegt. Hatte er jemals etwas von Korsettstangen gehört?

Schrat und ich hätten von Anfang an unterschiedliche Adressen ansteuern sollen. War es aber nicht unser Ehrgeiz gewesen, das eigentlich Unvereinbare zu einer Einheit zusammenzufügen? Wollten wir nicht gerade durch unsere Aufmachung am Hochzeitstag zeigen, dass auch die größten Diskrepanzen in Herkunft und Kultur überwindbar sind?

Nach Wochen sinnloser Anproben – Schrat hatte seinen Anzug längst abgeholt – kam endlich mein letzter Termin. In voller Hochzeitsrobe stand ich vor dem Spiegel, der die unscheinbare Nähstube zierte, und betrachtete nachdenklich mein Ebenbild, neben mir der junge Meister. Stolz und selbstgewiss wartete er darauf, dass ich Jubelrufe des Entzückens ausstieß. Aber davon konnte keine Rede sein. Lieber wäre ich in Tränen ausgebrochen. Wie kann er dieses Kleid nur elegant finden, dachte ich.

Ich seufzte leise. Warum nur war ich nicht ordnungsgemäß meiner Mutter zu einer traditionellen Wiener Damenschneiderin gefolgt? Warum hatte ich diesen Part nicht vollkommen ihr, der Brautmutter, überlassen? Sie kennt sich schließlich aus! Ich drehte mich vor dem Spiegel ein wenig hin und her. Leise umtanzte der seidene Stoff meine Beine. Ob man daraus noch etwas anderes nähen könnte? Ich brauchte das Kleid ja nur zu diesem einen Anlass. Wenn es nur nicht so teuer gewesen wäre.

Zu allem Überfluss fiel mir in diesem Moment wieder ein, dass ich bei meiner Hochzeit nicht am Arm meines Vaters in eine Kirche einziehen würde. Das gab mir den Rest. Ich hatte nicht die Absicht, ein zweites Mal zu heiraten. Das war meine einzige Chance. Und ich hatte sie verspielt. Hatte ich wirklich die richtige Entscheidung gefällt?

Aber ich riss mich zusammen und konzentrierte mich auf mein Spiegelbild. Hier war nicht der passende Ort für Krokodilstränen. Ich betrachtete mein Kleid und beruhigte mich wieder. Es ist doch eigentlich gut, dass ich nicht in dieser gelben Gefahr in die Kirche einziehen werde, dachte ich.

Meine Verwandtschaft würde vor Schreck erstarren, mein armer Vater sein Gesicht verlieren und sogar Schrat, der am Traualtar auf mich wartete, spüren, dass irgendetwas an meiner Aufmachung nicht stimmt.

Ich nickte dem Schneider freundlich zu, bat ihn, zurückzutreten, damit ich mich wieder umziehen konnte und reichte ihm kurze Zeit darauf das Kleid zum Einpacken. Anschließend schrieb ich ihm einen Scheck aus und verließ stolz und unbekümmert sein Etablissement, an meiner rechten Hand wippte die Tasche aus dickem Papier nebst ihrem kostbaren Inhalt. Das Hochzeitskleid sah zwar völlig anders aus, als ich es mir vorgestellt hatte, aber es war fertig. Wieder eine Hürde genommen.

Um das Kleeblatt möglicher Katastrophen voll zu machen, tappten wir allerdings gleich darauf in die nächste Falle. Wir wählten den falschen Termin. Wenn man ein ganzes Jahr vor sich liegen sieht, diese schier unendlich lange Reihe von Tagen und Wochen und Monaten, die einem alle samt und sonders zur Verfügung stehen, und einen Tag auswählen soll, das Datum, an dem man die Entscheidung seines Lebens fällen wird, seinen Hochzeitstag – dann ist das gar nicht so leicht. Wir entschieden uns nach langem Grübeln für den 21. Juni. Grund dafür war, dass es der längste Tag im Jahr ist. Wir wollten so lange feiern wie möglich, das Fest aller Feste sollte kein Ende haben.

Nun ist dieses Datum historisch nicht unbelastet. Sonnenwendfeiern werden an diesem Tag begangen, Feuer angezündet und Lieder gesungen, die keineswegs christlichen Ursprungs sind. Für Christen sind das urheidnische Bräuche, und meine Verwandtschaft fürchtete prompt, dass wir mit der Wahl dieses Datums, insbesondere in Kombination mit dem geplanten Lagerfeuer, daran anknüpfen wollten. Die Vorstellung war absurd, aber nach allem anderen führte dies nun zum Eklat. Eine nahe Tante schrieb uns einen bösen Brief. Was wir vorhätten, könne sie nicht gutheißen. Sie würde nicht zu unserer Hochzeit kommen und wünsche uns dazu auch kein Glück. Auch eine Cousine, die ich sehr mochte, spielte mit dem Gedanken, abzusagen. Die Sorge wuchs, dass auch meine Eltern womöglich nicht kommen würden.

Nachdem ich den Brief meiner Tante gelesen hatte, hockte ich hilflos auf dem Fußboden in meiner Berliner Wohnung, die restliche Post um mich herum ausgebreitet. Die Sonne schien durch die Fenster und malte helle Flecken auf den Teppich. Was sollte ich nur machen? Mir schien, als hätte ich die Quadratur des Kreises gewollt und nicht die Hochzeit mit dem Mann, den ich liebte. Ich dachte an einen entfernten Bekannten aus adligem Haus, der enterbt worden war, weil er bürgerlich geheiratet hatte, dachte an einen Vetter, dessen Frau jahrelang von seiner Mutter mit Verachtung gestraft wurde, weil sie nicht standesgemäß war. Ich erinnerte mich an einen anderen entfernten Verwandten, der seine nichtadelige Freundin jahrelang nicht heiratete, obwohl er sie liebte und sie gar ein Kind von ihm hatte, an eine weitere Cousine, die ihren Großvater einschalten musste, damit ihre Eltern endlich einsahen, wie ernst es ihr mit ihrem bürgerlichen Freund war. Erst dann durften die beiden einander das Jawort geben. Es kam mir plötzlich alles so schwierig vor, ich fühlte mich unendlich müde. Es schien mir, als würde ich diese hohen, jahrhundertealten Mauern nie überwinden können, als seien sie mit undurchdringlichen Dornenhecken überwuchert. Mir fehlte einfach die Kraft.

Schließlich stand ich auf, zog kurz entschlossen meinen Mantel an und ging ein wenig spazieren. Einige Stunden lief ich durch die Gegend. Schon kroch die Dämmerung durch die Straßen. Dann besorgte ich eine Flasche Rotwein und ging zu Schrat. Er schaute überrascht auf, als ich an seine Wohnungstür klopfte und in das Zimmer trat, wie immer ein wenig außer Atem von den vielen steilen Stufen. »Was hast du?«, fragte er. Eigentlich waren wir erst für später verabredet gewesen.

Er saß am Schreibtisch und gestaltete am Computer seinen nächsten Katalog, über seinem Kopf das kleine quadratische Fenster, das seine Vorgänger an dieser Stelle illegal in die Brandmauer geschlagen hatten. Die Abendsonne schickte ihre letzten Strahlen herein.

»Magst du ein Glas Wein?«

Ohne eine Antwort abzuwarten, schenkte ich ihm ein und füllte auch mir ein Glas. Dann setzte ich mich in den alten Ledersessel.

»Ich werde die Hochzeit wieder absagen«, sagte ich.

Er schaute mich nachdenklich an.

»Warum?«

»Es hat keinen Sinn«, sagte ich. »Meine Familie macht einfach nicht mit. Wenn wir das durchziehen, kommt mindestens einer dadurch zu Schaden. Im besten Fall ist es keiner von uns beiden, aber zufriedenstellend ist auch das nicht.«

Schrat sah die Situation gelassen. Auch er nahm die Widerstände wahr, sie machten ihn betroffen, aber er ist nicht der Typ Mensch, der sich von derlei verunsichern lässt. Er hatte schon ganz andere Grenzen überschritten, Widerstände überwunden. Wenn er nicht an seinen Visionen festgehalten hätte, wäre er heute nicht dort, wo er ist. Ich bewunderte ihn dafür, ja, beneidete ihn geradezu um seine Konsequenz und Haltung. Hoffentlich würde ich irgendwann einmal auch so weit kommen. Aber er stammte nicht aus einer Familie wie der meinen. Er konnte nicht ermessen, worum es ging. Diese Entscheidung musste ich allein fällen.

Wir verordneten uns Bedenkzeit. Wir hatten alle Zeit der Welt. Ich sprach mit niemandem darüber. Auch Schrat bewahrte Stillschweigen. Wir ließen einfach die Tage vergehen, redeten nicht darüber und warteten, bis wir soweit waren. Und ich dachte über alles noch einmal in Ruhe nach.

Es gab auf dieser Welt einen Menschen, mit dem ich gemeinsam zu dem Entschluss gekommen war, dass wir heiraten wollen. Dieser Mensch war Schrat. Er war der Mann meines Lebens. Es war unsere Chance. Wahrscheinlich würden wir, hatten wir einmal von der Idee wieder Abstand genommen, nicht so schnell wieder an diesen Punkt zurückkommen. Letztlich ist der dauerhafte Zusammenhalt wichtiger, auch viel schwieriger. Wenn wir ein Leben lang zusammenblieben, warum sollte es dann noch wichtig sein, unter welchen Umständen wir uns das Jawort gegeben hatten?

Dann dachte ich an Paula und Johannes, bei denen wir die Hochzeit feiern wollten. Sie hatten Schrat und mich von Anfang an unterstützt und freuten sich auf unser großes Fest. So würden sicher auch viele andere Bekannte und Verwandte reagieren, die wir dazu einzuladen gedachten. Sie alle wussten wir an unserer Seite.

Auf einmal sah ich wieder klar: Ich wollte nicht irgendwann bereuen, einen Schritt, zu dem ich mich einmal entschlossen hatte, aus Rücksicht auf meine Familie nicht getan zu haben. Ich hatte den Mann meines Lebens gefunden, wir hatten die Absicht, zu heiraten, und das Einzige, was mich daran hinderte, waren einige Widerstände in meiner Verwandtschaft. Ich musste mich darüber hinwegsetzen. Wir waren erwachsen, waren in der Lage, selbständige Entscheidungen zu treffen. Wir hatten längst Verantwortung übernommen. Und wir waren uns doch sicher! Solange man unsicher ist, muss man sich mit seinen Freunden und Verwandten beraten, um herauszufinden, was zu tun sei. Doch bei uns war das nicht der Fall. Wir hatten die Entscheidung längst gefällt. Jetzt galt es, Fakten zu schaffen. Die Zeit des Fragens und Beratens war vorbei. Wir mussten die Weichen stellen und unsere Richtung definieren. Erst dann konnten wir erwarten, dass die anderen sich damit abfanden. Oder uns gar folgten.

Ich hätte gern von Anfang an meine gesamte Familie mit im Boot gehabt. Doch das war offenbar unmöglich. Trotzdem musste ich die Reise wagen, mich jetzt vom Ufer abstoßen und in unbekannte Gewässer gleiten. Schließlich gab es genug Kombattanten, die bereit waren, uns ihr Geleit zu geben. Mehr konnte ich nicht erwarten.

Versöhnung

Am Vorabend der Hochzeit saß ich bei Paula in der Mühle und bastelte hektisch an der Sitzordnung für das Abendessen. Schrat und ich waren im Bäckerhaus einquartiert worden. Es war noch nicht vollständig renoviert, aber immerhin gab es schon ein gemütliches Schlafzimmer. Das war ein Glück, so hatten wir es nicht weit zum Ort des Geschehens. Viele Gäste hatten erst im letzten Moment zu- oder doch abgesagt. Das musste ich jetzt alles noch in die Gästeliste einarbeiten. Eifrig schrieb ich Tischkärtchen um, vervollständigte die Reihenfolgen, in denen jeder jeweils an seinem Tisch Platz nehmen sollte, und prüfte noch einmal die Namen der Anwesenden. Ob sich meine ehemalige Schulfreundin gut mit Schrats Bruder verstehen würde? War Johannes eigentlich schon einmal neben meiner Cousine aus München platziert worden? Das Gelingen eines schönen Festes hängt immer davon ab, wer beim Essen neben wem gesessen hat. Zum ersten Tanz fordert jeder Herr – so ist es in adligen Kreisen Sitte – selbstverständlich zuerst seine Tischdame auf. Wenn er beim letzten Tanz wieder mit derselben Dame tanzt, kann derjenige, der das Placement gemacht hat, stolz sein. Offenbar haben sich die beiden ausgezeichnet unterhalten.

Weit über hundert Zusagen waren bei uns eingegangen, es waren bestimmt fast zweihundert Freunde und Verwandte, die kommen wollten. Ich war voller Vorfreude, aber ich merkte auch, wie mir die Zeit davonlief. Das machte mich einigermaßen nervös. Was ich bei meinen Vorbereitungen nicht bedacht hatte, war die Tatsache, dass ich mich am Tag der Hochzeit nicht mehr um organisatorische Dinge kümmern konnte. Wer im Standesamt stehen und im richtigen Moment »Ja« sagen muss, kann nicht gleichzeitig Brote schmieren oder noch rasch das Zelt schmücken. Hatte ich einmal das Brautkleid angezogen, konnte ich nicht mehr tun, als die Gäste zu begrüßen und freundlich aus der Wäsche zu schauen. Was bis zum Morgengrauen nicht geschafft war, würden andere erledigen müssen. Doch wer sollte den Überblick behalten?

Im Wesentlichen hatte ich alles allein gemacht. Schrat war seit Monaten in ein gigantisches Kunstprojekt versunken, das er in Teilen sogar auf der Hochzeit präsentieren wollte. Dazu musste ein riesiger Ballon mit Helium gefüllt werden und einen pechschwarzen Schattenriss in Gestalt eines übergroßen Mannes zum Himmel hinaufziehen. Geplant war, dass er genau über der Hochzeitsgesellschaft schwebt, während sich die Gäste peu à peu auf der Festwiese einfinden. Tagelang war Schrat mit der Herstellung dieses Schattenrisses beschäftigt. Am Schluss stellte sich heraus, dass der Ballon zu wenig Kraft hatte, um die Männergestalt am Himmel zu halten. Dieser Veranstaltungspunkt wurde also kurzerhand wieder gestrichen.

Ich bin es zwar eigentlich gewohnt, dass der Bräutigam nicht viel bei den Hochzeitsvorbereitungen zu melden hat. In Adelskreisen ist die Familie der Braut für alles zuständig, der zukünftige Ehemann hat lediglich die Aufgabe, pünktlich und möglichst nüchtern am Traualtar zu stehen, wenn die Braut die Kirche betritt. Aber in unserem Fall gab es keine Brautfamilie in dem Sinn. Es war ja nun auch keine klassische adlige Hochzeit. Streckenweise kam ich mir vor wie eine Vollwaise. Ich war schon froh, wenn überhaupt die engsten Familienmitglieder vollzählig kämen. Umso mehr hatte ich gehofft, dass sich Schrat tatkräftig einbringen würde. Aber er verstand gar nicht, warum eine Hochzeit mehr als drei Tage Vorbereitung kosten sollte. Schon die Idee, das Fest an sich könne mehr als einen Tag lang dauern, fand er seltsam. Als ich ihm erzählte, dass ich im Mai zu Paula in die Mühle fahren und mich den Vorbereitungen widmen würde, fragte er fassungslos: »Was willst du denn da die ganze Zeit machen?«

Ich konnte die Frage nicht verstehen und dachte an die monatelangen Vorbereitungen, die allein die Hochzeiten meiner Schwägerin und Schwestern gekostet hatten. Selbstverständlich dauert das alles in allem mehr als drei Tage. Schließlich lachte ich, murmelte irgendetwas von Paula entlasten und die Wiese mähen und machte mich trotzdem pünktlich auf den Weg. Insgeheim hoffte ich, dass Schrat wenigstens einige Tage vorher zur Verfügung stehen würde. Aber dann kam der Schattenriss dazwischen.

Während ich die Nase tief in mein Placement und die Listen steckte, hörte ich gleichzeitig auf die Geräusche, die von draußen hereindrangen. Das Plätschern vor der Tür war doch hoffentlich nur der Bach? Oder regnete es etwa? Während der vergangenen Wochen war es sehr warm gewesen, keine Wolke hatte den blauen Himmel getrübt, kein Tropfen Niederschlag weit und breit. Was hatte ich auf den hektischen Fahrten zwischen Berlin und der Mühle, der Mühle und Dresden im Auto geschwitzt! Die Wiese hinter dem Haus war so ausgedörrt, dass Johannes kaum zu mähen wagte. Ausgerechnet für den morgigen Tag aber hatten die Nachrichten Regen angekündigt, zumindest für den Abend. Zum Glück war das Zelt schon eingetroffen. Was wäre geschehen, wenn wir nicht auf Paula gehört hätten?

Doch darüber wollte ich jetzt gar nicht mehr nachdenken.

Immerhin, um den Aufbau des Zeltes kümmerte sich Schrat. Er hatte seinen Bruder mobilisiert und noch ein paar andere starke Freunde. Laut klangen Hammerschläge von der Wiese herüber. Das Zelt stand schon. Was jetzt noch fehlte, war nur mehr der Holzboden.

Plötzlich kam ein schwerer Lastwagen auf den Hof gefahren. Zorro fing an zu bellen. Paula, die noch einmal kurz nach den Kindern geschaut hatte, rannte die Treppe herunter.

»Wer um alles in der Welt ist das?«, hörte ich sie aufgebracht rufen. »Der wird doch mit dem schweren Ding nicht über die alte Brücke fahren.«

»Das ist nur Albrecht«, beruhigte ich sie. »Er bringt wahrscheinlich das Klavier. Der weiß Bescheid.«

»Ach so.« Paula lachte. Ihre Stimme klang wieder hell und fröhlich. Sie hatte bei der ganzen Aufregung in den letzten Wochen bewundernswerten Gleichmut bewiesen.

Albrecht, Schrats ältester Freund, hatte die Rolle des Trauzeugen übernommen. Zuvor galt es allerdings, ein wesentlich größeres Problem zu lösen. Eines der Hochzeitsgeschenke war – typisch für die Dresdner und ihre Liebe zu Musikdarbietungen in freier Natur – ein Pianospieler. Seine Aufgabe war es, uns bei der feierlichen Begrüßung der Gäste zu Beginn des Festes und später während des Essens aufzuspielen. Das Einzige, was uns zu unserem Glück noch fehlte, war das entsprechende Instrument. Doch ein Anruf bei Albrecht hatte genügt.

»Ihr braucht ein Klavier? Kein Problem. Den Punkt könnt ihr von eurer Liste streichen.«

Jubelnd kam Schrat von der Wiese herübergelaufen. Albrecht wankte erschöpft aus dem Führerhäuschen. Er hatte den Weg zur Mühle nicht gleich gefunden und war auf eine Straße mit Unterführung geraten. Gerade noch rechtzeitig hatte er gemerkt, dass er mit dem Laster nicht durch den Tunnel kam. Es fehlten nur wenige Millimeter. Zurücksetzen konnte er nicht. Die Straße war steil und in der Dunkelheit schlecht einzusehen. Das schwere Gefährt wäre mit Karacho in der Böschung gelandet. Schon sah er seine Unternehmung zum Scheitern verurteilt. Kein Klavier auf der Hochzeit – kein Verlass auf den besten Freund. Da kam ihm der rettende Gedanke: Er kletterte aus dem Wagen und ließ rundherum bei allen vier Reifen ein wenig Luft heraus. Vorsichtig lenkte er seinen Laster in die Mitte der Straße: Jetzt passte er unter der Brücke durch.

»Das Klavier ist da«, rief ich ausgelassen. »Die Hochzeit kann beginnen.«

»Na, mach mal halblang«, sagte Albrecht. »Eine ruhige Nacht brauche ich noch. Sonst zittern mir morgen bei der Unterschrift die Hände.«

»Das wirst du schon schaffen. Pass mir lieber auf Schrat auf.«

»Der wird nicht kneifen.«

»Wer weiß?«

»Keine Sorge. Ich kenne den Knaben ein paar Jahre länger als du. Der ist zuverlässig wie eine alte Rohrzange.« Ich lachte aufgeregt. Dann schaute ich ihn an.

»Und, Albrecht, wirst du spielen?« Schrats Freund war ein begnadeter Violonist. Leider war er seiner Geige überdrüssig geworden und hatte sie vor Jahren beiseitegelegt. Doch zu Schrats Hochzeit wollte er wieder darauf spielen. Wenn sein bester Freund heiratet, hatte er übermütig bekundet, würde er den Bogen wieder zur Hand nehmen.

»Ich weiß nicht«, erwiderte er verlegen. »Ich kann es überhaupt nicht mehr. Lass mir noch ein wenig Zeit. Ich muss mir das überlegen.«

»Es wäre einfach wunderbar, Albrecht«, sagte ich. »Stell dir die Überraschung vor!«

Er winkte ab: »Wirklich, ich überleg es mir.« In diesem Moment kam Schrat über die Wiese gerannt.

Am nächsten Morgen schien die Sonne strahlend vom Himmel. Die Luft war hell und klar, fast gläsern. Keine Spur von Regen. Durch das offen stehende Fenster sah ich grüne Baumwipfel winken. Ich war sofort hellwach, stand schnell auf und steckte die Nase ins Freie. War das etwa mein Hochzeitstag?

Kurze Zeit später saß ich unten in der Mühle beim Frühstück.

»Was für ein Tag«, sagte Paula. »Ideal zum Heiraten.«

Aufgeregt sprangen Pucki und Bettina um uns herum. »Wann darf ich mein Dirndl anziehen?«, rief Pucki immer wieder.

»Jedenfalls musst du zuerst dein Müsli aufessen, Carina«, sagte Paula streng. »Setz dich bitte wieder hin.«

Im Kinderwagen lag das Baby, inzwischen war es zur Welt gekommen: Benedikta, wieder ein Mädchen, aber Paula und Johannes freuten sich. Dann können wir wenigstens hier in der Mühle noch oft Hochzeit feiern, meinte Johannes. Benedikta war ein sehr friedliches Kind. Auch jetzt schlief sie nicht, lag einfach da und verfolgte das Geschehen mit wachen Kugelaugen.

Schrat kam hereingewankt. Er hielt sich kurz am Türstock fest: »Guten Morgen, allerseits.«

»Wie siehst du denn aus?« Ich war entsetzt. »Wie lange habt ihr gestern noch gefeiert?«

Schrat schüttelte nur mit dem Kopf. »Kaffee«, murmelte er statt einer Antwort. Paula sprang auf und ging in die Küche, die sich gleich neben dem Esszimmer befindet. Längst hatte ich sie und Johannes mit Schrat bekannt gemacht, und sie hatten ihn auf Anhieb ins Herz geschlossen.

Pucki sah Schrat neugierig an: »Willst du heute nicht heiraten?« Wir mussten alle lachen.

»Na klar, der Schrat heiratet heute deine Tante«, sagte Paula. Sie kam mit dem frisch gebrühten Kaffee zurück und füllte meinem zukünftigen Ehemann die Tasse. »Magst du Milch oder Zucker?« Schrat schüttelte nur den Kopf.

»Gleich geht es ihm besser«, beruhigte ich Pucki. »Er muss erst einmal wach werden.« Die Kleine nickte verständig und leerte ihre Schüssel.

»Jetzt ziehe ich mich fein an«, rief sie, nachdem sie sich den letzten Löffel in den Mund geschoben hatte.

»Lass mal, du hast noch viel Zeit«, sagte Paula. »Geh lieber noch ein wenig hinaus und lass Zorro von der Leine. Er soll sich austoben, bevor die ersten Gäste kommen.« Einige Freunde wollten das Zelt schmücken, während wir beim feierlichen Mittagessen saßen. Bevor es ins Standesamt ging, mussten wir sie noch einweisen. In wenigen Minuten würden sie in die Mühle kommen. In diesem Moment war draußen schon wildes Hupen zu hören. Unsere Helfer waren gekommen.

Paula und Schrat gingen zu ihnen hinaus, während ich Pucki half, sich anzuziehen. Sie zog eine weiße bestickte Bluse über den Kopf und dazu ein rotschwarzes Dirndlkleid mit blauer Schürze. Es passte ihr wie angegossen. Paula hatte es von der Pächterin auf dem Hof meiner Eltern in den Tiroler Bergen geerbt. Zuletzt hatte es die Jüngste der Familie getragen, neun Kinder waren es in unserer Generation. Als ich das Dirndl sah, war ich zum ersten Mal richtig gerührt. Es erinnerte mich an so etwas Ähnliches wie ein Zuhause.

Schnell ging auch ich mich anziehen. Ohne lange nachzudenken, folgte mir Pucki und wich ab sofort nicht mehr von meiner Seite. Selbst spätabends, als es längst dunkel und sie todmüde geworden war, wehrte sie sich mit Händen und Füßen dagegen, ins Bett zu gehen. Als habe sie gespürt, wie gut ich an diesem Tag einen kleinen persönlichen Schutzengel gebrauchen konnte.

Auf dem Standesamt angekommen, ging alles sehr schnell. Ich erinnere mich kaum an Details. Der Moment danach allerdings, in dem Schrat und ich gemeinsam die Treppe hinunterschritten, die vom Trauzimmer zurück in den schmucken Garten rund um die alte Villa in der Goethestraße führt, hat sich mir tief eingeprägt. Wir sind beide zu religiös-spirituell geprägt, als dass wir den Verwaltungsakt auf dem Standesamt wirklich hatten ernst nehmen können, aber jetzt, nachdem wir alles hinter uns hatten, wurden wir beide doch sehr emotional. Wir waren tatsächlich verheiratet, hatten es allen Widerständen und Zweifeln zum Trotz bis hierher geschafft. Als ich diese Stufen hinunterging, weinte ich vor Freude wie ein kleines Kind.

Auch bei den Hochzeitsreden zum feierlichen Mittagessen flossen wieder reichlich Tränen. Viele Mitglieder der engsten Familie waren zugegen, Schrats Eltern, sein Bruder nebst Frau und eine Tante mit ihrem Mann, meine Onkel und Tanten, Cousinen und Vettern, auch alle Geschwister und einige ihrer Kinder. Selbst jene Cousine, die erst absagen wollte, war gekommen. Die Tante, die uns und unsere Entscheidung verwünscht hatte, war hingegen tatsächlich nicht erschienen. Aber das war kein Drama, genauso wenig wie die Tatsache, dass diese Verwandte uns bis heute als nicht verheiratet betrachtet. Zu Schrats Verstärkung hatten wir nicht nur Albrecht, sondern auch seinen Galeristen nebst Ehefrau hinzugebeten, denn meine Familie war naturgemäß in der Überzahl. Alle waren sich einig, dass bei

Schrat und mir die Liebe gesiegt hatte. Diese Erkenntnis machte bei vielen Rednern die Pointe ihrer Ansprache aus.

Dabei stand uns das eigentliche Fest erst bevor. Das Wiedersehen mit den vielen Verwandten und Bekannten, die eigens gekommen waren, das gemeinsame Essen, die Musik, der Tanz, der Moment, in dem Schrat und ich aufstehen, vor unsere Freunde treten und allen Anwesenden feierlich verkünden wollten, dass wir geheiratet hatten, weil wir uns liebten und für immer zusammenbleiben wollten. Das hatten wir uns so ausgedacht. Nicht der Gang zum Standesamt schien uns verpflichtend, sondern das Versprechen vor versammelter Menge galt unserer Ansicht nach als wirklich bindend, vor all den Freunden, die durch ihr Kommen bewiesen hatten, dass sie zu unserer Entscheidung standen. Dieser Moment war für uns die eigentliche Hoch-Zeit des Tages.

Wir fuhren zur Mühle. Dort hatten unsere Freunde inzwischen ganze Arbeit geleistet. Das Zelt war wunderbar geschmückt, die unendlich zahlreichen Bleche mit dem Kuchen, den Schrats Mutter gebacken und zu deren Transport sein Vater eigens Regalböden im Fond seines Wagens eingezogen hatte, standen wohl arrangiert auf über die Wiese verteilten Tischen. Das Buffet war vorbereitet, das Gemüse und die Dipps und all die vielen Köstlichkeiten, die Schrats Schwägerin mit zubereitet hatte, die Speisen und Gerichte, die diverse Gäste mitgebracht hatten.

Die Sonne lachte vom Himmel. Ein lauer Wind wehte durch die Wipfel. Selbst die Hornbläser mit ihren golden funkelnden Instrumenten nahmen allmählich Aufstellung und prüften, an welcher Stelle ihr Signal das beste Echo hervorrufen würde. Die Bläser hatte meine jüngere Schwester organisiert – auch das ein Hochzeitsgeschenk.

Zuvor galt es, das Familienfoto zu machen, obwohl wir

natürlich nicht vollständig waren. Aber das machte nichts. Die herrliche Kulisse rechtfertigte es allemal. Rasch wurde eine Bank herbeigetragen, unter hohen alten Bäumen nahmen wir Platz. Mir war so wohl zumute, ich war mit allem einverstanden, konnte mich nur noch freuen. Hatte jemand Valium in den Wein gegeben, den ich beim Mittagessen getrunken hatte?

Schon strömten die Gäste auf die Festwiese. Schrats Vater nahm am Eingang Aufstellung, begrüßte jeden höflich und stellte sich vor: »Ich bin der Vater des Bräutigams. Guten Tag. Ja, Henrik ist unser Sohn.« Waren das etwa aktuelle Ausgaben des *Wachtturms*, die seine Anzugjacke auf der einen Seite leicht ausbeulten? Wir hatten ihn ausdrücklich gebeten, die Zeitschrift auf unserer Hochzeit nicht zu verteilen. Ob er sich daran halten würde?

Das Fest nahm seinen Lauf. Schließlich trafen meine Eltern ein, die sich ins Hotel zurückgezogen hatten, um ein wenig zu ruhen. Entfernter verwandte Nichten und Neffen, die nicht an dem Mittagessen teilgenommen hatten, kamen auf sie zu und begrüßten sie höflich mit Knicks und Handkuss. Wir hatten viele ältere Erwachsene eingeladen, sogar mein ehemaliges Kinderfräulein war gekommen. Auch sie eilte meiner Mutter entgegen und begrüßte sie überschwänglich. Was für ein Wiedersehen! Die beiden Frauen waren sich seit London mehrfach begegnet, auch über Briefe hielten sie regelmäßig Kontakt.

Just in dem Augenblick, in dem mein Vater die Festwiese erreichte, begannen die Bläser zu spielen. Ich lief ihm entgegen und rief: »Gut, dass du kommst. Gerade beginnt die Musik, die dir so gefällt. Weißt du noch, wie du früher sonntags nach der Messe immer die Platte von Maurice André mit der Barocktrompete aufgelegt hast?«

Ich hakte mich bei ihm unter, und gemeinsam schritten

wir auf die Bläser zu. Wir sprachen kaum, lachten nur, der Wind wehte mir durchs Kleid, es war warm, das Leben eine einzige Leichtigkeit. Übermütig drückte ich seine Hand. Hier an diesem idyllischen Ort war das Mittelschiff hoch, die Festwiese eine Kathedrale, die bis zum Himmel reichte. Und plötzlich schien es mir, als schreite ich am Arm meines Vaters zum Altar. Es gab keine Bänke rechts und links, keine skeptisch abwartende Verwandtschaft. Die wehenden Baumwipfel schienen uns freudig zuzuwinken. Stummer Jubel brach um uns herum aus. Und mein Vater ließ meinen Arm nicht los. Lächelnd schritt er neben mir her. In mir vollzog sich ein wunderlicher Wandel. Auf einmal fühlte ich mich leicht und froh. Ich hatte ein Empfinden, als müsste ich mich festhalten, weil ich sonst vor Glück davongeflogen wäre. Wie ein Ballon über die Elbe und weit in die Sächsische Schweiz. Gleich wäre ich auf und davon. Die Fotos, die in diesem Moment von uns beiden aufgenommen wurden, zeigen ein Bild voller Heiterkeit und Freude.

Die Bläser hatten einen Halbkreis gebildet, und wir hörten der Musik zu. »Herrlich, nicht wahr?«, fragte ich meinen Vater.

»Ja, herrlich«, pflichtete er mir bei.

Erst später erfuhr ich, dass meine Eltern vorgehabt hatten, gar nicht zu dem Fest zu erscheinen, sondern nach dem Mittagessen, zu dem mein Vater geladen hatte, abzureisen. Ein festliches Diner im engsten Kreise der Familie, damit konnte sich mein Vater arrangieren, doch ein Fest mit ihm wildfremden Künstlern, Lagerfeuer und erdachten Ritualen, das war ihm unangenehm. Ich weiß bis heute nicht, was sie bewog, zu bleiben, und ab welchem Zeitpunkt für sie klar war, dass sie an diesem Tag nicht mehr abreisen würden. Sicher ist, dass sie es nicht bereut haben, bis zum Ende des Festes dabei gewesen zu sein.

Quer über die Wiese kam Pucki gerannt, in ihrem rotblauen Dirndl mit der bestickten weißen Bluse. »Möchtest du ein Stück Kuchen?«, fragte sie meinen Vater, als die Bläser ihre erste Pause machten. »Soll ich dir eins holen?«

»Wo ist deine Mutter?«, fragte mich mein Vater irritiert.

»Sie sitzt dort hinten im Zelt und spricht mit dem Fräulein.«

»Ach, die Schwester ist auch gekommen?«, sagte mein Vater. Er war sichtlich überrascht.

»Ja. Und ihr seid alle beim Abendessen neu platziert. Gleich beginnt das große Fest. Du sitzt neben Laetizia. Sie ist wahnsinnig nett, verheiratet mit dem spanischen Konsul in Berlin. Wahrscheinlich kennst du sie schon? Komm, ich stelle sie dir gleich vor.«

Auch beim Abendessen wurden wieder viele Reden geschwungen. Ein Freund von uns, ein Philosoph, hielt einen Kurzvortrag über den gesellschaftlichen Wandel von der arrangierten Ehe zur Hochzeit aus Liebe, eine Freundin, die sich mit Schauspielerei beschäftigt, deklamierte die Liebesbriefe von Daniil Charms an Klawdija Wassiljewna, einer unserer ältesten Freunde, Baron Philipp von Wamboldt, dessen keineswegs uninteressante Biographie sich ebenfalls nicht unbedingt durch Geradlinigkeit und Konsequenz auszeichnete, übermittelte uns brüllend wie ein Herr, der frühmorgens sein Gesinde auf dem Hof zusammenruft, um den Ernteeinsatz zu besprechen, ein Grußwort von slowenischen Weinbauern, mit denen wir einst bei einer gemeinsamen Reise nach Ljubljana ausufernd gezecht hatten. Philipp hatte dort wieder einmal nach seinen im Krieg verlorenen Latifundien gesehen. Obwohl eigentlich keiner recht verstand, worum es ihm ging, erntete auch er nach der Rede rauschenden Beifall.

Wie auf Befehl stürmten danach plötzlich alle zum Buffet

und begannen zu essen. Dazu kam ich leider nicht. Ständig galt es, noch irgendjemanden neu zu begrüßen oder seinem Tischherrn beziehungsweise seiner Dame zuzuführen. Auch fürchtete ich, das Essen würde nicht reichen. Doch alles lief wie am Schnürchen. Die Kunst, ein adliges Leben zu führen, ist nicht einfach zu erlernen, aber man kann sich immer darauf verlassen, dass ein Adliger sie beherrscht.

Die Bürgerlichen folgten nicht alle den von uns vorgegebenen und erbetenen Ritualen. Der gute alte Freund von mir, der mich in meiner Anfangszeit in Dresden mit einem Telefonanschluss und manch anderen Freundlichkeiten versorgt hatte, ging auf die bürgerliche Dame zu, die ich ihm qua Placement zugewiesen hatte und bot sich an, sie zu ihrem Platz zu geleiten, doch sie weigerte sich: »Ich sitze beim Essen selbstverständlich neben meinem Partner. Mit ihm bin ich auch gekommen«, beschied sie ihn kratzbürstig.

Ausgerechnet. Mein armer lieber Freund zog indigniert von dannen und fand bei Standesgenossen am Tisch freundliche Aufnahme. Kein Wunder, dass Adlige so gern unter sich feiern.

Irgendwann begann es leise zu regnen, doch keiner störte sich daran. Allein die eingewiesenen Helfer schlossen sorgsam und unauffällig die Zeltwände. Selbst unsere mecklenburgischen Künstlerfreunde, die draußen auf der Wiese das Lagerfeuer entfacht hatten, um den Hammel zu braten, ließen sich nicht aus der Ruhe bringen. Mit Hilfe einer Plane und drei Stangen bauten sie einen Regenschutz. Das Feuer brannte fleißig weiter, und der Braten war bald gar. Alles ging seinen gesitteten Gang.

Allerdings nur so lang, bis sich nach dem Essen der Druck, der sich bei der allgemeinen Friedenssuche und dem Harmoniebestreben aufgebaut hatte, mit Gewalt Bahn brach: Der Diskjockey, zu meiner überschäumenden Freude eigens aus Berlin eingeflogen, auch er ein Hochzeitsgeschenk, begann, Musik aufzulegen. Er fing mit leichten, unverfänglichen Salonmelodien an. Doch schon das erste Stück hatte einen undefinierbaren, gleichsam bezwingenden Rhythmus. Wie auf Kommando stürzten alle Gäste gleichzeitig auf die Tanzfläche und fingen an, sich dazu zu bewegen. Ab da war alles zu spät. Ein Orkan brach los und kam sechs, acht Stunden lang nicht mehr zur Ruhe. Oder waren es zehn? Ich kann es nicht mehr sagen. Wir tanzten die ganze Nacht. Die einen versuchten sich im Foxtrott, die anderen im Tango, die dritten rockten wie besessen, wieder andere gaben sich dem Freestyle hin. Es wurde gesteppt und gestampft, gewippt und gewuppt, mit den Armen gewedelt und die Beine in die Luft geschleudert. Die Herren drehten sich wie Brummkreisel, drückten ihre Damen fest an sich und rissen sie einfach mit. Es war ein einziges Toben und Balgen, ein Juchzen und Schreien, es war die Hölle los. Noch nie habe ich eine derart ausgelassene Tanzerei erlebt wie auf unserer verrückten Hochzeit.

Niemand bemerkte, dass währenddessen draußen der Sturm losbrach. Plötzlich war es mit der lauen Sommernacht vorbei. Der Himmel riss auf, und Regen prasselte herab. Im Handumdrehen verwandelte sich die Wiese in einen nassen sumpfigen Grund, das Zelt, die Tische und Bänke, unsere Gäste, ja, die ganze Welt drohte darin zu versinken und unterzugehen. Doch keiner nahm davon Notiz. Jetzt wurde geschwoft. Unsere Füße standen nicht mehr still. Wir tanzten, als müssten wir die Planken, aus denen das Podest bestand, in Grund und Boden treten, als müsste das alte Fundament aus den Angeln gehoben werden, als müsste alles, was sich überlebt hatte, für immer vorbei sein. Wir wurden zu einem einzigen, gemeinsam sich drehenden und schwingenden Körper. Wohin ich auch schaute, sah ich lachende

Augen, offene Münder, winkende Hände. So muss es den Passagieren der Titanic gegangen sein. Draußen steuert das Schiff auf einen Eisberg zu, aber drinnen benehmen sich alle so, als könne ihnen nichts passieren. Wir konnten doch alle schwimmen und sicher sein, dass wir gerettet würden.

Plötzlich, es war fast schon Mitternacht, kam Paula angerannt und zerrte mich, ich wusste nicht, wie mir geschah, von der Tanzfläche.

»Du musst schnell zu Schrat, los jetzt. Es ist höchste Zeit.«

Mühsam drängelte ich mich durch die Menge. Wegen des Regens hielten sich alle Gäste gleichzeitig im Zelt auf. Es war sehr eng, aber auch ungemein gemütlich. Außerdem vereinfachte es das Kennenlernen, was bei unserer wild gemischten Hochzeitsgesellschaft durchaus von Vorteil war.

Kaum war ich bei Schrat angelangt, ging auf einmal das Licht aus. Es war stockdunkel. Auch die Musik war plötzlich verstummt. Ich schmiegte mich an meinen Mann. Zuerst dachte ich, der Strom sei ausgefallen, aber ich hatte mich geirrt. Am äußersten Rand des Zeltes tauchte Paula auf, ein Spot wurde auf sie gerichtet, und sie rief ausgelassen: »Hier spielt die Musik.« Dann hob sie die Plane: Hereingeschoben wurde eine dreistöckige Hochzeitstorte, der Rollwagen, auf dem sie stand, war über und über mit Leuchtfeuern und Wunderkerzen besteckt. Tausend Lichterfunken umschwirrten die meterhohe Pracht. Ein Tischfeuerwerk explodierte und warf einen bunten Konfettiregen in die Luft. Ich schrie auf vor Begeisterung und fiel Schrat um den Hals. »Ihr habt euch eine Torte gewünscht. Hier ist die Torte«, rief Paula übermütig durch das ganze Zelt. »Ihr habt euch ein Feuerwerk gewünscht. Hier kommt es.«

Ich konnte es nicht fassen. Wie ein gleißendes Ufo glitt die Torte durch das Dunkel auf uns zu. Das Licht, das von den Wunderkerzen ausging, erhellte Gesichter und Kleider. Die Beifall klatschenden Hände schienen in dem weißen Licht zu einem Standbild zu gefrieren. Es war ein magischer Augenblick.

»Wo ist das Messer, wo sind die Teller?«, rief Paula aufgeregt. »Ihr müsst sie gemeinsam anschneiden. Los, es muss aussehen wie im Film!«

Alle lachten, und ich fiel unserer Gastgeberin stürmisch um den Hals. Dass sie sich das gemerkt hatte! In der Tat hatten Torte und Feuerwerk ursprünglich auf unserer Wunschliste gestanden, doch als wir merkten, wie wenig Geld uns für derartige Sperenzien blieb, hatten wir sie schnell wieder gestrichen.

Nun muss man hinzufügen, dass Johannes und Paula keineswegs Millionäre sind. Die Renovierung ihrer Mühle ging nur schrittweise voran. Sie konnten sich selbst keine Hochzeitstorte für uns leisten. Aber Paula hat auf ihre geniale Art oft unverhofft Glück. Sie hatte herausgefunden, dass eine ihrer Nachbarinnen gelernte Konditorin ist. Zwar arbeitete die Frau im Schichtdienst für eine Bäckereikette, wo Tortenbestellungen keineswegs an der Tagesordnung waren, doch irgendwie schaffte sie es, am Rande des Geschehens drei gefüllte Kuchenformen mit in den Ofen zu schieben. Mit Zierat und Zuckerwerk aus der Bäckerei baute sie schließlich den Turm an Köstlichkeiten zusammen, der jetzt vor uns stand. In der Hektik des Alltags vergaß der Arbeitgeber der Nachbarin sogar, ihr eine Rechnung zu schreiben. Bezahlen musste Paula das Meisterwerk nie. Das Tischfeuerwerk hatte ein weiterer lieber Freund gestiftet.

Als die Torte vor uns stand, ich wollte gerade zum Messer greifen und sie gemeinsam mit Schrat zerteilen, wurde es auf einmal ganz still im Zelt, und hinten in der dunkelsten Ecke des Zeltes ertönte eine Stimme. Alle drehten sich um, geblendet vom Scheinwerferlicht, konnte zunächst keiner erkennen, woher sie kam. Doch die Stimme war fest und klar, sie wurde immer lauter und sicherer, und endlich wusste ich, woher sie rührte: Es war meine Mutter. Sie jodelte.

Plötzlich war sie der Mittelpunkt der Aufmerksamkeit, sämtliche Gäste wandten sich ihr zu, und es wurde seltsam hell um sie. Der Glanz der Leuchtfeuer schien sie quer durch den Raum zu beleuchten. Ich sah sie fassungslos an. Es war schon spät, und ich dachte, meine Eltern seien längst gegangen. Langsam ging ich auf sie zu. Dabei erinnerte ich mich an die abenteuerlichen Bergtouren, die sie mit uns früher unternommen hatte, dachte daran, wie sie unterwegs mit uns sang und jodelte und prüfte, ob es ein Echo gab, sobald wir eine gewisse Höhe erreicht oder gar den Gipfel erklommen hatten. Übermütig schmetterte sie ihre Lieder einem Waldhang entgegen oder rief weit hinaus ins Tal, um anschließend angespannt auf den Widerhall zu horchen. War da vielleicht eine Antwort? Hingerissen sahen wir ihr als Kinder dabei zu und horchten mit ihr um die Wette. Wenn meine Mutter jodelte, war sie glücklich.

Mit einem letzten jubelnden Ruf beendete sie ihren Auftritt, Applaus brauste auf, alles schrie und lachte durcheinander. Neben ihr stand mein Vater. Er umarmte sie, stolz und glücklich. Ich drängte mich zu ihr und fiel ihr um den Hals: »Ich danke dir.« Sie strahlte über das ganze Gesicht: »Manchmal übersteigt das Glück alle Worte, dann kann man vor Freude nur singen.« Einen Augenblick lang hielten wir uns ganz fest. Sie weinte.

Dann schnitt ich gemeinsam mit Schrat die Torte an. Ich erinnere mich an die vielen Teller, die mit Kuchen gefüllt weitergereicht und unter den Gästen im ganzen Zelt verteilt wurden. Der Diskjockey spielte wieder auf, und erneut wurde ich auf die Tanzfläche gebeten. Es wurde weiter gerockt, gewalzt, gelacht, getobt. Stundenlang ging es so weiter. Kaum jemand bemerkte, dass es draußen langsam hell wurde und ein neuer Tag anbrach. Der Regen hatte aufgehört. Einer der Gäste, die noch wach waren, schlug die Zeltplane an der Seite hoch. Nebel stieg aus der Wiese. Die Bäume troffen vor Nässe. Zorro stand vor der Tortenplatte aus drei Etagen und zog ein missmutiges Gesicht. Alles war leer. Nichts von dem Kuchen war übrig geblieben. Peu à peu waren die Gäste gegangen. Zum Glück hatten wir, wie es bei Adels-Festen üblich ist, für den nächsten Morgen einen Brunch angesetzt.

Die Abfahrt gestaltete sich in der Nacht für einige nicht ohne Hindernis. Wir hatten zwar den Weg von der Festwiese zurück zum Parkplatz mit Fackeln markiert, aber der Regen hatte sie gelöscht. Außerdem glich die Wiese inzwischen eher einem Sumpf. Eine Freundin, die mit Kleinkind gekommen war – trotz dröhnender Bässe war der tapfere Junge neben einer der Boxen im Zelt fest eingeschlafen –, erzählte später, wie sie mitten in stockfinsterer Nacht, auf einem Bein balancierend, verzweifelt versuchte, ihren Stöckelschuh wiederzufinden. Er war in einem tiefen Matschloch stecken geblieben. Zum Glück konnte sie sich bei der Aktion am Kinderwagen festhalten.

Auch der Parkplatz war ein einziges Matschfeld. Tief gruben sich die Autoreifen in den Schlamm, einige Fahrer blieben mit ihren Wagen stecken, die Räder drehten durch, sie kamen nicht mehr fort. Das alles bei munter weiter strömendem Regen. Zum Glück bekam ich von alledem nichts mit. Ich hatte mich nur irgendwann mitten in der Nacht gewundert, dass die Seidenstrümpfe einer meiner entfernteren Cousinen plötzlich braun gesprenkelt waren. Sie hatte einem anderen Gast geholfen, seinen Wagen aus dem Schlamm zu schieben.

Die Kunst der Anwendung

Unsere ersten Jahre nach der Hochzeit in Berlin waren, auch wenn das zweifelsohne kitschig klingt, das pure Glück. Als hätte das Fest das manifestiert und in die Welt getragen, was wir zuvor schon empfanden, und unsere Liebe noch verstärkt. Für Flitterwochen allerdings hatten wir keine Zeit.

Schon vor unserer Hochzeit waren wir in eine gemeinsame Wohnung gezogen. Drei Zimmer wurden uns im Bezirksamt zugestanden. Künstler haben das Recht auf ein zusätzliches Zimmer. Autoren müssen sich mit einem begnügen, außer wenn sie Drehbücher schreiben. Warum das so ist, habe ich bis heute nicht verstanden.

Die Wohnung hatte zwei schöne Südzimmer mit hohen Fenstern, Schrat arbeitete im linken, ich im rechten, jeder von uns beiden hatte seinen Schreibtisch unter das Fenster gestellt. Das dritte Zimmer diente als Schlafzimmer. Schrat arbeitete an seinen Projekten oder zeichnete, ich schrieb meine Texte, unser Blick war bei der Arbeit derselbe: Wir saßen parallel zueinander, schauten beide hinaus in die Sonne. Doch die Tür dazwischen blieb geschlossen, jeder für sich in seinem Raum. Ausgemacht war, dass wir uns vormittags nicht ansprechen, selbst wenn wir uns in der Küche treffen. Keine Zeit für lange Gespräche. Freiberufliches Arbeiten bedeutet in erster Linie Selbstdisziplin. Jeder sollte seinen eigenen Rhythmus haben, ganz in seinen Gedanken und bei sich bleiben können. Wir wollten beisammen sein, aber uns nicht stören oder ablenken.

Das funktionierte sehr gut. Schrat ist ungemein diszipliniert, er wird regelrecht ungehalten, wenn er nicht zum Arbeiten kommt, und kann sich wunderbar abgrenzen. Mir fällt es nicht schwer, das zu respektieren. Im Gegenteil, ich bewundere ihn dafür. Er ist voller Tatendrang, getrieben von seinen Visionen, ungeduldig, ja, geradezu rastlos. Was immer er tut, er verbreitet eine Geschäftigkeit, die jede Ablenkung von vornherein verbietet. Er wollte erfolgreich werden und zwar schnell, weniger um des Ruhmes willen, sondern um zu beweisen, dass er ein ernstzunehmender Künstler ist. Dieser Ehrgeiz findet seine Entsprechung in der Eilfertigkeit, die ich auch in seiner Familie spürte, obwohl der Tuchladen im Erdgeschoss des Hauses längst geschlossen war.

Mir ist diese Haltung fremd. In meiner Familie regiert von jeher Gelassenheit und Gleichmut – man könnte es vielleicht auch Trägheit nennen oder – wohlwollender – Gemütlichkeit. Ich kenne die unendlich starke Anziehungskraft, die ein Sofa auf meine Schultern, Rücken und Oberschenkel ausübt, nur zu gut. Ein sonderlicher Magnetismus scheint von derartigen Möbeln auszugehen, dem man kaum widerstehen kann. Jahrelang befand sich bei meinen Eltern zu Hause im Salon ein langes, gelbes Sofa, das besonders weich und ausgesessen war. Wenn man davon ausgeht, dass die Architektur und Inneneinrichtung die Seele des Menschen spiegelt, der darin wohnt, steht kaum etwas so eindeutig für die Befindlichkeit, die in meiner Familie zeitlebens tonangebend war, wie dieses Möbelstück: Es war der Inbegriff von Gemütlichkeit. Hatte mein Vater sich darin niedergelassen und wollte sich wieder erheben, beugte er sich nicht vor, sondern im Gegenteil nach hinten, schwang dabei die Beine hoch bis beinahe über beide Ohren, warf sie mit Schwung zurück auf den Boden und kam so elegant zum Stehen. Gäste und Verwandte beobachteten ihn dabei mit Vergnügen. Es war die einzige Möglichkeit, von diesem Sofa aufzustehen. Begleitet wurde diese Übung jedes Mal von einem Seufzer der Verzweiflung. Allein auf diese Art und Weise gelang es, aus der Stellung für Muße in Reinform in die harte Wirklichkeit zurückzukehren, die sich Lohnarbeit und Fleiß nennt.

Man musste allerdings, das sei zur Beruhigung erwähnt, sich nicht zwingend auf dieses Sofa setzen. Es gab auch zwei Sessel, ebenso gelb bezogen und von ähnlichen Ausmaßen, doch sie waren nicht minder weich. Ihre Anziehungskraft war weitaus stärker, ihr unheimlicher Magnetismus noch schwieriger zu überwinden. Meine Mutter nahm in dieser weichen Salonlandschaft wohlweislich gar nicht erst Platz. Sie setzte sich grundsätzlich aufrecht auf einen der französischen Empire-Stühle, die sie eigens frisch aufpolstern lassen hatte.

Vielleicht ist der Hang zur Bequemlichkeit charakteristisch für Aristokraten. Sie sehen keinerlei Veranlassung, sich schnell oder gar hektisch zu bewegen. Die Welt, der sie entstammen, war schon immer da, und sie wird auch ewig bleiben. Adlige empfinden keine Notwendigkeit, geschäftig herumzuhasten. Ihre Aufgabe ist es, zu erhalten, nicht zu erneuern. Sie müssen ihre Traditionen leben und das Althergebrachte bewahren, dürfen in Maßen modernisieren, aber möglichst nichts grundsätzlich verändern. Hektik und schnell erlangte geschäftliche Erfolge sind Ziel und Charakteristika einer neuen Welt, in der das schnelle Geld mehr zählt als Nachhaltigkeit, in der es allein darum zu gehen scheint, dass ein einzelner Mensch innerhalb einer einzigen Generation Millionen erwirtschaftet, um sie gleichzeitig und allein zu seinem persönlichen Nutzen wieder vollständig auszugeben und zu verschwenden. Unter Aristokraten bemüht man sich gar nicht erst um kurzfristige Erfolge. Hier gilt die stillschweigende Übereinkunft, es sei unmöglich, innerhalb einer Generation ein derart großes Vermögen anzuhäufen, um beispielsweise ein Schloss zu erwerben. Man setzt also auf Beständigkeit.

Fest steht, dass auch in meinem Zimmer in der Berliner Wohnung ein Sofa stand. Es war ein Zweisitzer, mit grün-weiß gestreiftem Stoff bezogen und hart gepolstert. Aber mindestens einmal am Tag lag ich auf diesem Möbelstück und schaute in die dichten Kronen der Kastanienbäume, die ihre Äste jenseits des gegenüberliegenden Grundstücks gen Himmel reckten. Das war für mich der Beweis, dass es sich trotz aller Unvernunft wider Erwarten doch gelohnt hatte, Freiberuflerin geworden zu sein. Wenn ich tagsüber eine Auszeit brauchte, konnte ich sie mir nehmen. Die Entscheidung, damals bei der *Sächsischen Zeitung* zu kündigen, war kein Fehler gewesen.

In Schrats Zimmer – das muss wohl nicht eigens ausgeführt werden – gab es kein Möbelstück dieser Art. Allein der abgegriffene alte Ledersessel hatte hier einen bescheidenen Platz in der Ecke gefunden.

Beruflich kamen wir gut voran, wir verdienten nicht viel Geld, aber jeder bekam seine Honorare. Leise flossen die Einnahmen vor sich hin und deckten nicht regelmäßig, aber dennoch zuverlässig früher oder später unsere Ausgaben. Beide hatten wir unsere Nachnamen behalten. In Schrats Fall überraschte das niemanden. Er hatte sich als Künstler in der Welt der Galerien, Sammler und Kuratoren mühsam etabliert. Ein anderer Name hätte ihn dazu gezwungen, wieder von vorn anzufangen.

Was mich anbetraf, war das allerdings ein kleinerer Skandal. Im Adel ist es nicht üblich, dass die Frau ihren Mädchennamen behält – nach dem Adelsrecht, das zwar 1918 abgeschafft wurde, auf dem der Gotha aber weiterhin basiert, ist es sogar untersagt. Name und Herkunft vererben sich allein über die männlichen Nachkommen. Sobald eine Adlige einen Bürgerlichen geheiratet hat, wird sein Name nebst Adresse und Berufsbezeichnung noch in den Gotha aufgenommen, doch sollten sie gemeinsam Kinder in die Welt setzen, werden diese nicht mehr aufgeführt. Das klingt hart, aber es folgt einer gewissen Logik, deren Sinn durchaus nachvollziehbar ist. Nicht im Traum wäre ich auf den Gedanken verfallen, mein Nachname Brühl solle unser gemeinsamer Familienname und meine Kinder damit kleine Grafen und Gräfinnen werden.

Doch ich hatte mir inzwischen, vergleichbar zu Schrat, eine Existenz als selbständige Autorin aufgebaut. Nicht zuletzt durch meine Kündigung bei der Zeitung war ich auf die Einkünfte aus meiner freiberuflichen Tätigkeit angewiesen. Hätte ich Schrats Familiennamen angenommen, wäre auch ich in meiner Branche eine Unbekannte geworden und hätte neu anfangen müssen. Ich behielt meinen adligen Nachnamen – so seltsam das klingen mag – allein aus wirtschaftlichen Gründen. Es wurde quasi mein Künstlerinnenname, mein »Pseudonym«.

Schrat und ich machten getrennte Kasse und führten jeder für sich Buch. Weder wollte Schrat in den Verruf geraten, seine Frau finanziere ihm sein Künstlerleben, noch wollte ich mich von ihm aushalten lassen. Wer sich und dem Rest der Welt beweisen möchte, dass er allein von den Früchten seiner Kunst lebt, kann schlecht die Hand aufhalten, wenn das Geld droht, knapp zu werden. Mein Vater hatte mir anstandslos meine gesamte Ausbildung finanziert. Das war mir elterliche Unterstützung genug.

Wiederholt musste ich mich gegen das Vorurteil wehren, ich sei dank meiner Herkunft derart vermögend, dass ich in Wahrheit gar nicht arbeiten müsste. Sogar Schrat sah sich mitunter mit dem Vorurteil konfrontiert, er sei mit einer reichen Gräfin verheiratet und bräuchte sich fortan nicht um ein regelmäßiges Einkommen zu bemühen. Genährt von Bildern und den Sehnsuchtsgeschichten aus der Boulevardpresse, hält sich bis heute nachhaltig der Glauben, sämtliche Adligen seien unermesslich reich, wohnten auf Schlössern und Burgen und hätten bis an ihr Lebensende ausgesorgt. Lohnarbeit sei allein etwas für Bürgerliche. Das gilt jedoch für die allerwenigsten Aristokraten. Der Adel wurde in Deutschland abgeschafft und genießt keinerlei Privilegien mehr. Auch das Vorrecht auf bestimmte Positionen und Aufgaben bei Hofe, in Regierungskreisen oder beim Militär, die jahrhundertelang Aristokraten vorbehalten waren, um Loyalität zu erzwingen, existierte ab 1918 nicht mehr. Wie überall sonst gilt auch für die Mitglieder dieser Bevölkerungsgruppe das eherne Gesetz: Wer kein Geld verdient, hat nichts zu beißen.

Dennoch ist es merkwürdig, wie es gerade bei diesem Thema gelungen ist, durch dauerhaft einseitige Berichterstattung die Wahrnehmung zu verzerren. Die Stände und ihre spezifischen Vorrechte wurden qua Gesetz ausradiert, doch der Glaube an ihre Bedeutung, ja, die Angst, sie könnten wieder erstarken und ihre Privilegien erneut wirksam werden, scheint unauslöschlich in den Köpfen verankert zu sein.

Selbstredend gibt es heute noch Mitglieder der Aristokratie, die zeit ihres Lebens von ihrem Elternhaus eine Apanage erhalten, gleichgültig was sie dafür leisten. Doch das ist nur selten der Fall und allein in den Familien Usus, in denen auch entsprechend umfassender Grundbesitz vorhanden ist. Und es unterscheidet sich im Übrigen in nichts von dem, was heute in vielen vermögenden bürgerlichen Häusern üblich ist. Die Apanagezahlung geht darauf zurück, dass im Adel gewöhnlich das patrilineare Anerbenrecht herrscht.

Der Älteste und nur er allein erbt den gesamten Besitz. Für ihn gilt der Imperativ, das Familienvermögen zu erhalten, zu vermehren und an nachfolgende Generationen weiterzugeben. Würde man das Erbe unter allen Geschwistern verteilen, wäre bald nicht mehr viel davon übrig. Damit die nichterbenden Söhne und unverheirateten Töchter indes nicht ganz leer ausgehen, erhalten sie gewissermaßen eine »Entschädigung«. Früher diente die Apanage vor allem der Finanzierung eines standesgemäßen Lebens. Zu dieser Form des Daseins gehörte nun einmal eine gewisse Grundausstattung, wie ein eleganter Wohnsitz, Pferd und Wagen oder auch entsprechendes Personal.

Für meine Familie war es nicht einfach, dass ich meinen Namen behalten hatte, aber ich wurde dennoch kein einziges Mal deswegen kritisiert oder angegriffen. Trotzdem fragte ich mich bisweilen, wo ich nach meiner Hochzeit mit einem Bürgerlichen aus Sicht der adeligen Welt stand. Gehörte ich noch dazu? War ich draußen oder drinnen? Würden wir noch eingeladen werden? Wer käme uns besuchen, wenn wir selbst einmal feiern wollten?

Ein wesentlicher Bestandteil aristokratischer Lebenskultur sind die Feste. Die Adligen haben es verwunden, dass ihr Stand in Deutschland abgeschafft wurde. Die einzig wirkliche Katastrophe wäre, wenn sie sich nicht mehr untereinander versammeln dürften. Alle Feierlichkeiten – sei es eine Erstkommunion oder eine Hochzeit, sei es der Geburtstag, Ostern oder Weihnachten – finden prinzipiell in großer Runde statt. Weihnachten kann man nicht zu zweit feiern, Geburtstag nicht allein. Wenn sich nicht mindestens zehn oder auch gern achtzig Menschen dazu einfinden, hat der Tag eigentlich nicht stattgefunden. Bei Hochzeiten oder Beerdigungen kommen grundsätzlich gleich mehrere hundert Personen zusammen.

Das liegt, wie schon erwähnt, einmal an der Vielzahl der Menschen, die zu den einzelnen Familien gehören, ferner an der präzisen Kenntnis der Adligen ihrer weitläufigen Verwandtschaft – selbst Verwandte zweiten und dritten Grades werden selbstverständlich samt und sonders eingeladen –, schließlich aber auch prinzipiell an ihrer Art zu feiern. Adlige bleiben zwar gern unter sich, aber sie sind ungemein gesellig. Wer dazu gehört, wird fleißig eingeladen.

Jeder Anlass dieser Art hat seine festgelegten Rituale und seine spezifische Kleiderordnung. Bei Hochzeiten trägt jeder Mann selbstverständlich einen Cut, am Weihnachtsabend muss es mindestens ein dunkler Anzug oder eben der Smoking sein. Zentraler Bestandteil jeder Veranstaltung ist der gemeinsame Kirchgang und ein feierlicher Festgottesdienst. Im Grunde aber geht es auch hierbei um nichts anderes, als beisammen zu sein, ein Gespräch zu führen, sich auszutauschen. Gewisse Rituale und Konventionen kommen zum Tragen, es herrscht eine ausgesuchte Begrüßungskultur, Diskussionsstoff bietet dabei immer wieder der korrekte Einsatz von Handkuss und Knicks, aber das sind eigentlich nur formale Begleitmomente. Im Grunde geht es um die Begegnung.

Zu derlei Festen wurde ich weiterhin eingeladen. Ich war nicht verstoßen, keineswegs. Obwohl es rein adelsrechtlich gesehen illegal ist, dass ich meinen Namen behalten hatte, stand auf den Karten aus Bütten meist auch weiterhin »Gräfin« und »von Brühl« geschrieben. Auch Schrats Name stand auf den Einladungen, ich freute mich darüber und wäre ihnen gern allen gefolgt. Aber ich wusste nicht, wie ich mich verhalten sollte, wenn mir auf Hochzeiten oder anderen Familientreffen die Verwandten begegneten, die ausdrücklich nicht zu unserem Fest gekommen waren. Sollte ich sie höflich begrüßen, als sei nichts geschehen, oder war es angebracht, einen Bogen um sie zu machen? Würden sie mir die Hand geben? Wie würden sie reagieren, wenn ich ihnen Schrat vorstellte? Fühlten sie sich dann angegriffen? Provoziert? Würden sie ihn begrüßen? Und was wäre beim gemeinsamen Kirchgang? Würde es Einzelnen negativ aufstoßen, wenn wir den religiösen Teil der Festlichkeiten nicht in derselben Form begingen, wie allgemein erwartet?

Um diese Probleme zu umgehen, folgte ich vielen Einladungen in den ersten Jahren allein. Schrat war das nur recht. Er hatte genug mit seinen Projekten zu tun. Außerdem fühlt er sich in Menschenansammlungen von mehr als zehn Personen, die womöglich auch noch alle etwas von ihm wollen oder gar erwarten, schnell überfordert. Er kannte die meisten Verwandten von mir nicht, wusste zu wenig über sie und sah also auch keinerlei Veranlassung, warum er die vielen Namen, mit denen er rein gar nichts verband, die verwandtschaftlichen Verbindungen zwischen den Anwesenden und die unzähligen Geschichten über einzelne Familien und Personen alle erfahren und auswendig lernen sollte.

Wenn ich so allein auf den Festen unterwegs war, beschlich mich hin und wieder sentimentale Reue, zumindest ein wenig Heimweh nach der alten Welt, die ich durch meine unkonventionelle Liebesheirat verlassen hatte. Auf der Hochzeit einer meiner Cousinen weinte ich in der Kirche bittere Krokodilstränen. Hatte ich meine Zugehörigkeit zu leichtfertig aufgegeben, meine Heimat verloren? Sollte ich lieber gar nicht mehr zu den Adelsfesten gehen, damit mir die Zweifel erspart blieben?

Meine älteste Cousine war die Erste, der es auf Anhieb gelang, mir meine Hemmungen zu nehmen. Ohne lange darüber nachzudenken, lud sie mich zur Erstkommunion ihrer Tochter ein. Als ich meine Einwände vortrug, meinte sie nur: »Es ist nicht nur ein religiöser Anlass, sondern in erster Linie ein Familienfest. Zu meiner Familie gehörst du nun einmal dazu. Und Schrat gehört zu dir. Also bitte, bring ihn mit.«

Meine Freude war unbeschreiblich. Schrat zog seinen Hochzeitsanzug an, ich ein elegantes Tageskleid, wir reisten in den Westen der Stadt und feierten ein herrliches kleines Fest mit meinen Verwandten. In der Kirche saßen wir hinten oben auf der Empore. Dort konnten wir niemanden stören.

Mit der Zeit fanden wir für jede fragliche Situation eine Lösung, und ich gewann im täglichen Umgang damit allmählich an Sicherheit. Die Freunde unter den Adligen ließen uns ohnedies nie im Stich. Sie nahmen Schrat wohlwollend in ihren Kreis auf.

Weihnachten in Wien

Ich saß mit meiner Mutter in Wien am Esstisch und beobachtete sie dabei, wie sie die silbernen Tischkerzenleuchter auseinanderschraubte, um sie besser vom Wachs befreien zu können. Im Winter leben meine Eltern in der Donaumetropole, dem letzten Auslandsposten meines Vaters vor seiner Pensionierung. Nur im Sommer ziehen sie regelmäßig in die Tiroler Berge. Vorsichtig schabte meine Mutter mit ihren festen Fingernägeln über das Silber und schüttelte die farbigen Überreste der Kerzen dann eilig auf einen flachen Teller, der noch vom Frühstück auf dem Tisch stand. Sie musste vorsichtig sein, damit sie das Silber beim Reinigen nicht verkratzte. Mühsam und zeitaufwendig war das – die eigenen Fingernägel waren dafür das beste Werkzeug.

Es war düster im Zimmer, gleich würde es draußen anfangen zu schneien. Schon in der Nacht war ununterbrochen Schnee gefallen. Die Wohnung meiner Eltern befindet sich ganz oben unter dem Dach, und der Salon besteht zum Großteil aus Fenstern, aber wenn der Himmel sich zuzieht, wird auch das Licht im Zimmer grau. Ich wollte aufspringen und eine Lampe anzünden, aber ich blieb sitzen und starrte wie gebannt auf die Hände meiner Mutter.

Sie waren alt geworden, ihre Haut war faltig und übersät mit dunklen Flecken. Sie erinnerte mich an die Hände meiner Großmutter. Auch sie hatte diese braunen Altersflecken, manche waren nur so klein wie Sommersprossen, andere größer, wie Regentropfen etwa. Es waren unendlich viele, die ganze Haut schien davon übersät. Je älter meine Großmutter wurde, desto auffälliger schien mir dieses Merkmal. Ich erinnere mich an diese Hände wie heute, als hätte ich sie gerade eben noch gesehen. Dabei war meine Großmutter schon seit über zwanzig Jahren tot. Sie waren schmal und klein, elegant, könnte man sagen, dabei zäh und gewiss stark, die Finger geschmückt mit wenigen goldenen Ringen. Ich sehe die Hände zur Faust geballt und übervoll mit den welken Blütenköpfen, die meine Großmutter gerade von ihren Rosen abgeknipst hat. Ich sehe sie in rascher Bewegung beim Stricken. Eilig sticht die stumpfe Nadel in die nächste Masche, zieht der Finger den Faden herum, so schnell, dass man das Werkzeug kaum von der Wolle unterscheiden kann. Dabei redet meine Großmutter unaufhörlich, erzählt mir eine lange Geschichte. Oder sie stellt ihre wissbegierigen, anteilnehmenden Fragen, unterbricht ihr Strickwerk, während ich antworte, und schaut mich aufmerksam an.

Meine Mutter hat die Altersflecken geerbt, sie liegen bei ihr in der Familie. Auch meine Onkel hatten solche Hände, bevor sie starben, selbst bei den Geschwistern meiner Mutter, die noch leben, kann man sie entdecken. Die Hände verraten viel über das Alter. Der Anblick erfüllt mich mit wärmster Zuneigung. Wie sehr hänge ich an den Menschen, deren Hände so aussehen. Frohe Erinnerungen werden geweckt. Hoffnungsvoll schielte ich auf meine eigenen Hände. Ein paar Punkte waren schon zu erkennen, einer auf dem Mittelfinger der Rechten, einer auf dem linken Handrücken, unterhalb des Zeigefingers. Ob ich sie geerbt hatte? Ich rieb darauf herum. Vielleicht war es auch nur Schmutz. Würden meine Hände später auch übersät sein von diesen herrlichen braunen Flecken?

Im Hintergrund stand ein riesiger Tannenbaum. Wir waren mit unseren Kindern nach Wien gekommen, um mit meinen Eltern Weihnachten zu feiern. Zwei waren es inzwischen, ein Junge und ein Mädchen. Sie waren noch klein, doch es war trotzdem riskant, dass der Baum schon aufgestellt war. Mein Sohn ist ganz schön pfiffig, er würde ihn womöglich entdecken. Sicherheitshalber hatten wir die Tanne so positioniert, dass man den Vorhang davorziehen konnte. Die Kinder sollten den Weihnachtsbaum vor Heiligabend nicht entdecken. Aber wir mussten ihn noch schmücken, »putzen«, wie meine Mutter sich auszudrücken pflegte, die Krippe richten, die Tische für die Bescherung aufstellen. Nicht zu vergessen die Essensvorbereitungen, die Einkäufe für die zahlreichen hungrigen Mäuler, die es zu stopfen galt. Über die Feiertage blieben alle Geschäfte geschlossen. Es musste rechtzeitig vorher geschehen. Heiligabend war nicht mehr weit.

Erst seit ich eine eigene Familie hatte, wusste ich, wie anstrengend diese Zeit ist. Ich war froh, dass wir bei meinen Eltern feiern konnten. Niemand kennt sich in traditionellen Dingen so gut aus wie meine Mutter. Schließlich richtete sie nicht zum ersten Mal das hohe Fest aus. Sie würde uns beibringen, wie es geht. Ich hatte eine recht klare Vorstellung von einem schönen Weihnachtsfest, aber ich wusste nicht, was man anstellen musste, damit es gelang. Schrats Eltern waren ebenfalls keine Hilfe. Die Zeugen Jehovas feiern Weihnachten nicht.

Bevor ich Schrat kennenlernte, war mir das nicht so wichtig gewesen. In einem Jahr feierte ich bei meinen Eltern, im anderen bei Freunden, einmal war ich zu einem gesetzten Abendessen geladen, ein anderes Mal zu einer wilden Party. In einem Jahr ließ ich das Fest sogar ganz ausfallen und fuhr gemeinsam mit einer Freundin nach Italien. Wir verschanzten uns drei Tage in einer Berghütte ohne Heizung und Strom und taten so, als sei der 24. Dezember ein Datum wie jedes andere, und siehe da: Es gelang. Den friaulischen Bergen und ihrer kargen Winterlandschaft sah man die Feierlichkeiten, mit denen der Tag woanders begangen wird, nicht an. Die Menschen sind es, die ihn Jahr für Jahr mit ihren hohen Erwartungen an Festlichkeit und Stimmung aufladen.

Nachdem unsere Kinder geboren waren, erhielt Weihnachten für mich eine neue Bedeutung. Wir mussten uns überlegen, was wir mit den Feiertagen anstellen, was wir unseren Kleinen beibringen, was ihnen mitgeben wollten? Wie sollten wir unser Leben mit ihnen gestalten? Weihnachten ist schließlich nicht zuletzt ein Familienfest.

Als ich ein Kind war, durften wir den Baum erst am Weihnachtsabend sehen. Zwei Tage vor Heiligabend sperrten meine Eltern die Tür zu, und niemand durfte mehr den Salon betreten. Nur meine Eltern, das »Fräulein« oder die diversen anderen Erzieherinnen und Au-pair-Mädchen, die mit uns lebten, hatten noch Zugang zu dem Raum.

Der Weihnachtsabend selbst verlief immer gleich. Wir warteten gemeinsam in festlicher Kleidung im Kinderzimmer, bis das silberfeine Klingeln ertönte, das Zeichen dafür, dass wir hineindurften. Dann stimmte meine Mutter ein Weihnachtslied an, und wir zogen singend in den Salon. Im Zimmer brannte keine Lampe, nur der Weihnachtsbaum stand dort, über und über geschmückt mit Kerzen, bunten Kugeln, Äpfeln und Spezereien. Obwohl sich das Ritual Jahr für Jahr wiederholte, überwältigte mich der Anblick immer aufs Neue. Während wir uns dem Baum langsam näherten und uns dann zu seinen Füßen vor der Krippe niederließen, war mir jedes Mal seltsam zumute. Hell strahlten die Lichter aus dem Dunkel, hundertfach warfen die vielen Kugeln den Kerzenschein zurück. Es sah märchenhaft schön aus.

Meine Mutter stimmte immer neue Lieder an und begleitete unseren Gesang auf der Gitarre. Später las mein Vater die Weihnachtsgeschichte aus der Bibel vor, und erst dann, nach einer unendlich langen Zeit, in der ich mit meinen Geschwistern beständig rechts und links am Weihnachtsbaum vorbei ins Dunkel geschielt hatte, um unter den zahlreichen übervoll beladenen Tischen jenen mit den für mich bestimmten Gaben ausfindig zu machen, erst dann durften wir aufstehen und wurden jeder zu unseren Geschenken geleitet. Meine Mutter schaltete das Licht an, wir wünschten uns gegenseitig ein Frohes Fest, und das Weihnachtsoratorium von Johann Sebastian Bach erklang.

Ein traditionelles Weihnachtsfest – das sollten auch unsere Kinder kennenlernen. Meine Mutter würde uns zeigen, wie man es anstellt. Peu à peu würden wir in Zukunft auch eine Krippe anschaffen, Weihnachtsschmuck besorgen und einen eigenen Baum aufstellen. Wir würden dieselben alten Lieder singen, die ich schon als Kind gelernt hatte, den gleichen Ritualen folgen, dazu die neuen Weisen anstimmen, die unsere Kinder aus Kindergarten und Schule mitbrachten. Sogar ein Gedicht könnten sie später gern unter dem Weihnachtsbaum aufsagen, sollten sie eines auswendig gelernt haben. Das Mädchen im samtenen Kleid, der Junge im weißen Hemd – beide neben der Krippe stehend. Nur nicht auf Französisch. Das ginge entschieden zu weit.

Schrat war mit den Kindern hinausgegangen. Sie wollten einen Schneemann bauen, die kalte weiße Pracht genießen. Unweit der Wohnung meiner Eltern war ein kleiner Park mit Spielplatz. Zum Glück hatte ich rechtzeitig daran gedacht, die Winteranzüge einzupacken, bevor es losging. In Berlin hatte es nicht die geringsten Anzeichen dafür gegeben, dass es über Weihnachten schneien würde.

Hoch ragte der Baum auf, weit reichten seine Zweige. Das hatte Tradition: Bei uns in der Familie reichte der Weihnachtsbaum immer bis zur Decke. Allein ein glänzender

Stern fand auf der Spitze noch Platz. Er bildete den krönenden Abschluss. Der Letzte seiner Gattung war allerdings bei dem Umzug meiner Eltern in die Wiener Wohnung kaputtgegangen. Ich hatte einen Herrnhuter Stern besorgt und wollte den traditionellen Papierstern mit seinen zahlreichen größeren und kleineren Zacken aus dem Südosten Deutschlands meinen Eltern zu Weihnachten schenken. Das hübsche Dorf, in dem die Herrnhuter Anfang des 18. Jahrhunderts siedelten und in Anlehnung an die Evangelische Brüderunität aus Mähren ihre fromme Gemeinschaft gründeten, lag direkt an der polnischen Grenze. Auch die Sterne stammten von dort. Die Gemeinschaft sah eine ihrer Aufgaben darin, Kinder aus Missionsfamilien in ihrem Internat aufzunehmen und zu betreuen. Um ihnen besonders in der Adventszeit die Trennung vom Elternhaus zu erleichtern, begann vor gut hundert Jahren ein Erzieher, einen Stern aus Pappe und Papier zu basteln. Bald stellten die Schüler diese Sterne selbst her.

Der kostbare Weihnachtsschmuck wird heute noch von Hand gefertigt. Die Bestellungen kommen aus der ganzen Welt. Die einzelnen Zacken werden ineinander gesteckt und können so zum handlichen Paket verschnürt und verschickt werden. Bis heute ist es Tradition, den Stern, der sogar von innen beleuchtet werden kann, wenn man ihn mit einer entsprechenden Glühbirne versieht, im Familienkreis dann selbst zusammenzufügen. Das Kabel wird dazu mitgeliefert. Bei der Installation des Sternes würde Schrat helfen. Er wird auf eine Leiter klettern, die kleine Lampe montieren und den Stern so befestigen, dass alle glücklich und zufrieden waren. Besonders zufrieden mit dieser Aufgabenverteilung war mein Vater, dem leicht schwindlig wird.

Meine Mutter und ich waren noch mit anderen Vorbereitungen beschäftigt. Die silbernen Kerzenständer, die sie sorgfältig von Wachs befreit hatte, sollten neben der Krippe platziert werden. Die Christsterne, die danebenstehen, hatte mein Vater schon besorgt. Das ist eine seiner Aufgaben. Sie sind jedes Jahr sein erstes Weihnachtsgeschenk für meine Mutter. Jetzt saß er auf dem Sofa und las Zeitung. Der Einkauf hatte ihn restlos erschöpft.

Gleich würden die Kinder kommen, dann sollte etwas zu essen auf dem Tisch stehen. Eigentlich könnte Schrat auch an den Imbissstand unten an der Ampel gehen, und sich und die Kleinen selbst versorgen. Käsegreiner kann er dort bestellen oder Burenwurst – wunderbare Wiener Spezialitäten. Dazu eine Scheibe Brot. Das macht schnell satt. Oder er besorgte eine spitz gedrehte Papiertüte voll gebackener Kastanien. Schon den ganzen Vormittag pries der Maronimann an der Ecke seine Ware an. Möglich wäre auch ein Wiener Schnitzel im Gasthaus unter uns.

Zum Glück ist meine Mutter überhaupt nicht beleidigt, wenn wir auswärts essen. Das wäre in Schrats Familie ungleich komplizierter. Schon Tage bevor wir dort anreisen, wird telefonisch stundenlang die Menüfolge diskutiert. Schrat darf seine Lieblingsgerichte bestellen. Soll es diesmal Hase in saurer Soße werden oder verlorene Eier, Roster, frisch gebraten auf dem Grill, oder selbst gemachter Heringssalat? Dazu wieder einmal die beliebten Thüringer Klöße oder etwa ausnahmsweise nicht? Besonders diese Zutat bedarf ausführlicher Absprachen. Sind diesmal grüne Klöße gewünscht oder die aus gekochten Kartoffeln? Oder dürfen es gar die Süßen aus Hefeteig sein? Mit heißen Brombeeren dazu aus dem Garten, vorsorglich schon im Herbst zubereitet und eingeweckt? So geht es stunden-, nein tagelang. Nach den endlosen Gesprächen und Vorbereitungen ist es unmöglich, auch nur eine klitzekleine Mahlzeit spontan vor Ort in einer Thüringer Gastwirtschaft oder gar am Würstlestand einzunehmen. Mir bereitet dieses

Procedere unendliches Vergnügen, schon die Gespräche vorab, deren Zeugin ich bin. Es geht nichts über eine Diskussion unter Thüringern über die Zubereitung von Thüringer Klößen!

Inzwischen waren die Kerzenständer vom Wachs befreit, aber meine Mutter hatte bemerkt, dass eine Schraube verbogen war. Kein Wunder, dass der Ständer immer wackelte. Damit die Kerzen besser hielten, wickelte meine Mutter am unteren Ende dickes Papier darum. Eigentlich müsste man den ganzen Kerzenhalter zu einem Silberschmied tragen und die Schrauben erneuern lassen. Bei der Gelegenheit könnte er auch die Nähte löten, die sich gelöst hatten.

»Es ist jedes Jahr dasselbe«, stöhnte meine Mutter. »Wenn ich den Weihnachtsschmuck auspacke, merke ich erst, wie viel davon der Reparatur bedarf. Dann klebe und bastele ich das meiste nur notdürftig zusammen und nehme mir fest vor, es nach den Feiertagen richtig reparieren zu lassen. Aber wenn sie vorbei sind, habe ich keine Lust mehr, mich damit zu beschäftigen. Dann räume ich nur alles schnell wieder weg, und es bleibt beim Alten. Sieh nur!« Sie zeigte mir einen der zart geschnitzten Holzengel, von denen normalerweise eine ganze Schar rund um die Krippe steht. Wenn genug Zeit ist, hängen wir Einzelne davon zusätzlich an die Zweige. Es ist der Chor der Engel, der den Hirten auf dem Feld die Geburt Christi verkündet. Der einzelne Engel, den mir meine Mutter hinhielt, hatte einen seiner beiden Flügel verloren.

Ich dachte an die Engelschnitzer im Erzgebirge, zu deren Werkstätten es von Schrats Zuhause aus nicht weit ist. Die wüssten, wie man den Flügel leimen müsste. Wir bräuchten nur gelegentlich von Greiz aus dorthin zu fahren. Aber es kostete Zeit, Muße, Planung, Konzentration und am Ende auch Geld. Der Silberschmied, der die Kerzenhalter reparieren könnte, macht seine Arbeit auch nicht umsonst.

Meiner Mutter war das nicht zu viel. Seit Jahren pflegte und hegte sie diese Krippe, schon immer standen die silbernen Kerzenleuchter sauber glänzend rechts und links daneben. An den übrigen Feiertagen schmückten sie die festlich gedeckte Tafel. Wo auch immer wir gelebt haben, ob in London oder Warschau, in Brüssel oder Bonn, standen pünktlich an Heiligabend diese Maria und dieser Joseph, das Jesuskind, die Tiere und Hirten, ab dem 6. Januar auch die drei Könige aus dem Morgenland, unter dem Weihnachtsbaum. Alles war vollständig, gepflegt und gereinigt.

Ähnlich wie meine Mutter die Krippe zusammenhielt, sah sie es selbstverständlich als ihre Pflicht an, dafür zu sorgen, dass das Silber im Haushalt gereinigt war und jedes Glas glänzte, dass die Stoffservietten gebügelt und die schweren weiß glänzenden Tischdecken mit den gestickten Monogrammen gestärkt waren, dass zu Ostern der traditionelle Schmuck aus zierlichen Hasen, Hühnern und Eiern aus Silber und Glas auf dem Tisch stand, in der Adventszeit der Kranz aus duftenden Tannenzweigen und ab Weihnachten die Spieluhr mit den dickwangigen Engeln, die sich, mit Instrumenten bewaffnet, eilfertig zum »Stille Nacht, heilige Nacht« um einen dunkelblauen Globus mit mattgoldenen Sternen drehen. Sie achtete darauf, dass wir Schwestern rechtzeitig maßgeschneiderte Ballkleider aus Seide hatten, die Söhne einen dunkelblauen Anzug, später jeder seinen Smoking und schließlich Cut und Frack besaßen und dass diese Kostbarkeiten nach jedem Fest in die Reinigung gebracht wurden, dass die Säume ausgebessert und die Knöpfe angenäht und die Stangen, die sich beim Tanz aus der Korsage gelöst hatten, wieder befestigt wurden. Die Kleidung wurde erst wieder in den Schrank zurückgehängt, wenn alles perfekt und vollständig beisammen war. Sie hatte die Lack- und Lederschuhe reparieren, neu besohlen und vor allem auf

Hochglanz wienern lassen, hatte unsere Perlenketten einmal im Jahr eingeschickt, damit sie neu aufgefädelt wurden, hatte geprüft, ob die Ohrringe vollständig, die Verschlüsse an den Armbändern mit den farbigen Cabouchonsteinen sicher befestigt waren, und sie suchte den ganzen Teppich auf Knien ab, wenn mir wieder einmal das vermaledeit winzige Gegenschräubchen meines Perlenohrrings heruntergefallen war. Obwohl es sie keinesfalls vergnügte – meine Mutter ist eher ein burschikoser Mensch und hält nicht viel auf Schmuck und stundenlange Pflege –, hatte sie für diese tausend Kleinigkeiten gesorgt, nur damit alles seine Ordnung hatte, wir in standesgemäßer Kleidung und hinreichender Ausstattung zu den Bällen gehen und zu Hause auch an ganz gewöhnlichen Werktagen mit Silber zu Mittag essen konnten und sich bei uns am Tisch das Licht der Kerzen in silbernen Leuchtern spiegelte.

Wieder einmal wurde mit klar, wie viel mir all das bedeutete, wie viel Zuneigung und Anerkennung ich dafür empfand. Ob ich dazu je imstande sein würde? Wer würde uns zeigen, wie das geht, wenn meine Eltern einmal nicht mehr lebten? Wer würde unseren Kindern davon erzählen, nicht oberflächlich, sondern auf eine Art und Weise, dass sie spürten, dass etwas dahintersteckt. Wer würde es ihnen vorleben, wenn nicht wir?

Draußen im Flur hörte ich den Lift gehen. Das musste Schrat mit den Kindern sein. Meine Mutter sprang auf und zog den Vorhang vor den Weihnachtsbaum. Ich ging zur Tür.

»Warum ist es hier plötzlich so finster?«, fragte mein Vater.

»Die Kleinen sind gekommen. Gleich werden sie im Zimmer stehen«, zischte meine Mutter, bevor sie sich wieder an den Tisch setzte. »Sie sollen doch den Baum noch nicht sehen.«

Ich machte die Tür auf. »Mein Gott, ihr habt sicher

schrecklichen Hunger. Soll ich ein paar Fischstäbchen in die Pfanne werfen?«

»Nicht nötig, wir haben unten am Wurststand Käsegreiner gegessen. Murkel hat eine ganze Portion allein verdrückt.«

»Großartig!« Ich strahlte Schrat an und nahm ihm Mücke ab. »Und warum weint es unter dieser kleinen Mütze?«

»Ach, die ist nur müde. Die muss ins Bett. Mittagsschlaf.«

»Wir haben einen sensationellen Schneemann gebaut, Mami«, meldete es sich aus Kniehöhe.

»Wie schade, dass ich nicht runtergekommen bin, um ihn mir anzuschauen, Murkel. Aber sicher steht er heute Nachmittag immer noch da.« Ich pellte Mücke aus dem Schneeanzug, Schrat hockte sich hin und half Murkel aus den Winterstiefeln.

»Na, ihr beiden, ihr habt ja ganz rote Backen. Da werdet ihr köstlich schlafen.« Murkel riss den Mund auf und gähnte weithin sichtbar: »Müde bin ich eigentlich nicht, Mami. Nur ein wenig schläfrig.«

Ich hängte die Kindersachen an den Garderobenhaken und brachte die beiden ins Schlafzimmer. »Komm, ich lese dir ein wenig vor, Murkel. Das wird dir gefallen.«

»Und wer macht mir jetzt meine Fischstäbchen?«, fragte mein Vater.

»Das kann ich übernehmen«, sagte Schrat. »Sind sie im Gefrierfach?«

»Lass mal, ich mach schon.« Meine Mutter stand schnell auf. Nachdem die Kinder aus dem Zimmer waren, flüsterte sie Schrat zu: »Mach du lieber das mit dem Stern. Ich habe schon gehört, es soll eine Überraschung werden. Aber es ist doch hübscher, wenn er schon bei der Bescherung auf dem Baum steckt, meinst du nicht auch? Komm, ich zeige dir, wo die Leiter steht.« Schrat folgte ihr in die Abstellkammer.

Dank

Ich danke allen, die bei diesem Buch Pate gestanden haben, insbesondere meinem lieben Mann. Wenn es dich, Schrat, nicht gäbe, wäre mein Leben um unendlich vieles ärmer, nicht zuletzt um dieses Buch!

Die meisten Episoden im vorliegenden Roman sind wahr, andere sind frei erfunden, wieder andere lassen sich beim besten Willen nicht mehr nachprüfen. Es handelt sich also insgesamt um Fiktion, denn wenn nur eine Kleinigkeit in meinen Schilderungen nicht der Wahrheit entspricht, dann hat alles automatisch als ausgedacht zu gelten. Wider Erwarten greift selbst für dieses Buch demnach die Regel: Alle Namen und Personen sind frei erfunden. Ähnlichkeiten mit lebenden oder toten Personen sind rein zufällig und nicht beabsichtigt.

Inhalt

Heirat ausgeschlossen 7
Adel und Afrika 14
Wanderjahre 38
Paarung 67
Kontraste 114
Heiratsantrag 131
Meeting the parents 147
Hochzeit 165
Versöhnung 182
Die Kunst der Anwendung 200
Weihnachten in Wien 210